Hledači azylu v nebi: Mefisto a Feles

Hledači azylu jsou humoristickým románem či, chcete-li, pohádkou pro dospělé. Hlavní myšlenkou či skrytým poselstvím je: Nikdo není natolik špatný, aby musel být navěky zatracen! To myslím platí i o ďáblech, kteří nejsou ničím jiným než padlými anděly. V každém z nás je ukrytý kousek ďábla — jinak bychom zde nebyli, protože by nebylo co vylepšovat. Každý máme v sobě také nějaký skrytý talent a ten nás může někam dostat. Hlavní hrdina Mefisto například píše shakespearovské sonety. Jeho dvojník Feles na druhou stranu dokáže vytvářet počítačové hry; jsou tyto ale dílem ďáblovým či andělským? Vodítkem nám budiž to, že jejich tvůrce obvykle bojuje na straně dobra.

Faustovským tématem se zabývali četní autoři; dokonce by mohlo být tím nejvytíženějším ze všech. Proto, když jsem se, ještě v minulém století, rozhodl napsat satirickou rozhlasovou hru o politické korektnosti, nedalo se odhadnout zda bude mít nějaký úspěch. Hru jsem psal anglicky pro rozhlasovou stanici v Brisbane; byla v mé režii natočena v jejím studiu a světe zboř se, dokonce se i vysílala! Zda byla úspěšná či nikoliv je těžké říci, protože v rozhlasovém podání se autor ani účinkující obvykle nedočkají potlesku. Na štěstí ani shnilých rajčat. Nicméně, nikdo si nijak zvlášť nestěžoval, takže poněkud ovládnut tématem jsem posléze napsal i románovou verzi, také v angličtině.

Nyní, po několika letech, jsem se k námětu vrátil. Snad proto, že jsem chtěl zjistit, zda dokáži psát v humoristickém stylu v češtině. Navíc mě napadlo několik nových dějových zápletek, které se do původní hry nevešly. Některé jsem si vypůjčil z českých pohádek. Už od té doby, kdy jsem si před dávnými léty zahrál na jevišti čerta vedle herecké legendy Jaroslava Vojty, chovám k těmto bájným bytostem sympatie. Být odsouzen k tomu zůstat navěky zlým přece nemůže být férové...

V neposlední řadě, odjakživa jsem v sobě měl jakýsi smysl pro tajemno. Toho jsem si zde, ve společnosti ďábelských i andělských bytostí, magických kruhů, časových distorzí a podobných nadpřirozených jevů, užil do sytosti!

Voyen Koreis, narozen 1943 in London, žije v Brisbane

Až doposud vydal:

V angličtině:

The Fools' Pilgrimage
Golf Jokes and Anecdotes From Around the World
The Kabbalah - a timeless philosophy of life
Mephisto and Pheles – The Stage Play
Azylum Seekers in Heaven
An Introduction to the Study of the Tarot by P. F. Case (editor)
The Tales of Doggie and Moggie by Josef Čapek
(Povídání o pejskovi a kočičce - transl., editor)
R.U.R. (Rossum's Universal Robots) by Karel Čapek (transl., editor)
The Robber by Karel Čapek - Loupežník (translator, editor)

V češtině:

Kafka tančí (přelož. z angl. orig. Kafka Dances by Timothy Daly)
Bláznova cesta
Poutníci v čase
Kabala: nadčasová filosofie života
Můj bíbr: autobiografie

Četná jiná autorova díla, stejně jako překlady, jak do češtiny tak i
do angličtiny, zde uvedena nejsou.

Hledači azylu v nebi

Mefisto a Feles

Vojen Koreis

bsp

First published in this form in 2015
by Booksplendour
Copyright © Voyen Koreis 2015

National Library of Australia Cataloguing-in-Publication entry
Author: Koreis, Voyen.
Title: Hledači azylu v nebi: Mefisto a Feles
Edition: 1st ed.
ISBN: 978-0-9871982-2-8

1.Fantasy fiction, 2.Literární fantasie, 3.Humoristický román, 4. Satirický román, 5.Politická korektnost, 6.Novela, 7.Nebe, 8.Peklo, 9.Doktor Faust, 10.Ďáblové a počítačová technologie, 11.Mefistofeles, 12.Mefisto, 13.Feles, 14.Magie, 15.Cestování časem, 16. Johann Wolfgang von Goethe, 17. Charles Gounod, 18.Hledači azylu, 19.Strašidelná hospoda, 20.Heidelberg v 16.století, 21.Gutenbergova bible, 22.Viagra jako elixír mládí, 23.Faust vyvolá ďábla, 24.Shakespearovský sonet, 25.Ďábel a viagra, 26.Golf v nebi a v pekle

Obraz na obálce byl upraven podle původní rytiny Camille Flammariona z knihy *L'atmosphère : météorologie populaire.* Ilustrace v textu jsou autorovy kresby a koláže.

PROLOG

Kde a jak vznikají počítačové hry?
Mefisto a Feles nemají nic na práci.
Jejich šéf to vidí jinak a učiní jim kázání.
Šéfovi se dostane kázání od hlavního šéfa.
Mefistovi s Felesem se dostane pochvaly.
Jsou také postaveni před zcela nový úkol.
Případ doktora Fausta, který byl na pět století
odsunut do pozadí, má být v nejbližší budoucnosti
znovu otevřen.
Má slečna Kateřina, šéfova skretářka, kterou
Mefisto potají miluje, poměr s šéfem?
Leccos se zdá tomu nasvědčovat.
Je-li tomu tak, o kom bude Mefisto psát básně?
A kdo to byl, co počmáral Gutenbergovu bibli?

Kdo takhle počmáral Gutenbergovu bibli?

Tichý den v naší kanceláři

Byl to takový ten tichý den, jaké se tu a tam v kanceláři naskytnou. Byl jsem natolik unuděný, že jsem už docela vážně začínal uvažovat o tom, že bych se mohl dát do práce na měsíčním výkazu naší činnosti, který bude náš Šéf určitě po nás chtít včera. Pokud ne před týdnem. Mně to tak připadá, že mu vždycky aspoň jeden takový výkaz dlužíme, i když jsem jej doručil slečně Kateřině, osobní sekretářce Jeho Nechvalné Bezvýznamnosti, jak se mi zdá, už aspoň před třemi dny. Ne, že by mně nějak obzvlášť vadilo doručovat zprávy, výkazy či referáty šéfovi prostřednictvím slečny Kateřiny. Tohle bych s radostí dělal každý den, po celý den! Taková to je hezká dívčina. Samý úsměv, věčně dobrá nálada. Jak tohle dokáže, když musí pracovat pro to hrozné stvoření, ohavnou, odpornou a hnusnou bytost, jíž je náš šéf! No, nějak to asi zvládne, má přece svoji vlastní kancelář, nemá ho pořád na očích a on ji také ne...

Představa slečny Kateřiny před očima mi dodala inspiraci. Jak se mi stále častěji a častěji stává, počaly se mi hlavou honit rýmy — Kateřina – připomíná, – neuhasína, – planina, – hlubina, – jiná! – rozepína, ... raději bych toho měl nechat, než se dám příliš unést ..!

Zmínil jsem se prve o tichosti? Tak to bylo neprozřetelné a najednou už to neplatí. Zatím co jsem si poznamenával ty rýmy a přemýšlel, jak z toho všeho udělat nějaký trochu ucházející sonet, dostavil se do práce můj parťák Feles. Ten když přijde, první věcí kterou udělá je, že spustí svůj počítač, který má na stole napojený na veškeré možné jiné přístroje a zařízení. Když opustí kancelář, tak zásadně s laptopem, který má k sobě přirostlý. Dnes ráno si na plné pecky spustil zvuk k nějakému tomu svému výtvoru, které pro zábavní průmysl počítačových her vytváří jako melouchy. Vidina půvabné Kateřiny už tu náhle nebyla, rozplynula se, ukryla se asi před palbou zbraní. Jakmile se ta protivná věc totiž rozehřála, už to začalo z reproduktorů pálit! Taková ta směsice futuristických zbraní, co vám mám povídat, prostě randál na en-tou. Něco s tím budu muset udělat. Inspirace, pokud jsem nějakou měl, je ovšem v tahu a znovu se zabývám myšlenkou na to, že bych se přece jen pustil do toho výkazu. Tu jsem ale prozatím odložil; tady jde totiž o zdraví. Přinejmenším, o ušní bubínky...

"Feles!"

"Mefisto?"

I přes ten randál mě slyšel, jinak to ale příliš povzbuzující reakci v něm nevyvolává. Sedí před tou svou obrazovkou, oči z ní nespustí. Prototyp absolutní koncentrace. Pouze jeho pravá ruka se mírně pohybuje, jak jezdí s myší po podložce. Občas se do akce zapojí ukazováček, to aby vyloudil ostré zvuky vybuchujících náloží, přestřelek mezi dvěma armádami vyměňující si vzájemně rány podobné těm jaké vydávají samopaly, ale i takové ty podivné zvuky v nichž si tolik libují výrobci futuristického zbraňového vybavení, znějící tak trochu jako kromobyčejně hlasité žbluňknutí.

"Nešlo by ten zvuk aspoň trošinku stáhnout? Vždyť není nic slyšet!"

"Slyšet? Co potřebuješ slyšet?"

"No přece, vlastní myšlenky."

"Ty nějaké máš?"

"Heleď nedělej si legraci a stáhni ten zvuk!"

"A nešlo by místo toho utlumit tu tvoji neúčelnou mozkovou aktivitu? Já tady pracuji!"

"Tomuhle říkáš práce?"

"Náhodou..."

"Podle mne je to melouchaření."

"Jistě, někdo to ale musí dělat."

"Navrhovat válečné hry pro počítače?"

"Strategické hry. Když už nic jiného, bystří to mozek..."

"Já si naopak myslím, že ho to utlouká. Takovýle kravál! Čím jsem si tohle zasloužil?"

Poslední slova pronesená s hořkostí v hlase musela na mého partnera nějak přece jen zapůsobit. Po celou dobu naší konverzace Feles nespustil oči z obrazovky. Slova drtil mezi zuby, svaly v obličeji přitom zůstávaly zcela nehybné. Jediné co se na něm hýbalo byla ta jeho pravá, počítačová ruka, chvílemi jen pomalu a liknavě, jindy se zuřivostí létajícího vřetena na tkacím stroji. Teď ale jeho druhá ruka uhodila na jednu z kláves, čímž pádem zvuky přestaly, jako když je utne. Pohledem, jehož se mi nyní od něho dostalo, by naše pekelné pece dokázal rázem proměnit v chladírenská zařízení. Tón hlasu ale zněl už smířlivěji.

"Nech mě prosím tě aspoň dokončit tuhle epizodu. Dělám zrovna beta-testing a rád bych to už měl dodělané."

Konvence si vyžadovala, abych na tomto místě projevil aspoň nějaký zájem. Zeptal jsem se ho tedy.

"O čem to vůbec je?" Ožil.

"Válka mezi planetami. Mám tu toho svého potrhlého Homunkula, který momentálně válčí se Schizogladiátory virtuálního prostoru."

"Schizogladiátoři, kdopak zase tohle propánalucifera je?"

"To je taková poněkud zvrácená aliance časoprostorem migrujících Kyborgů. Homunkulus jim potřebuje ukrást lapis mutus, aby potom mohl s jeho pomocí vysvobodit robotické Golemy ze spárů Trýznitelů z Valhaly."

"Co je lapis mutus?"

"Tohle nevíš?"

"Lapis je myslím latinsky kámen."

"Přesně tak. A mutus znamená měnivý. Někdy se mu také říká rostlinný kámen. Je to prostě jedno ze stadií, kterým kámen musí projít, na cestě k tomu stát se kamenem mudrců!"

"Aha. Tak to by bylo. Jenom mi pořád není jasný, proč je k tomu všemu potřeba všechen ten rámus? Copak by se nedal kámen mudrců vyrábět potichu?"

"Řekl jsem snad, že ten kámen vyrábím? Ne, já dělám betatesting a tady se o ten kámen bojuje. A žádná válka se bez rámusu neobejde, to snad chápeš. Takže musím mít zvuk pořád naplno, abych věděl, že všechno tam je tak, jak to má být."

S těmito slovy už zase stiskl klávesu, která navrátila počítači lomoz. Takže následující slova už musel vykřikovat, aby vzniklý randál překřičel.

"Já žádný kámen mudrců nevyrábím. Bojuji o to, abych jej dostal z rukou těch kybernetických zlodějů. Boj znamená kravál. Ty bys očekával, že by se taková kybernetická válka mohla odehrávat za zvuků klasické hudby? Takového nějakého mozartovského menuetu? Či snad něčeho z Vivaldiho?"

Takovouto znalost klasické hudby, jakou právě projevil, bych byl tedy od něho neočekával. Tým těch nejslovutnějších psychologů kdysi Felese přece prohlásil za kořenového racionalistu a pokud vím, až doposud jediný druh "hudby", který občas poslouchal, byl ten hlučného charakteru, heavy metal a tak podobně. Tím, že vůbec věděl o existenci něčeho jiného, mě dost překvapil. Byl bych mu ještě rád navrhl Čajkovského ouverturu 1812; ta přece má v sobě dokonce i dělové výstřely...

Už jsem se k tomu nedostal. Všiml jsem si totiž, že klika od dveří se pohnula a že tudíž ten někdo, kdo za nimi stojí, je na cestě do naší kanceláře. Nejen to, věděl jsem s naprostou jistotou, o koho se jedná a sice, že je to náš šéf! Stačil jsem ještě rychle sundat nohy s desky stolu, kam je často pokládám když se nacházím v kanceláři; k tomu abych upozornil svého parťáka na to, že hlava našeho kmene padlých andělů se nám chystá nabourat do místnosti, jsem ale čas už neměl. Dokonce ani k tomu, abych mohl předstírat, že se zaobírám nějakou užitečnou prací. V ruce jsem sice držel sešit, jenže tam byly jen verše, tak jsem jej raději rychle schoval za zády. Myslím ale, že si šéf přesto něčeho všiml. No nic, aspoň, že jsem v okamžiku jeho vstupu neměl už nohy na stole, ani že jsem nebyl totálně absorbovaný děním na obrazovce podmalovaným vše prozrazujícím randálem, jako chudák Feles. No, ten to teď schytá!

Moje mimosmyslové vnímání mi posloužilo dobře, když mi prozradilo, že osobou vstupující do naší kanceláře bude samotný šéf. Kdybych byl ale tušil, že ho bude doprovázet jeho osobní sekretářka, byl bych si jistě ráno na sebe šplíchl trochu víc kolínské...

Šéf nám dělá nebesa!

Jeho Nechvalná Bezvýznamnost přelétla rychle scénu pohledem. Jako vždy byl náčelník oblečený bezvadně, tentokráte v trojdílném vínově červeném jemně proužkovaném obleku; pod sakem, které vypadalo jakoby mu právě bylo přineseno z žehlírny, měl vestu barvy zelené rosničky. To vše doplňovaly světle fialová kravata a oranžový, do trojúhelníku složený, kapesníček. V obličeji se mu už začínal klubat krutý úsměv, zatímco ho nohy přenášely od dveří k Felesovu pracovnímu stolu. Ten úsměv jsem znal moc dobře.

Hádám, že si jej každého večera dolaďoval před zrcadlem, aby měl vždycky v pohotovosti celou škálu a mohl tak na kteréhokoliv z nás zaměstnanců vždy vrhnout tu správnou variantu, odpovídající okolnostem a stupni zastrašení, jehož si podle něho situace vyžadovala. Měl celá staletí na to, aby si jej vypěstoval a dovedl k dokonalosti. Úsměv se zpravidla začínal v levém dolním koutku úst a pomalu se odtud rozlézal po zbytku tváře, podobně jako postupují neštovice. K němu obvykle patřil umírněný hlas, který když jste zaslechli nabyli jste okamžitého dojmu, že se tu navýsost šetří energií, která ale nepřijde nazmar. V okamžiku, který ďábelské stvoření zvolí k tomu aby nažhavilo své kotle, dojde k Velkému třesku!

Pro tuto chvíli zněl ale hlas celkem sladce.

"Co kdybychom projevili trochu větší ohleduplnost vůči nám sluchově méně handicapovaným a stáhli ten zvuk tak o stupínek či dva níže, Felesi?!"

Ve své zaujatosti, oslovený si teprve nyní všiml, že nejsme sami. Na jakýkoliv úhybný manévr bylo už pozdě, takže mohl jen čekat na to, jak se situace vyvine. Že to nebude v jeho prospěch, bylo nabíledni.

"A-a-ano, Vaše Nechvalná Bezvýznamnosti, li-li-lituji..." zakoktal, zatímco vypnul zvuk docela. Potomek padlých andělů to přijal lehkým pokynem hlavy.

"Hádám, že měsíční výkaz už máte pro mne hotový, podle toho, že se s takovouto vervou věnujete odpočinkové činnosti?"

"...právě jsem chtěl, pane..."

"Kdy asi má být ten výkaz připravený, slečno Kateřino?"

Roztomile se tvářící sekretářka se poradila s notepadem, který měla v ruce. Vyhlížela přitom uvolněně a tudíž i rozkošně; zcela jasně se nemusela obávat toho, že by se sama mohla ocitnou v palebném poli. Kdoví, třeba se v něm neocitala nikdy. Nedovedl jsem si představit, jak by mohl někdo, dokonce i někdo vládnoucí mocí našeho šéfa, vystavit takovéto rozkošné stvoření něčemu podobnému. Nedokázal jsem spustit oči z ní a zejména z těch dvou překrásných malých kopečků nesměle se schovávajících pod látkou modré blůzičky, kterou na sobě měla. Mohl jsem svým očím povolit takovouto pastvu, aniž bych byl přitom přistižen, zatímco ona se soustřeďovala na to, co mohla vyčíst ze svého notebooku. Nakonec ale zvedla hlavu a vinobraní se pro mne skončilo.

"Včera, pane."

'Dokáže být tak přenádherně překrásná, i tehdy kdy se jen zabývá svými sekretářskými povinnostmi', říkal jsem si. Stála na půli cesty mezi dveřmi a stoly nás dvou a vypadala připravená k čemukoliv, co by boss mohl po ní chtít. Jak jsem se tak na ni díval, začínal se mi ale do mysli kradmo vtírat pocit, že s tou připraveností by to mohlo jít o trochu dál než k těm povinnostem veskrze schopné sekretářky. Pocit nabíral na síle s tím, jak její pohled sledoval šéfa, podle mého názoru s o trochu větší pozorností než by to bylo na straně sekretářky nutné. Také jsem cítil, že sám jsem tu tak nějak přebytečný, jako bych pro ni neexistoval, jako bych byl jedním z těch kusů kancelářského nábytku, které se v místnosti náhodou vyskytují. Předmět soustředěné pozornosti slečny Kateřiny se posléze zastavil za zády Felesovými, odkud mohl dobře vidět na obrazovku kterou měl nešťastník před sebou.

"Vidím, že se chystáte k útoku na jakási monstra, Felesi. Copak ta asi jsou?"

"Zlodějští Kyborgové, Vaše Nechvalná Bezvýznamnosti."
Felesův hlas zněl nejistě, jakoby v očekávání tvrdého úderu, který musí přijít každým okamžikem. Ten zatím ale nepřicházel. "No, vida. Tihle kleptomanští kyborgové. Jistě se také podíleli na zmizení toho měsíčního výkazu, či snad ne? A co ta zpráva o produktivitě, kterou jsem od vás měl dostat minulý týden, nemají s tím, že ji stále ještě nemám, také něco co dělat? Tak bych řekl, že budete muset na ty kyborgy zaútočit co nejdřív a s co největší silou, abych mohl mít ty dokumenty na stole do zítřka do rána!"

"Ano, vaše Nechvalná Bezvýznamnosti..."

"A nezapomeňte vyplnit ten formulář k letošnímu sebe-vyhodnocení. To se týká vás obou, pánové. No, a když už jsme u toho tématu zatoulaných dokumentů a dlužných zpráv, tak si matně vzpomínám, že by tam někde měla být ještě jedna, kterou postrádám. Copak to bylo, mohla byste mi trochu osvěžit paměť, slečno Kateřino?"

Věděl jsem hned co teď přijde, ještě než se ta osudná slova protáhla mezi rty ve tvaru poupat rudých květin, které podle mne nebyly stvořeny k žádnému jiného účelu než aby přiváděly poetické duše, podobné té mojí, do stavu neutuchající touhy. Procházet jimi by správně měla pouze slova u těch naslouchajících veskrze vyvolávající radost a extázi! Nicméně...

"Analýza nastupujících tržních trendů, vaše Nechvalná Bezvýznamnosti."

"Tak, Analýza tržních trendů. Kdy asi jsem tu měl dostat, slečno Kateřino?"

"Před dvěma týdny, pane."

"Kdepak je ta analýza, Mefisto? Na svém stole jsem ji neviděl. Ztratila se nám také v kybernetickém prostoru?

"Ne, pane. Je hotová. Skoro. Potřebuje už jen trošinku doladit."

"Aha. A na tom jste bezpochyby právě pracoval když jsem vstoupil. Psal jste přitom do toho notesu, co teď držíte za zády, jak jsem si všiml, či snad ne? Ukažte."

Podal jsem mu notes, nešlo to jinak. Nalistoval poslední popsanou stránku, četl nahlas:

"Kateřina – připomíná, Kateřina – neuhasíná, Kateřina – rozepíná... tohle nemá nic co dělat s tržními trendy. To vypadá spíš jako nějaká prasečinka. Že by rýmy k veršům? Snad ne o naší slečně Kateřině?"

"Ne, pane. Lituji..."

"Litujete toho, že jste to nedopsal? Já taky. Aspoň bychom měli něco k čemu se zasmát, viďte slečno Kateřino?"

Nevypadalo ale na to, že by jí bylo do smíchu. Spíš vypadala poněkud zhnuseně. No, nedivil bych se jí. Věděl jsem, že ty verše asi za moc stát nebudou, takhle se ale o nich dozvědět nemusela. Byl jsem z toho celý zdrcený. Ten hajzl! Tohle vypadalo na pěkný výprask, pro nás pro oba. Zdálo se, že už k tomu nezadržitelně směřuje, když mu naštěstí právě v té chvíli zacvrlikal v kapse telefon. Vytáhl jej ven, zašklebil se na nás jakoby omluvně a poodešel směrem do rohu kanceláře. Viděl jsem, jak mu trochu spadla čelist, když se mu volající ohlásil. Tohle vypadalo na to, že bude na příjmu pro změnu on. Že už by si jeho nohy, obuté v módních střevících z kůže hříšných dominikánek, benedyktýnek a boromejek, měly vyhledávat onen proslulý kobereček. Slyšet ho moc nebylo, jen samé to 'ano, Vaše Bezedná Hlubokosti, jistě, Páne Much...' Tím "Pánem Much" ovšem prozradil s kým to mluví, je to přesný překlad slova Belzebub a slyšel jsem, že dotyčnému tak říkají, když se mu chtějí co nejvíc zavděčit. S Pánem Much jsem sám ještě nikdy nemluvil, tohle bylo dokonce poprvé, kdy jsem se nacházel ve stejné místnosti jako někdo s ním hovořící. Hovorem se to ale stěží dalo nazvat, k tomu to znělo trochu příliš jednostranně. Jeho Nechvalné Bezvýznamnosti se dostávalo jakýchsi pokynů nebo spíš rozkazů; tolik mi bylo jasné. Dlouho to netrvalo. Náš šéf srazil podpatky, zastrčil svůj tablet zpátky do kapsy a otočil se k nám. Teď to nejspíš teprve schytáme my dva!

Jenže, po tváři se mu najednou rozlil úsměv. Ne ten připomínající neštovice, jiný druh úsměvu, takový, jaký jsem ještě u něho neviděl. A byl tam ten úsměv pro nás, tohle bylo opravdu záhadné. A jeho hlas zněl mírně, dokonce i bez ukrytých hrotů, které tam jinak vždycky někde pod povrchem číhaly.

Šéf nás vychvaluje až do pekel!

Šéf po chvíli rozjímání, kdy zjevně absorboval obsah právě skončeného hovoru, prohlásil: "Ta analýza ještě počká, pánové. Konečně, jste odbytový personál a o to nám tady jde především. Prodáváme tu služby veřejnosti a to bychom měli vždycky především mít na mysli. A v tomto směru, musím uznat, že jste se pánové v poslední době celkem vyznamenali!"

Copak asi tímto sleduje? Najednou nám takhle lézt tam, kam světla světa nedolehnou! Jistě, naše pracovní výsledky byly dobré, o tom nemůže být pochyb. Takovéto věci ale bossové přece skoro vždycky přehlížejí. Že by tohle bylo ozvěnou onoho telefonního hovoru? Jak jinak? Feles, jak jsem viděl, vypadal asi tak stejně překvapený tímto náhlým obratem, jako já. Jeho Nechvalná Bezvýznamnost ale pokračovala.

"Takže, soustřeďme se raději na ta pozitiva. Kolik pak duší politiků tihle naši dva přeborníci upsali, za poslední galaktický pracovní den, slečno Kateřino?"

Slečna Kateřina, jako správná sekretářka, už musela předem vytušit co má přijít, protože už v průběhu onoho telefonického rozhovoru se horečnatě zabývala něčím na svém tabletu, takže nyní vypadala nanejvýše připravená. Bylo by by mi to poskytlo další příležitost k tomu viset očima na těch jejích kopečcích; po té ostudě s verši mě ale přešla k něčemu takovému nálada.

"Sto devadesát tři, pane. To je víc než dvojnásobek stanoveného objemu, Vaše Nechvalná Bezvýznamnosti."

To poslední dodala jistě z vlastní iniciativy, jakoby byla na naší straně. Ten stanovený objem byl devadesát, takže jsme si opravdu vedli výjimečně dobře. Jistě, dost nám pomohlo to, že se hned v několika klíčových zemích schylovalo k volbám, takže bylo všude dost a dost politiků, kteří potřebovali prodat své služby jednotlivým stranám. A co lepšího mohli pro to udělat, než nám upsat své duše?

"To není špatné, co? Impozantní, dokonce bych řekl! A kolik pak že bylo těch bankéřů?"

"Dvě stě osmdesát sedm, pane."

"Tak to je ještě lepší! No a bravurní kousek, který nám naši pánové předvedli, byl ovšem ten, když nám upsali samotnou presidentku Světové banky, dokonce společně s jejím zástupcem. To si zaslouží potlesk!"

A jak by se od toho šaška bylo dalo očekávat, skutečně naznačil potlesk spojený s úklonou našim směrem. Slečna Kateřina se, i když trochu zdráhavě, přidala. Po něčem takovém musela ale přijít studená sprcha, takže jsem čekal, že se příštím dechem zmíní o duchovních. A nezmýlil jsem se.

"Škoda jen, že těch kněží bylo jen asi sedmdesát pět procent cíleného počtu, tam se nám to trochu zadrhlo, že ano?"

"Když dovolíte, pane, ten cíl byl stanovený ještě předtím než došlo k oněm skandálům, které tolik otřásly církví."

"Chápu, chápu. Stát se knězem je dneska docela rizikovým povoláním, takže velebníčků nám začalo dost ubývat. Nicméně, v této oblasti bychom si měli vést lépe. Tohle ale není o čem jsem tu chtěl hovořit."

Jasně. Něco po nás bude chtít a tohle byla jenom preambule. A už to tu bylo.

"Chtěl jsem si s vámi pohovořit o Faustovi!"

Tak tohle mě nenapadlo. Že by se k němu doneslo něco o tom mém melouchaření? To by nás ale takhle nechválil. Podivné. Pohlédl jsem na Felese, ten také vypadal dost udiveně. Zmohl se jen na tohle:

"O Faustovi, pane?"

"Tak. O tom pacholkovi, co nám už jednou proklouzl mezi prsty. To bylo ... pomozte mi, slečno Kateřino..."

"Před čtyřmi sty padesáti čtyřmi lety, osmi měsíci a dvaceti čtyřmi dny, Vaše Nechvalná Bezvýznamnosti. To jest podle lidského kalendáře. To jsou přibližně čtyři galaktické dny, patnáct hodin a třicet šest minut."

Byla dobře připravená, tahle naše krasotinka. Takovéto okázalé lezení do konečníku se mi ale nelíbilo, zvedla se proto v mých očích o pár stupínků výš. Tedy, snad mi rozumíte a všimli jste si, že tu máme věci tak nějak obráceně, oproti vám. No, asi jsem si ji přece jen trošinku moc idealizoval. Šéfovi se to ovšem líbilo, protože mohl bezešvým způsobem přejít na jednu ze svých tirád, během nichž se nedalo dělat nic jiného než myslet si svoje, ale tvářit se přitom jakoby zaujatě, s občasnými pokyny hlavy provázenými souhlasnými zvuky v těch místech, kde se to hodilo.

"Jak žalostně takových necelých pět století lidského času vyhlíží, z naší perspektivy, nemyslíte? Přitom, tenhle malý neúspěch, přehmat, jehož se dopustili někteří z vašich předchůdců v této funkci, pořád ještě spadá do toho galaktického týdne o němž jsme tady mluvili. Je to skvrna na našem jinak tak čistém výkazu! Bohužel, skvrna natolik výrazná, že si jí povšiml i samotný Pán Much, jak jste si možná už dali dohromady. Ono je těžké si toho nepovšimnout. Tenhle Faust se pokoušel o to slepit dohromady Homunkula a vyrobit Kámen mudrců. Pochopitelně, že to nedokázal, takže nám upsal svou duši. No a když přišlo na to, aby svůj dluh splatil, podařilo se mu nějak z toho vyklouznout. Tím, že svého jednání litoval. Kdyby jen to. Stala se z něho celebrita. Básně, knihy, hry, to všechno o něm, dokonce i pár oper, žel Lucifer! Jak já nesnáším zpěv! Jak já nesnáším ty tlusté malé přestárlé tenory, kteří se žalostně pokoušejí o to vypadat jako mladí muži, zamilovaní do svých ještě těžších partnerek!"

"Ano, pane, to je..." Jenže šéf nenechal Felese domluvit.

"Víte co nejvíc nesnáším,? Když tam máte ženské, které zpívají mužské party. To je potom hrůza! No představte si tady naši slečnu Kateřinu, jak vám v kalhotách zpívá nějakou árii!"

Navodil jsem si tu představu před svým vnitřním zrakem a vůbec mi nepřipadala odpudivá. Viděl jsem ji v takových těch legínech, černých, tak jak to nosívali panoši, pěkně přiléhavých, no a vypadala by v tom absolutně nádherně! Jenže, ona by vypadala překrásně i žebráckých šatech. Zejména v takových těch co nejděravějších... Šéf alc zdaleka nebyl hotov.

"Teď si samotná Jeho Maličkost té věci povšimla a chce po nás, abychom s tím něco udělali. Někdo ji totiž upozornil na to, že už se Faustem zabývají samotní výrobci reklam!"

Tak tohle pro mne vyhlíželo vážně. Kdyby se nějak provalilo, že jsem v to také měl prsty, tak nejspíš skončím zpátky u kotlů jako topič! Nezdálo se mi ale, že by boss něco věděl o mém úletu. Nicméně, budu si muset dát náramný pozor.

"Žádné další šíření Faustova věhlasu jako vítěze nad Peklem, si prostě nemůžeme dovolit. Image naší firmy by tím příliš utrpěla. Pán Much si přeje, aby se naše Oddělení pro styk s veřejností do toho ihned zapojilo. To znamená, pánové, že necháte všeho a soustředíte se od této chvíle na Případ Faust!"

"Znamená to také, že nemusíme pracovat na té analýze tržních trendů, pane?"

"Tohle vám náramně vyhovuje, viďte Felesi? Ano, analýza zatím počká. I ty ostatní věci. Vybral jsem vás dva k tomu, abyste se tímto zabývali, protože vám věřím. Musím už jít, slečna Kateřina vás zpraví o podrobnostech."

S těmito slovy se vzdálil. Aniž by jí poplácal po zadečku, jak jsem napolo očekával. Ona možná také, podle toho jak ho její oči sledovaly celou cestu ke dveřím. Zeptal jsem se jí:

"Co má proti těm operám, slečno Kateřino?"

Dostalo se mi od ní koketního úsměvu, cítil jsem ale, že ten stále ještě náležel odešlému šéfovi. Mohl jsem to vědět. Pro ni prostě neexistuji...

"To nevíte? Má to co dělat s jeho ženou."

"Copak on na Fausta žárlí?"

"Svým způsobem ano. Nesnáší všechno to, co se líbí jeho ženě. A ona má ráda operu. Gounodův Faust je jednou z jejích nejmilejších, takže ho sebou vždycky tahá jakmile je někde na světě nějaká premiéra. Jedna taková má být příští týden v Paříži a on se na to ani trochu netěší."

"Proto nám tu vykládal o tom, jak nesnáší když lidé zpívají?"

"Přesně tak. Ona totiž pochází z aristokratické rodiny, její rodokmen má prý sahat až k samotnému Satanielovi. Takže její výchova byla taková, že se v rodině často chodilo do opery. No a Val měl vždycky ty sklony být tak trochu socialistou..."

Takže ho nazývá 'Valem'. To je zkratka pro Valefarius, což je šéfovo hlavní jméno. A ona nám tu takhle nestydatě dává najevo, že jejich vztah zcela jasně není jen 'slečno Kateřino — Vaše Nechvalná Bezvýznamnosti', že asi musí být nějaký intimnější. To jsem si ostatně mohl myslet. Feles se také po straně zašklebil. Zeptal jsem se ještě.

"A vy jste věděla, kam ta jeho návštěva povede?"

Ukázala prstem dolů. Zatvářila se přitom samolibě.

"Tušila jsem, že se tam k něčemu schyluje a byla jsem proto připravena na všechno možné. To, že ale Valovi takhle zavolá, to překvapilo i jeho samotného!"

Ten její 'Val' už mi silně začínal jít na nervy. Viděl jsem, že Feles se chystá převzít otěže a získat od Kateřiny potřebné informace. Je přirozeným racionalistou, takže tyhle věci rád ponechávám na něm. Kromě toho jsem nebyl ani trochu nadšený z toho, že má naše slečna Kateřina, jak se zdá, nějaké ty pletky s tou odpornou bytostí — jak tohle dokázala to nevím, ženské jsou ale nevyzpytatelné. Už jsem si myslel, jak ji miluji, teď ale vidím, jak snadné je z takovéto 'lásky' zase rychle vypadnout.

Jak se to mělo s těmi reklamami

Jakmile Kateřina odešla, aby se věnovala svým povinnostem sekretářky (zda ty zahrnovaly nějaké techtle-mechtle s Jeho Nechvalnou Bezvýznamností, jsem se mohl jen domýšlet, spíš asi ano...) vybafl na mne Feles:

"Tak co, nejsem tak úplně sám, s tím melouchařením, že ne?"

Dal si to ten pacholek můj parťák rychle dohromady. Hlavně, že to nenapadlo šéfa, o tom dole ani nemluvě. Budu s tím muset okamžitě přestat a i potom to asi nebude snadné zastírat stopy. Felesova podpora by se mi teď hodila. Díval se na mne pohledem, jaké asi vrhají postavy z jeho her, jakými jsou Rune Heartmourner nebo Magus Nemesisreaper, kteří se neustále nacházejí na nějakých cestách za poznáním. Či hledáním něčeho ztraceného, jako Pokladu na dně propasti bídníků nebo tajemných artefaktů zmizelé civilizace ukrytých v Nekonečné divočině milosrdných... Feles mi čas od času podal instrukce, abych pro něho takovéto názvy vymýšlel. Tu a tam přišel sám s něčím podobným, hádám ale, že to měl vytvořené nějakým počítačovým programem.

"Tak co, svěříme se strejčkovi Felesovi? Viděl jsem, jak ti to ve tváři škublo, když padla zmínka o těch televizních reklamách."

"No... trochu jsem to asi přehnal."

"No, tak vyklop ten náklad který leží tak těžce na tvé černé duši. To tě popadla touha po televizní slávě? Doufám jen, že jsi tam někde nezapomněl tu svoji odpudivou tvář, to by bylo obzvlášť nemoudré!"

"Kdepak! Víš přece, že jsem poeta a žádný herec."

"Poeta? Copak jsi už prodal nějakou tu svoji báseň? To by ses s tím určitě přede mnou pochlubil. Či je snad tohle pro básníka způsob jak nakopnout kariéru, tím že začne s tepáním veršů v kovárně na reklamní slogany?"

"Někde se začínat musí... Problém leží v tom, že je do toho zamotaný Faust!"

"Vážně? Věky o něm nic čert neslyší a najednou hned dvakrát a během pár minut."

"No, nic lepšího mě nenapadlo. A teď mě to mrzí. Tohle by mohlo znamenat hezkých pár století zpátky u kotlů. Tys tenhle druh práce nikdy nezažil, narodil ses se stříbrnou lžičkou u pusy, takže nevíš..."

"Moje neposkvrněné početí do toho prosím nezatahuj. Byli bychom v tom oba, kdybys do toho měl spadnout. Jsme přece parťáci! Teď mi pěkně pověz, co jsi vyvedl."

To máš tak. Jedna agentura mi zadala přípravu kampaně s reklamami v nichž figuruje Faust. Jde o to, že Faust podepíše smlouvu se vší pompou, no a potom si žije život samá zhýralost a nakonec, když má splatit svůj dluh, svým věřitelům zmizí. Tak jak už nám to jednou udělal."

"A na co jsou ty reklamy, Ritz-Carlton či tak nějak?"

"Pointa je v tom, že jim ujede v červeném ferrari. To je taky, co se tu prodává."

"A slogan?"

"V tomto autě ujedete všem a všemu. Dokonce i své minulosti!"

"Chytré. Jak jsi přišel k té smlouvě?"

"Jak slepý k houslím. Vzpomínáš si, jak jsi se zabýval tou hrou Bratrství proroků kyberprostoru? A prohlásil jsi, že toho klienta zvládnu sám? Vyklubal se z něho autor reklamních sloganů jedné známé firmy, kterému došla inspirace. Býval tam nejlepším, jenže mezitím už se třikrát rozvedl a párkrát prodělal protialkoholické léčení. Víš sám, že většinou tyhle lidi dostaneš tak, že jim nabídneš nějakou nejnovější elektronickou hračičku či tak nějak, tenhle chlápek ale chtěl něco jiného."

"Nápady k rcklamám."

"Tak. Byl na úplném konci, jeho exmanželky ho vyždímaly jak se dalo, agentura se ho chystala propustit. Takže podepsal. Teď už zase má nápadů habaděj, nejspíš i nějakou novou manželku a co nevidět jinou, hádám, že i to červené ferrari, nový model každým rokem, tak to půjde po celých třicet let."

"Jenže, teď jsme to my, kdo má problém. Cítím se zodpovědným za to, že jsem tě tehdy do toho poslal samotného. Kdybych byl býval přítomen, jistě bych ti byl vymluvil tu účast na reklamách, nenechal bych tě jednat takhle iracionálně. Teď máme hned dva problémy, místo jednoho. Jednak musíme vymyslet něco s tím Faustem a potom také to, jak zahladit stopy po těch tvých reklamách. Tak mě ale napadá..."

"Co?"

"Že ty dva problémy jsou vlastně jedním problémem."

"Jak to myslíš?"

"No, když vyřešíme ten první problém, tak se tím vlastně vyřeší i ten druhý problém."

"Aha, už ti rozumím. Pokud se nám podaří nějak dosáhnout toho, aby Faust nad námi tentokráte nevyhrál, potom už to nebude ten Faust, který by byl hrdinou. Takže nebudou literáti mít o kom psát básně, hry, opery, nic! Není v tom ale paradox?"

"Jistě, že je. Jakmile si začneš zahrávat s časoprostorem, dostaví se zašité paradoxy."

"Hlavně, aby ta série reklam by přestala existovat. Přestane?"

"Pochopitelně. Nebude tu Faust, takže nebude mít nikoho o kom by mohla být."

"Tomu nerozumím. Jak může něco, co už se stalo, najednou zmizet? Odestát se?"

"To máš tak. Ono to vlastně nezmizí, jen se to přesune do jiné, z našeho hlediska méně exponované, dimenze."

"A tam se to potom na mne provalí! Boss nás seřve, možná i samotný Lucifer, já pošupajdím zpátky ke kotlům a ty nejspíš taky..."

"No jo, jenže i kdyby k něčemu tak drastickému došlo, tu už bychom nebyli my, komu by se to stalo. Nebyl by to ani Faust, ani Valefarious, nikdo. Peklo samotné by pro nás vypadalo asi k nepoznání. Prostor je zakřivený, tohle musíš mít na paměti. Čím dál od tohoto bodu v časoprostoru se bude nacházet ta dimenze, tím bude z našeho hlediska pokřivenější a tím méně se to bude všechno podobat tomu, co se kolem nás právě teď nachází a odehrává. O to už se postará kvantová fyzika."

"Tak té jsem nikdy nerozuměl. Hlavně ale, jestli nám nějak pomůže najít cestu jak vyzrát na toho našeho Fausta! Teorii kvantové fyziky s radostí nechám na tobě."

"Pomůže a tak abychom mohli obšťastnit našeho šéfa. Aby nemusel s tou svou paničkou do opery. Co si myslíš, že nesnáší víc, operu nebo tu svoji manželku?"

"No, já jsem se s ní jednou potkal. Je tím typem, který když opustí místnost, tak zbytek společnosti viditelně pookřeje!"

„No, život po jejím boku musí být jediným neustávajícím nebeským vytržením. No a pokud tolik miluje operu..."

„... potom chápu, že Valefarius zpívání nemůže vystát."

„Zejména jestli ona navíc pořádá doma hudební večírky."

„To také určitě dělá a těm asi ten náš boss také neunikne. Skoro k němu začínám pociťovat sympatie..."

„Kdosi kdysi řekl, že Peklo je plné hudebních amatérů."

„To byl George Bernard Shaw. Ten také prohlásil, že hudba je nápojem zatracenců."

„Chytrý pán. Poslyš, není on jedním z našich?"

„Shaw? Kdepak. V jistý čas se dokonce ocitl v užším výběru k tomu soukromém kotli, co má Černobog Daramsufael ve své kanceláři."

„Nedostal se tam ale?"

„Nedostal. Na našeho vrchního velitele by byly prý jeho výroky příliš inteligentní. S inteligentním humorem u něho nepořídíš. On má raději, když slyší co nejvíc obhroublostí. Proto dává teď víc příležitostí velebníčkům. Co ale uděláme s tím naším problémem? Zmínka o kotlích mi připomněla..."

„Víš co? Nech mě tu na chvíli, abych mohl zjistit nějaká ta základní fakta. Najdi si zatím něco jiného na práci, moc dlouho mi to nepotrvá."

DÍL PRVNÍ

V němž se dozvíme trochu více o tom, jak se mají věci v Pekle a jak se zde může schopný jedinec vypracovat z topiče u kotlů až na pekelného vyslance se samostatnou misí.

Také o tom, jak se má či nemá strašit v zájezdním hostinci a co se může stát, když politické události v Pekle na čas zastíní to, co se děje na Zemi.

V neposlední řadě si povíme něco o tom, jak jedna hříšnice dokázala razantním způsobem zamotat situaci tak, že ani ti nejlepší experti v pekelných vědeckých kruzích si nevěděli rady.

Pravda nám bude vyjevena o tom, jak se mohlo stát, že Mefistofeles byl rozpolcen na Mefista a Felese, dvě osobnosti, z nichž jedna je básnicky tvořivá a druhá vědecká a racionální, které se ale navzájem doplňují.

Býval jsem topičem u kotlů...

Toho, že Mefisto a Feles dohromady tvoří Mefistofeles, jste si snad už povšimli. Proč ale toto ve faustovské literatuře tolik známé jméno tu najednou vidíte rozdělené a náležející dvěma osobnostem, to by vám mohlo připadat divné. Mějte ale prosím trpělivost, časem všechno vyjde najevo! Že tyto dvě zmíněné osobnosti jsou obě vyznání ďábelského, to vám už také jistě došlo. Proč mám ale takový strach z toho, že bych mohl být přeložen zpátky ke kotlům? K tomu abych tohle mohl vysvětlit, budu muset jít hluboko do minulosti.

Je už tomu několik tisíc let, jmenoval jsem se tehdy ještě Mefistofeles a pracoval jsem jako topič, stejně jako milióny jiných čertovských mladíků. Téměř pro všechny z nás to byla první pekelná práce; pro mnohé ale také zůstane tou jedinou. Většina z příslušníků naší rasy nebývá totiž příliš ambiciózní, takže být topičem většinou představuje vrchol jejich kariéry. V zájmu porozumění užil jsem právě výrazu „vrchol", i když bych správně měl napsat „nadir", úplné dno. Nomenklatura jíž se běžně užívá v Pekle mívá tendenci být pravým opakem toho, jak by se vyjádřili lidé — i této zvláštnůstky jste si snad už povšimli. Jak se ale na to dívám, asi bych se měl přece jen spíš přidržet lidských termínů, které se mi tak jako tak zdají být v poslední době bližšími. Aspoň zde snad už nebude to nebezpečí, že by mi nebylo správně rozuměno.

My ďáblové se sice rodíme, ne však tak docela stejně jako lidé. Rodit se ale musíme, protože jak na Zemi přibývá lidí, byli bychom brzy přečísleni. A to by nebylo dobré. O mysteriu našeho zrození vám ale nic říkat nebudu, dokonce ani nemohu, protože o tom nic nevím. Jistěže mechanicky by se to dalo vysvětlit podobně jako to dovedete vy, ve skutečnosti je to ale složitější, jako ostatně všechno o čem se lidé domnívají, že vědí. Vy z vás, kteří jste snad trochu starší a máte tudíž trochu víc rozumu, víte, že to co platilo včera za svaté (sice nerad užívám tohoto slova, opět nám zde ale jde o to porozumění), je dnes už překonané a že zítra tomu bude zase úplně jinak. To, co například kdekdo vychvaloval jako nanejvýše zdravé, se výrokem nějakého "odborníka" stává přes noc hlavní příčinou tvorby rakovinných nádorů, však to znáte.

Vrátím se ale ke svému příběhu. Po svém zrodu z Chaosu, po asi tisíciletí čertovského dětství a jinošství, po poměrně krátkém, jen necelá tři století trvajícím základním vzdělávacím kurzu, jsem se stal přikladačem u pekelných kotlů. Na rozdíl od svých povětšinou líných a neprůrazných kolegů, jsem hned od počátku projevoval slušnou iniciativu, takže netrvalo dlouho, a všiml si mne můj přímý nadřízený, mistr topičský. K tomu došlo snad dokonce ještě dřív než uplynulo dalších tisíc let. Tedy, těch lidských – my běžně užíváme jiné časové schéma, tzv. Galaktické, jak jste si možná už všimli. Od tohoto momentu se datuje můj prudký vzestup řadami pekelných pracovníků. Nejprve jsem byl povýšen na vrchního topiče, sice jen u kotle v němž se nacházely duše poměrných slabochů a padavek, už i tak to ale znamenalo podstatný projev důvěry. Brzy nato jsem dokonce přešel ke kotli s mnohem těžšími hříšníky, kteří také představovali o hodně větší výzvu a kde pracovní tempo bylo odpovídajícím způsobem vyšší. Když mě potom potkalo ještě další povýšení, mohl jsem už dát vale kotlům, což mě žalostí nikterak nenaplnilo.

Odbočím trochu od tohoto tématu, abych vám mohl poskytnout aspoň základní informace o tom, co my ďáblové vlastně děláme, proč tu jsme. V popisu naší pracovní činnosti se prostě praví, že jsme odpůrci Božími. Nikdy jsem úplně nepochopil jak a proč jsme se jimi stali, i když nám to bylo kdysi v hodinách dějepisu vysvětlováno. Vy smrtelníci jste ale na tom podobně, když vám je v nedělní škole předkládán koncept Svaté trojice, což je něco čemu nejspíš příliš nerozumí ani ten farář, který vám o tom vykládá. Stejně tak, když se náhodou narodíte v zemi kde je státním náboženstvím věda či dialektický materialismus či evoluční proces, zkrátka něco podobného, tak zvaně vědecky racionálního. Pořád vám pořád ještě nikdo nedokáže vysvětlit, co bylo na samotném počátku.

Podle výkladů podávaných současnými pekelnými historiky, jsme my ďáblové původně byli anděly. Některým z andělů se prý ale nelíbilo to, že se musejí podřizovat vůli Stvořitelově.

Nejprominentnějším mezi těmito rebelanty byl podle nich Sataniel, původně Bohův oblíbenec, který posléze ale proti němu vedl revoltu, spolu se svými následovníky. Došlo k tzv. Válce v nebesích, v níž byli rebelanti poraženi a svrženi na Zem. Po této události, o níž se hovoří jako o Pádu andělů, se naši předkové se jakýmsi záhadným způsobem zcela zapletli do hmoty, z jejíhož sevření se nám všem až doposud nepodařilo se vyprostit. Postupem času se v nás ďáblech vytvořily ony typické charakterové rysy, které nám jsou obvykle kritiky přisuzovány. Jsou jimi lenost, liknavost, netečnost a celkový nedostatek motivace. Tedy přesný opak toho, čím údajně oplývají nejlepší jedinci náležející k lidské rase. Co se většinou neví nebo se utajuje, je že i mezi námi se tu a tam najdou jedinci, kteří jsou charakterově silnější a tudíž mají tendenci se dostat do problémů s pekelnými autoritami. Začínám se čím dál tím víc obávat, že já, stejně jako můj parťák Feles, patříme do této kategorie.

Ještě předtím než jsem oslavil své třítisící narozeniny, po krátkém, pouhá dvě a půl století trvajícím kurzu, jsem byl přidělen k 91. oddílu Zvláštních pekelných jednotek, jemuž velel generál Magmaignisrupturus Invisisus Grimonarecruel. Akce na nichž se tyto jednotky podílejí bývají značně různorodého charakteru, v zásadě ale mívají vždy co dělat s narušováním lidských činností, s provokováním, matením a pletením se do jejich záležitostí. Zpočátku jsem se jako člen širšího týmu zúčastnil pouze akcí při nichž jsem nemusel projevovat žádnou větší osobní iniciativu. To byly časy kdy už se na Zemi začínala rozpadat Římská říše a nastupovalo rané údobí křesťanské éry. Do té doby jsme byli veřejnosti známi spíš jako démoni. Jakmile se ale plně rozvinulo křesťanství, stali jsme se jednak ďábly a dostalo se nám také mnohem větší pozornosti na straně představitelů církve. Byli jsme náhle viněni téměř ze všeho. Každá akce ovšem vyvolává reakci. Získávání duší hříšníků, zejména potom těch náležejících k církevním kruhům, se tím pádem stalo pro nás prioritním. S tím se dostavil poměrný nedostatek zkušených operátorů, kteří by byli schopni vést samostatné mise. Bylo jen otázkou času kdy se, uprostřed raného středověkého období, dostane takovéto příležitosti i mně samotnému. Tehdy jsem byl také povolán před samotného generála Grimonarecruela.

Audience u generála zvláštních jednotek

Ještě nikdy jsem se neocitl v tak luxusně zařízené kanceláři. Nacházela se v té nejhlubší sklepní podstavbě hlavní administrativní budovy. Sjíždělo se k ní zvláštním výtahem, poháněným speciálním kolem, podobným těm pozemským mlýnským, jímž ale v tomto případě otáčí proud hořící tekuté lávy. Ta je pravidelně odváděna z hlavní šachty kráteru sopky Vesuv, která tudíž nesoptí v těch dnech, kdy Magmaignisrupturus Invisisus Grimonacruel úřaduje a přijímá návštěvníky. Když v roce 79 n.l., k úlevě svého okolí, generál konečně nastoupil na dlouho avizovanou a stále odkládanou zvláštní dovolenou, k níž se chystal už od Punských válek, odnesla to těžkým způsobem města Pompeje a Herculaneum.

Opravdovým výstavním kouskem nábytku v generálově kanceláři se ukázala být sedací souprava s povrchovou úpravou v jemném žhavém dřevěném uhlí. Vyhlížela neobyčejně pohodlně, byl jsem si ale plně vědom své bezvýznamnosti a tudíž jsem nemohl očekávat, že by mě generál vyzval k tomu se v ní usadit. Jak se nakonec také ukázalo, po celou dobu audience jsem musel zůstat stát na koberečku z dýmajících dřevěných polínek, který se neukázal být právě tím nejpohodlnějším povrchem k delšímu stání. Stůl za nímž se přitom generál nacházel byl také nadmíru impozantní; vyhlížel jakoby byl vyroben z nějakého kovu, snad dokonce i vzácného. To se ale dalo dost těžce posoudit, protože byl rozžhavený téměř do běla a vydával mocný žár. Starý páprda samotný si mne dosti zdlouhavě prohlédl, přičemž bylo ale těžko říci zda ho zajímám víc než to co se mu podařilo vydloubat si z nosu, kteroužto činností se rovněž soustředěně zabýval, zatímco se na mne takto nepřítomně díval. Když konečně měl nos ke své spokojenosti čistý, obrátil se ještě jednou ke mně, zatímco ústa se mu v koutcích rozšířila; mohl to být spokojený úšklebek, také to ale mohlo být způsobeno nějakou poruchou trávení. Nejspíš aby mi potvrdil správnost této diagnózy, nahlas si krknul. Plyny které mu přitom vyšly z huby, se vzňaly zatímco prolétly nad žhavým povrchem kancelářského stolu, přelétly mi ale přes rameno na cestě ke dveřím. Ty se v té chvíli otevřely, aby vpustily Magmaignisrupturova tajemníka, vstupujícího dovnitř, aby generálovi ohlásil příchod jeho příštího návštěvníka. Tajemník tím ale nebyl ani v nejmenším vyveden z míry; spíše se zdálo, že to považuje za jeden z požitků svého zaměstnání.

Teprve potom se mi generál věnoval a to aspoň po celou jednu minutu. Zmínil se přitom s uznáním o mých výsledcích, které dokonce označil za žalostné, otřesné a děsivé. Pochopitelně, že jsem se při takovéto chvále zapýřil; horká atmosféra v místnosti ale naštěstí pro mne pomohla zastřít takovéto pro ďábla se nehodící známky zženštilosti. Pomohlo mi také to, že se generál v té chvíli soustředil na něco jiného a zcela evidentně pro něho důležitějšího než barva mých tváří. Potom si hlasitě upšoukl, což mu na zlomek vteřiny dodalo ocas oranžové barvy. Úšklebek, kterým tento úkon provázel, byl tentokráte zcela jasně plný spokojenosti. Pozvedl se ze svého křesla, takže jsem se ihned začal stavět do pozoru; nicméně se ukázalo, že se mu hlavně jednalo jen o to podrbat se v rozkroku. Zpátky ve svém křesle, zeptal se mne:

„Cítil byste se k tomu, vydat se na samostatnou misi, Mefistofeles?"

Dokázal jsem jen vyhrknout:

„Vaše Chatrná Nedostatečnosti, můžete se spolehnout na to, že Vás zklamu velikým způsobem!"

„Pozvracené voňavé archandělské hovno! Tomuhle říkám to pravé odhodlání!"

S těmito slovy mě propustil.

Velitel Černobog Daramsufael

Celý jakoby omámený, vypotácel jsem se z kanceláře starého vojevůdce, neboť radost plnila až po samotné dno celičkou mou bezcennou černou duši! Generálův tajemník se mne ihned zmocnil, aby mi vysvětlil co se ode mne dále očekává. Mám se prý okamžitě hlásit u velitele devadesátého druhého pluku Černoboga Daramsufaela, od něhož se dozvím detaily své nadcházející mise. To jsem ještě netušil, jakou významnou roli má v mé budoucí kariéře

hrát plukovník Daramsufael. Tentýž už mě očekával ve své kanceláři, která se nacházela o patro výše od té generálovy. Jistě šilhá po tom, že se jednou dostane na to nejprivilegovanější místo, na samém spodku podzemního labyrintu, říkal jsem si. Kancelář tohoto potentáta se ale k mému překvapení především vyznačovala svou strohostí. Jediným výstavnějším kusem nábytku byl ozdobný měděný kotel stavěný pro jedinou duši, jaké si někteří význačnější členové pekelné hierarchie s oblibou nechávají instalovat ve svých kancelářích. Nicméně, v ostrém kontrastu s poměrnou jednoduchostí veškerého vybavení, plukovník Černobog Daramsufael samotný se ukázal být opravdovým elegánem. I když byl o malinko menší postavy než by se snad hodilo k jeho perfektně střiženému obleku, vše na něm jinak bylo zdvořilé a uhlazené. Způsob jeho mluvy navíc prozrazoval vzdělanost; něco co je v Pekle opravdovou raritou. Jen tu a tam se tu vyskytne erudovaný ďábel, který bývá většinou samoukem, protože vzdělávací systém v Pekle je rudimentární a skutečnému rozvoji osobnosti by byl spíš na obtíž. Sám jsa produktem tohoto systému, byl jsem si jeho nedostatků vědom pouze intuitivně a tak tomu mělo zůstat ještě po nějaký čas, až do událostí které hodlám podrobněji popsat na jiném místě. Tentokráte mi bylo nabídnuto křeslo. Nemohlo být zdaleka tak pohodlné jako to v generálově kanceláři, nicméně jsem byl potěšen takovýmto přijetím.

„Jste si vědom toho, jakého privilegia se vám dostává, Mefistofele?"

„Ano, jsem, Vaše Nepodstatná Titěrnosti. Mohu vědět, kam mám být vyslán?"

Riskoval jsem tímto na jednu stranu, že by takováto otázka mohla být považována za impertinentní. Na druhou stranu zde ale byla příručka, kterou anonymně sepsal jistý administrátor, jemuž se podařilo úspěšně se ponořit až do značných hlubin v pekelné hierarchii, zabývající se tím jak by se měl kandidát ideálně chovat při interview. Tu jsem celou prostudoval. Doporučovalo se zde především projevení aktivního zájmu o nabízený projekt. A vskutku, u plukovníka to nevzbudilo žádnou nelibost a tentýž se skutečně zdál být potěšen mým takto projeveným aktivním zájmem! Konverzace se pochopitelně vedla na pekelné úrovni, při níž klady a zápory bývají převrácené, takže ji zde nadále raději budu vždy převádět do lidské mluvy, aby náhodou nedošlo k nějakému nedorozumění.

Plukovník se chvíli hrabal v jedné ze zásuvek svého psacího stolu, až nalezl svitek pergamenu, vyrobený z lidské kůže. Ta se totiž v Pekle až donedávna běžně užívala k uchovávání psaného i tištěného materiálu. Nyní se ale už většina archivů digitalizuje, takže je snadnější se jimi probírat na počítači. Někteří z úředníků v pekelné hierarchii se s touto změnou dosti těžce vypořádávali, nemyslel jsem si ale, že ten s nímž jsem měl tu čest by měl takovéto problémy. Ukázalo se, že se jedná o dosti starou mapu. Rozvinul ji opatrně na stole, zatížil v rozích různými předměty které se na něm nacházely, aby se nesrolovala zpátky a pokynul mi, abych přešel na jeho stranu stolu, odkud mu budu moci hledět přes rameno. Mapa opravdu vyhlížela celkem staře a křehce. Nevypadalo to na to, že by ji někdo příliš často používal v nedávné minulosti. Daramsufael na ni ukázal.

Cesta ze Zmrzlotína do Zimostrázu kolem Černého jezera

„Podívejte se na tato dvě města. Leží poměrně blízko u sebe, takže by se dalo normálně dojet koňmo a snad i dojít pěšky z jednoho do druhého za jediný den. To kdyby ale mezi nimi neležely tyto hodně vysoké hory, přes něž vedou jen dost krkolomné stezky. Podle horní části jezera to také nejde, protože tam spadají prudce skály přímo do jeho vod. Pokud se někdo chce dostat ze Zmrzlotína do Zimostrázu či naopak, musí počítat aspoň s dvěma dny na cestě a to pokud má dobrého koně nebo povoz. V zimě, která bývá v těchto místech dlouhá, potom sáně. Po dlouhá léta už proto existuje zhruba na půli cesty zájezdní hostinec U šotka s kozlem. Ten bude místem vašeho poslání."

Bylo mi hned jasné, že tohle bude dosti osamělé místo, v němž budu po dobu své mise pobývat. Co mělo ale být jejím účelem? Plukovník ještě nedomluvil.

„Budete na to sám, Mefistofele. Ponesete si svůj vlastní kříž."

S těmito slovy se obrátil k zmíněnému kotli za svými zády, pod nímž byl rozpálený plynový hořák a plivl do ohně, tak jak si to vyžadoval bonton. Oheň na ďáblovu slinu reagoval tím, že prudce vzplál. Jako reakce se z kotle ozval sice mírně tlumený, přesto ale jasně slyšitelný soubor těch nejvybranějších nadávek jaké si lze představit. Daramsufael se nato usmál, tak trochu paternalisticky, asi tak jako když člověku způsobí radost svým skotačením jeho oblíbený psík. Dále se o tom ale nezmínil a já jsem si netroufal ptát se na to, čí duši to v tom svém kotli má. Ďábel pokračoval ve svém výkladu.

„Po celé jedno století, míněno v lidské terminologii, už vlastní tento hostinec ta stejná rodina a v tom je jádro našeho problému. Současný majitel, duše jedna prokletá, předtím jeho otec, sviňák každým coulem a dokonce i dědeček, král všech hajzlů jaké kdy nosila zemská kůra, jsou a byli všichni nechutně poctiví, depresivně počestní a odpudivě zbožní lidé. Něco takového se prostě v hostinci normálně nevyskytuje. Jeden by běžně očekával, že taková krčma by měla být střediskem bujících špatností, rozpínající se nemravnosti, zásadní podlosti, nestydatosti a hříšnosti. Přitom, po celý ten čas kdy tenhle zatracený rodinný klan v té své hospodě vládne, neměli jsme tam zaznamenán ani jeden jediný případ hry s falešnými kartami nebo vrh zfalšovanými kostkami, vůbec žádné případy šejdířství, podvodnictví, prostě nic co by nám mohlo způsobit aspoň špetičku radosti! Představte si, že ani jediná prostitutka se tam po celý ten čas nevyskytla, dokonce ani žádná, která by pracovala na částečný úvazek! Jakmile se tam někdo objevil, kdo by jen vzdáleně připomínal charakterově pokřiveného jedince, náš hostinský s ním okamžitě zametl. Věřil byste tomu, že už po tři generace se tam svědomitě trvá na tom, že se pivo či medovina bude vždycky nalévat správně a bez jakéhokoliv šizení? Není tohle hrozné?"

„Absolutně nechutné, Vaše Nepodstatná Titěrnosti!"

Byl jsem zcela unesen Daramsufielovým projevem. Až doposud v Pekle ke mně žádný můj představený takovýmto způsobem nepromluvil. Výrazy, slovní spojení a květnatost vět jichž používal, to vše mi připadalo velice sofistikované. Dnes se dokonce domnívám, že v tomto obdivu se nacházel samotný kořen mé pozdější záliby ve slovech, která vedla až k mým básnickým pokusům. Plukovník pokračoval.

„Ano, je to tíživé, omezující a nade všechno, je to veskrze neúnosné. Takováto svízelná situace ovšem pro nás zároveň představuje výzvu. Musíme ji změnit a to za jakoukoliv cenu! A to bude vaším úkolem, Mefistofele. Bude na vás přijít na něco, co by našeho rozmilého hostinského vrhlo tím správným směrem, aby se začal chovat tak, jak se na majitele takovéhoto podniku sluší a patří. Buď to, anebo se nějak zbavit jak jeho, tak i celé rodiny. Napadá vás něco?"

„Co takhle, Vaše Nepodstatná Titěrnosti, pokusit se učinit s ním pakt? Aby nám zaprodal svou duši."

„A to si myslíte, že tohle jsme už nezkoušeli?. Je to zcela beznadějné, žel Lucifer. Zkoušeli jsme to i na ostatních členech rodiny, na synovi, na dceři, na manželce. Bez nejmenších náznaků možného úspěchu. Tudy cesta nepovede."

„Co takhle, kdybych se věnoval soustavnému strašení a nepolevil, dokud se odtamtud hostinský a jeho rodina neodstěhují?"

„I to už jsme zkoušeli. Na to, že v hospodě občas straší, si už, jak se zdá, docela zvykli."

„Jistě, pane. Co ale kdybych se soustředil spíš na hosty, než na hostinského a jeho rodinu? Když ty náležitě postrašíme, utečou a už tam nikdy nepřijdou. Hospoda bez zákazníků, to přece nejde, to si žádný majitel dovolit nemůže!"

„No, to už zní lépe. Nejspíš by si pozval nějakého zaříkávače, ti nám ale moc nevadí, trochu toho exorcismu vždycky uneseme, to na nás moc neplatí. Žel Lucifer, co jemu nejvíc napomáhá je ta jeho zatracená čistota a neúhonnost. Naplivat na něho i na veškeré jeho pokolení!"

Daramsufael se s těmito slovy znovu obrátil ke svému soukromému kotli a plivl do ohně; zřejmě to bylo pro něho rutinou. Ozvěnou bala slyšet nová série nadávek a hrubostí. Tentokrát se ďábel zasmál a prstem ukázal na kotel.

„Náš Árčí tam uvnitř by nám mohl určitě něco povědět o exorcismu. Jsem si jistý že pár takových ceremoniálů prováděl sám, když byl ještě na zemi!"

„Copak dělal na zemi, Vaše Nepodstatná Titěrnosti?"

„No, byl přece arcibiskupem, co jiného?"

Došlo mi, jak přišla tato duše ke své přezdívce Árčí. V tom jak plukovník vyslovoval „Árčí" se zračila určitá záliba, takřka něha, kterou jakoby k duši tohoto zatracence pociťoval. Snad aby podal vysvětlení, ďábel pokračoval.

„Víte, Mefistofeles, vždycky si to dobře rozmýšlím, komu mám udělit to privilegium, které se zde duši dostává, mít sama pro sebe takovýto kotel. Když se to porovná s tím, jak by se takový člověček musel jinak tísnit se stovkami podobných lotrů v některém z obecných kotlů, je to pro něho opravdová výhra. Vyzkoušel jsem ledacos a ledaskoho. A věřil byste, že nejnudnější se ukázaly být duše komiků a baviči všech možných druhů?"

„To bych tedy pane nevěřil, když to ale říkáte..."

„To tedy říkám. Oni se snažili být vtipní seč mohli, na to si jeden stěžovat nemůže. Vyznělo to ale vždycky tak nějak křečovitě. Jakoby to, že tam mají kolem sebe jen stěny kotle, je nějak omezovalo. A potom jsem dostal ten skvělý nápad, proč nezkusit nějaké ty velebníčky? A hned napoprvé jsem měl štěstí. Dostal jsem jednoho náramně hlučného, který dovedl moc pěkně sprostě nadávat. Jen andělé vědí, kde se to mohl naučit! V jeden čas jsem tu potom dokonce měl jednoho z méně známých, poměrně nedůležitých papežů. Sedmé století, či tak nějak. Jak ten vám dovedl urážet! Ne sprostě, to si nemyslete, ale chytře. On vám nadával a ani byste to byli nepoznali, dokud jste si to trochu nerozebrali. Potom vám to teprve došlo. Dělal to chytře, pacholek, tak aby si duši nezatížil víc, než jak už byla. A vyplatilo se mu to nakonec! Přišli si sem pro něho z očistce, že už si prý to svoje odsloužil a že mu dají příležitost tam nahoře, na zkušební dobu. Takže jsem o něho přišel. Naštěstí jsem našel Árčího! Ten na nějaký očistec nemůže zatím ani pomyslet, takže si nebere žádné servítky. Hej, Árčí!"

S těmi slovy Daramsufael zaklepal na stěnu kotle kloubem prstu. Nadávky se jen hrnuly.

"Všiml jste si toho, že se nikdy neopakuje? Toho si u něho opravdu cením. Když se mu něco obzvlášť dobře povede, dostane se mu odměny. Dovolím mu, aby se díval na kapku tekutiny vylouhované z éterických těl vybrané skupiny obzvlášť prominentních kardinálů. Někdy až po celých dvacet minut..."

Další série nadávek následovala, ďábel je ale už ignoroval a otočil se zpět ke mně.

„Jak jste na tom pokud jde o změny vzhledu?"

„Zvládl bych kocoura s ohnivýma očima, černého kohouta, snad i vzteklého psa..."

„Jinými slovy to, co jste si odnesl z mateřské školky. Pošleme vás do rychlokursu, tam vám trochu rozšíří ten váš repertoár. Nejdřív zkuste ještě jednou postrašit toho hostinského a jeho rodinu. Třeba budete mít štěstí, kde jiní neměli. Jestli to fungovat nebude, jako že ne, potom přejděte na Plán B, to strašení hostů. Nějaký čas potrvá, než se dostaví výsledky, nemáme ale proč spěchat. Hlavně od vás očekávám, že vytrváte. Je to vaše první samostatná mise, hodně na ní závisí! Můj sekretář vám dá formuláře k vyplnění a můj pobočník na tuto vaši misi nadále dohlédne. Tak, můžete jít a nechci vás vidět, dokud mi nebudete moci nahlásit, že hostinec má jiného a způsobilejšího majitele!"

Moje první mise

Došlo k ní zhruba ve stejném historickém údobí kdy žil Faust, kdy přesně nelze už dnes určit, protože oficiální záznamy se ztratily. Co se neztratilo jsou mé zkušenosti, které jsem tehdy nasbíral a které by se mi nyní měly hodit. V každém případě znamenala tato mise nesmírně důležitý mezník v celé mé kariéře.

Byl jsem sice naprostým zelenáčem, ihned zpočátku mi ale bylo jasné, že dostat se pod kůži poctivému hostinskému nebude snadné. Prošel jsem zmíněným rychlokursem, plukovníkův pobočník mi předal potřebné informace a doprovodil mě na místo, které se mělo stát po nějaký čas mým působištěm. Jak dlouho zde budu muset zůstat nebylo jisté. Nemohl jsem ale místo opustit. Mohl jsem se přemisťovat mezi tří a více-dimenzním prostorem, což bylo ovšem nezbytné při mých strašících povinnostech a měl jsem volnost pohybu zhruba v okruhu, který je viditelný na mapě, kterou zde uvádím. Tak se tomu běžně mívá při nováčkovských misích a podobných projektech, kdy vás sice nechají o samotě, přitom ale tak úplně volnou ruku nemáte. Mohl jsem očekávat, že časem se na mne přijde někdo, buď plukovníkův pobočník nebo kdosi jím delegovaný, podívat. Také jsem si mohl být dosl jistý tím, že o tom nebudu nic vědět, aspoň dokud se mi takovýto dohližitel sám nepředstaví.

Začal jsem své první strašící představení tím, co do mne natloukli moji instruktoři. Ti vzali hned na začátku rychlokursu za základ mého již dobře zažitého vzteklého černého psa a vylepšili jej tím, že mu přidali další dvě hlavy. Tohle zjevení a několik jiných, jsem velice moc trénoval během kursu a dokonce i po večerech, kdy ostatní studenti si většinou užívali s mladými ďáblicemi, jichž bylo v kursu víc než nás ďáblů. Později mi došlo proč tomu tak bylo. Ďáblice mají k proměnlivosti přirozené sklony, což navrhovatelé takovýchto kursů vědí a čehož využívají. Byl jsem ale příliš nesmělý k tomu, abych si s některými sjednával rande. Pouze v jednom případě jsem se odvážil jednu z nich požádat, jestli by se nešla se mnou projít po nedaleko se rozprostírajícím Spáleném lese, kam jsem viděl dost takovýchto párů chodit. Udělal jsem ale chybu. Místo toho, abych se náležitě kořil a činil jí komplimenty, což asi očekávala, začal jsem jí už cestou do lesa recitovat delší báseň, kterou jsem předtím pro tuto příležitost spíchl. V té době mě už totiž veršování zaujalo nemalým způsobem. Nemělo to ale zdaleka takový úspěch, jaký jsem si představoval. Místo toho, aby mě objala, začala mě vášnivě líbat a potom pomalu a vyzývavě klesla do doutnajícího chrastí, tak jak se tomu dělo v mých představách, byla moje

ďáblice po většinu času zamlklá. Že to bylo tím, co jsem se jí pokoušel naservírovat, jsem poznal až z toho, jak se najednou rozpovídala. Jenže, k tomu došlo až poté kdy jsme se vrátili a ne už v mé přítomnosti. Viděl jsem to zpovzdálí, když jsme všichni v jídelně večeřeli. Spolu s dalšími dvěma příslušnicemi svého pohlaví se u stolu spolu náramně hihňaly a dívaly se přitom občas mým směrem, což mě činilo ještě nervóznějším. K jiným schůzkám proto už nedošlo, protože jsem se neodvážil požádat ji ani jinou z ďáblic. Takže, když jsem odcházel na tuto svou misi, byl jsem stále ještě panicem. Což mě sice štvalo, ne ale tolik jako můj zjevný neúspěch jakožto básníka...

Nedaleko od místa kde stál zájezdní hostinec se nacházela lesní tůňka, téměř úplně schovaná mezi stromy, houštinami a vysokým porostem. Místo se mi líbilo a učinil jsem si z něho jakýsi základní tábor pro své nadcházející operace. Hledáním nějakého úkrytu ke spaní jsem se ale zabývat nemusel, protože když jsem potřeboval být neviditelným, prostě jsem se přesunul do vedlejší dimenze. Nejprve jsem se šel trochu pokochat svým novým dočasným vzhledem, který jsem právě vykouzlil. Mé tři hlavy vyhlížely v odrazu na hladině tůně dosti hrozivě, jak jsem si aspoň myslel, zejména potom když jsem nechal z té umístěné nalevo odkapávat trochu krve. Hostinský, jehož jsem se chvíli nato zkusmo pokusil překvapit v této podobě, si to ale nemyslel. Ani trochu ho to nepostrašilo. Pohlédl na mne, odplivl si hlučně na podlahu a s pohrabáčem, jímž se právě pokoušel rozhrabat popel v kamnech, se po mně rozehnal. Tím vystrašil on mne, takže jsem před ním utekl po schodech nahoru až kamsi na půdu. Když hrozilo, že i tam mne dožene, raději jsem se s tím, co jsem mínil jako hromovou ránu, co se ale ukázalo být jen ufňukaným pšoukem, rozplynul před ním v dým a uchýlil se do oné přívětivé čtvrté dimenze, kde jsem byl pro tu chvíli v bezpečí. Hospodský chvíli ještě postál, asi pro případ, že bych se znovu objevil, potom se odebral dolů. Neviditelný, sledoval jsem ho až kuchyně, kde si vytáhl ze zásuvky sekáček na maso a pro mne významně jej položil na stůl.

Šel jsem na své místo u lesní tůně. Mohl jsem se takto aspoň vydýchat a popřemýšlet nad tím, jak těžký bude úkol jímž jsem byl pověřen. U tůňky jsem si vyzkoušel několik jiných podob, protože jsem se stále ještě zcela nevzdával myšlenky na to, zapůsobit na hostinského rodinu. V podobě značně obézního sloního mláděte se shnilými kly a tekoucím nosem jsem potom zašel znovu do kuchyně. Tentokráte jsem tam narazil na hostinského manželku. Stejně jako její manžel, ani ona nezaváhala. Hnala se po mně s oním sekáčkem na maso a když jsem se před ní schoval na zadní verandě do čtvrté dimenze, přinesla si odkudsi dřevěný kříž. S ním v jedné ruce a se sekáčkem v druhé potom chodila mezi kuchyní a verandou, mumlajíce modlitby. Ty mně vadily méně než ten sekáček, na němž bylo cosi zlověstného, skoro jako bych s ním dostával jakousi předtuchu.

Nevzdával jsem se ale stále ještě. Vloudil jsem se do kamrlíku v němž stála veliká káď, do níž si dcera hospodského, kvetoucí tmavovláska v plném rozpuku svých osmnácti let, nanosila horkou vodu ke koupání. Do kádě jsem si vlezl v lidské podobě se značným množstvím tělesného ochlupení a hlavně se silně prominentní částí mužské anatomie o níž, jak jsem věděl z vyprávění jiných, nedávno dospělé dívky buď sní či se jí naopak hrozí. U dívky vychované v nábožné rodině jsem ovšem doufal v to druhé. Dcera vstoupila, zarazila se, vteřinu či dvě stála jako solný sloup, potom jí z otevřených úst unikl silný vzdech, který ale nezněl ani trochu jako poděšení, spíš potěšení. Jenže, kde se vzala tu se vzala matinka, tentokráte s modlitební knihou v ruce, která měla na obálce prominentní kříž. Ten namířila přímo na mne a začala opět drmolit slova modlitby. Když se vedle ní ještě objevil hospodský s pohrabáčem a dokonce i syn s holí v ruce a oba se navíc přidali hlasitě k jejímu modlení, raději jsem se klidil.

Abych nemohl být obviněn z nesvědomitosti, vyzkoušel jsem v následujících dnech ještě několik různých podob a převleků, aniž bych si dělal iluze. Hostinský a celá jeho rodina byli prostě mimo dosah mých kouzel, ani obrovská stonožka s párem lidských rukou držících připravenou katovu oprátku, žádného z nich nevyvedla z míry.

Bylo mi jasné, že čas uzrál k tomu, abych zapojil Plán B. Našel jsem si místo jen kousek nad střechou hostince, kde bych byl už zdálky dobře viditelný a tam jsem se jednoho dne k večeru, kdy sem nejčastěji dojížděli ti, kteří ráno vyjeli z jednoho z obou měst, vznášel v podobě okřídleného kozla. K tomu mě ovšem inspiroval název hospody U šotka a kozla. Okřídleného šotka jsem si jednak nedovedl příliš dobře představit a ani mi to nepřipadalo moc strašidelné, kozel s netopýřími křídly se mi zdál být pro takovýto účel vhodnějším. Netrvalo ani moc dlouho a na cestě vedoucí sem od Zimostrázu se objevila dvoukolka tažená párem koní, jedna z těch jaké zde nejčastěji obstarávaly přepravu osob do Zmrzlotína a naopak. Jakmile mne kočí zahlédl, otočil se, aby na mne upozornil své dva cestující, muže a ženu. V povozu vznikla menší vřava. Zatímco žena si ve strachu jen zakrývala oči, muž se prudce o něčem dohadoval s kočím, mával divoce rukama a ukazoval přitom na mne, potom dál podle cesty; zřejmě ho přesvědčoval aby jel dál a u hospody nezastavoval. Což se také stalo. Kočí pobídl koně do klusu a po chvíli už zmizeli mezi stromovím. Kdoví jak se dostali do Zmrzolína, nevinné oběti mé malé války, nejspíš museli někde zastavit u cesty a přespat, aniž by využili pohodlí, které by jim hostinec nabízel. To už mě příliš nezajímalo; byl jsem rád, že se moje teorie potvrdila. Hostinskému, který už postával ve dveřích, aby své budoucí nocležníky náležitě uvítal, sklaplo. Mne, nad střechou se vznášejícího, z místa kde stál vidět nemohl, takže byl z celého toho incidentu asi hodně popletený. Klidně jsem ho v tomto stavu ponechal – pro mne v té chvíli nejdůležitější bylo, že plán B se ukázal být proveditelný.

Po tomto prvním a nanejvýše povzbuzujícím úspěchu, jsem si zavedl podle toho režim. Nedaleko jezera se nacházel kopec, z něhož bylo vidět na jeho obě strany i na cesty k hostinci vedoucí. Odtud jsem viděl už zdálky, když se někdo blížil k zájezdnímu hostinci a mohl jsem jim připravit náležité uvítání. Ve zbývajícím čase jsem si zkoušel nové a nové podoby, abych se příliš často neopakoval. Tady přece záleželo hodně i na reputaci, kterou si postupem času získám. S každým novým vystrašeným cestujícím, který dorazil v panice do jednoho z obou měst, se tato posilovala!

Když mě už omrzel oheň z nozder vypouštějící drak, zkusil jsem obrovskou mouchu, potom bezhlavého rytíře na koni. To poslední jsem ještě náramně vylepšil tím, že z koně jsem udělal tyranosaura. Moji klienti sice o této druhohorní příšeře nic nevěděli a měli ji nejspíš za nějakou odrůdu draka, fungovalo to ale náramně. V zásadě ovšem fungovalo skoro všechno z toho, co jsem si vymyslel. Byla to především otázka správného načasování. Jakmile mě spatřili v některé z mých hrozivých podob vznášejícího se v blízkosti hostince, lidé obvykle práskli do koní a pokud cestovali pěšky, vzali nohy na ramena. Někteří se po spatření některé z mých kreací sice uchýlili do hospody, kde se je nejspíš hostinský či jeho žena snažili přesvědčit o tom, že neviděli nic z toho, co viděli. Pokud se nechali přemluvit k tomu aby zůstali, počkal jsem chvíli než se usadili ve svém pokoji a potom jsem je znovu navštívil. Třeba jako tlející mrtvola nebo kostlivec, či tak podobně. V případě těch, kteří se zdáli být obzvlášť prosperitními, ohlásil jsem se jim jako výběrčí daní. Hosté zmizeli, obvykle navíc bez zaplacení a kdo by jim to měl za zlé? To, že v hostinci U šotka a kozla straší, se rozneslo po okolí velice rychle. Lidé se místu začali vyhýbat, když to jinak nešlo zvolili si raději to, že přestáli noc v nějakém improvizovaném táboře. O těch několik dobrodruhů, kteří sem přišli užít si nějakého vzrušení, jsem se vždycky dobře postaral. Ti mi dělali potom tu nejlepší reklamu. Netrvalo dlouho a hostinec si získal reputaci nejstrašidelnějšího místa v celém kraji!

Řekli byste asi, že po tomto mém úspěšném tažení se hospodský s rodinou brzy ocitli na mizině a že skončili jako žebráci? To ještě nevíte co všechno dovedou ty zatracené síly Dobra! Zase jednou vytáhly z toho svého bezedného rukávu další eso! Ještě dřív než mohl náš hostinský, k němuž už jsem počínal cítit dokonce jakési sympatie, přijít opravdu o hodně, dostal zprávu o tom, že zemřela jakási jeho teta a protože byl takový hodný už jako mladý hoch, odkázala mu celé své jmění. A že toho jmění bylo hodně! Několik lánů zemědělské půdy, pastviny, dokonce i menší zámek. Mohl si dovolit nechat hospodu hospodou, což učinil skoro okamžitě. Jako novopečený zeman mohl potom popustit ještě víc uzdu své dobročinnosti a podle toho, co jsem zaslechl, stal se z něho náramný filantrop, který to nejspíš dotáhl až na svatého.

Ocitl jsem se na místě sám a měl jsem docela jiné starosti, než abych se zabýval osudem bývalého hostinského. Mé rozkazy byly takové, že se mám Daramsufaelovi ohlásit až bude zájezdní hospoda mít nového a vhodnějšího majitele. Tím, že jsem zbavil hospodu hostů jsem splnil jsem vlastně jen první část úkolu. Původní hostinský byl pryč, ale žádný jiný na obzoru nebyl. Majitel si nyní mohl dovolit hospodu neprodávat, konec konců, místo si získalo reputaci jako to nejstrašidelnější v okolí, takže se stalo prakticky neprodejným. Mně nezbývalo nic jiného než čekat jak se situace dál vyvine a dívat se na to, jak kdysi živý podnik chřadne a začíná se pomalu rozpadat. A užívat si dovolené, které se mi takto dostalo...

Čas ubíhal a nikdo se neobjevoval, komu bych se mohl svěřit se svými problémy. Žádný pekelný inspektor, žádný posel se U šotka s kozlem nestavil, což mě dost překvapovalo, ale také znervózňovalo. Bez zvláštního povolení jsem se nemohl z oblasti vzdálit. Byl jsem k ní vázán jakýmsi kouzlem a neměl jsem žádné možnosti dát o sobě vědět někomu, kdo by to kouzlo sejmul. Potom se situace ještě dál zkomplikovala a stala se v podstatě ireverzibilní. Jakémusi šikovnému podnikateli se podařilo přesvědčit konšely obou měst, aby se tato spojenými silami přičinila o zbudování silnice mezi nimi, vedoucí přes až doposud těžko překonatelné pohoří. Projekt se zdařil a asi za rok nato už byla cesta průjezdní. To pochopitelně dál snížilo frekvenci na dlouhé cestě kolem jezera, která nyní byla prakticky nulová. Stále nikdo nepřicházel se na mne podívat. Kdybych byl znal důvody k tomu, tolik by mě to bylo nepřekvapovalo. Mnohé z věcí, které vám nyní vyjevím, jsem se ale dozvěděl až později.

Politika versus metafyzika

Zatímco jsem se nacházel na své misi v hostinci U šotka s kozlem, v Pekle se děly věci o nichž jsem neměl ponětí. Než vás o nich zpravím, nejprve vám ale musím podat některé základní informace o tom, jak funguje politický systém v Pekle kde, jak známo, se shromažďuje většina sil Zla. Protože tyto síly jsou v opozici k silám Dobra, týká se to i lidí. Lidstvo totiž představuje ono bitevní pole, na němž se odehrávají války, které mezi sebou neustále tyto dvě strany vedou. Jsouce lidmi, ať už se snažíte jak můžete, nedokážete nikdy plně pochopit to, jak byl svět původně stvořen. Evoluční teorie, ten nádherný koníček všech takzvaně racionálně smýšlejících lidí, se stal druhem náboženství, podobně jako se to stalo jejímu blízkému příbuznému marxismu, jakožto i mnohým jiným "ismům". Takže se nelze divit tomu, že evolucionisté se zakopali hluboko do svých zákopů, odkud čelí svým zapřisáhlým nepřátelům kreacionistům, kteří si pro sebe vyhrabali podobné díry. Z těchto pozic po sobě vzájemně střílejí. Je tomu tak proto, že zde jsou jen tyto dvě možnosti z nichž, žel Lucifer, je nutné si vybrat. Buď je vše jen výsledkem slepé náhody, na což přísahají evolucionisté. Nebo za tím vším stojí nějaká inteligence, o čemž jsou pevně přesvědčeni kreacionisté.

To, co vám nyní povím, jsem v době o níž zde píši ještě nevěděl. Teprve později mě události, které vám popíši, přivedly k tomu, abych začal přemýšlet. Nad mnoha věcmi, hlavně ale nad naší existencí. Pokud přijmeme, že zde je nějaký Stvořitel, jehož identita i charakter musí nicméně zůstat pro nás tajemstvím, musíme také přijmout to, že tento Stvořitel se nemůže projevit jinak než tím, že rozdělí na menší díly to, co původně bylo jednotou. Kdyby vše totiž zůstávalo ve své původní uniformní jednotvárnosti, nic by nevykazovalo žádné kvality. Neexistuje-li horko a chladno, nemáme ani žádnou měřitelnou teplotu. Pokud by nebylo světla a tmy, nebylo by ani dne či noci; vše by navždy zůstávalo stejné. Aby se Stvořitel mohl projevit, musí narazit na nějaký odpor a protože jest tím jediným a původním Stvořitelem, ten odpor si musí také sám pro sebe vytvořit. Čím se dostáváme k tomu, že už v tom nejpůvodnějším plánu Stvořitelově se musel nacházet koncept odpůrce, Stvořitelova protivníka: Ďábla.

Dále, aby něco existovalo a aby to mohlo ve své existenci pokračovat, věci se jednak musí stát, ale také se musí i nadále dít. Aby k tomu mohlo dojít, vše musí mít svou kladnou i zápornou stránku. Pokud by tomu tak nebylo a vše by bylo jen dobré, nikdo by se o tom nedozvěděl. Pokud chcete, aby se Dobro projevilo, musíte nechat místo také pro Zlo, na jehož pozadí může potom Dobro zářit. Sídlo Zla zde proto muselo být, aspoň v prvotním plánu Stvořitelově, již od samého prapočátku. Jedna z teorií o tom jak tomu bylo, je tato následující: Na počátku Stvořitel stvořil archanděly a s nimi celé sbory andělů. Jim se dostalo úkolu vládnout světu a z toho důvodu je Stvořitel obdařil svobodnou vůlí. Někteří z těchto archandělů se nicméně vzbouřili a postavili se proti ostatním andělským jednotkám. Stali se totiž příliš arogantními a pyšnili se tím, jak jsou důležití.

O tom co následovalo existuje víc dohadů, jistým se zdá být jen to, že jak jsme si již pověděli, v Nebi došlo k jakési válce, při níž se utkali dobří, poslušní andělé, s těmi neposlušnými. Poslušným andělům se buď podařilo válku vyhrát a ty neposlušné svrhnout dolů, nebo to byli ti andělští vzbouřenci kteří sami odešli a usadili se dole, v oblastech řádově nižších než je Země. Tak to aspoň tvrdí ti sympatizující se Satanem, který měl původně být Stvořitelovým oblíbencem, stal se ale vůdcem andělských vzbouřenců. V každém případě, od té doby existují dvě navzájem si protivící strany, Nebe a Peklo. Já jsem se narodil v tom druhém a proto se ode mne očekává, že budu vždy vůči Peklu loajální. Nezapomeňme ale na to, že ať už jsem jakkoliv špatný, podlý, zlomyslný, hříšný, prostě v sobě mám to všechno, co činí ďábla ďáblem, nemohu být tak docela zkažený. Proč? Protože ve mně někde musí dřímat ta nepatrná jiskérka onoho originálního Dobra, jímž na počátku Stvořitel naplnil i nás, když jsme ještě byli anděly. Tohle všechno si dnes uvědomuji a proto vím, jak mohlo dojít k tomu, o čem je celý tento příběh.

Ale. Vždycky se všude nachází nějaké to "ale", na to už jsem také přišel. V tomto případě jsem už ve svém „vyhnanství" začínal velice nejasně tušit, že všechno se nemá úplně tak, jak by se to mít mělo, že mě systém, v němž jsem vyrostl a který jsem až doposud plně podporoval, jaksi zklamal. Ta loajálnost, o níž bych si byl dříve nedovolil ani na vteřinu pochybovat, se měla nyní prověřit. Ano, něco tam ve mně bylo, co tak úplně neladilo s ďáblovstvím. To se začalo projevovat tím mým básněním. Jistě, u lidí a snad i u některých ďáblů, to je jen dočasný jev související s psychologickým vývojem, kdesi na hranici mezi pubertou a počátkem dospělosti. Já jsem v tomto bodě byl ještě panicem; situace byla tedy ideální k tomu, aby to mnou začalo lomcovat a přitom, aby se občas zrodily nějaké ty verše. Tohle vše se asi děje někomu někde vždycky a drtivá většina básníků ze svého básnictví dříve či později vyroste. Nejčastěji poté, kdy přestanou být panici. Tu a tam ale některý panicem zůstane, ať už ve smyslu fyzickém či metafyzickém a může proto zůstat i básníkem. Patřím já k takto privilegovaným jedincům? V opuštěné hospodě jsem objevil dokonce i knihovnu, která zřejmě patřila hostinskému a jeho rodině. Už v této době kdy tiskařské lisy teprve pracovaly několik krátkých desetiletí, se v ní nacházely zajímavé spisy. A to si jejich původní majitel zjevně ty nejlepší odvezl sebou a co tu zanechal bylo to, na čem mu příliš nezáleželo. Protože ale byl v zásadě povahy religiózní, knihy které v knihovně zůstaly byly spíše povahy filosofické. Což mi vyhovovalo a o leččem jsem se v nich poučil. Ke své veliké radosti, našel jsem tu i nějaké básně, nad nimiž jsem strávil dlouhé hodiny.

Času k zpytování duše jsem nyní měl spoustu. Ocitl jsem se uprostřed jakési časové distorze, k níž došlo následkem událostí o nichž jsem nic nevěděl a které jsem nemohl nikterak ovlivnit. Malého človíčka i malého ďáblíčka, občas mohou zaskočit různé události, i když my na tom býváme přece jen trochu lépe než ti první, protože nás se naštěstí netýkají například dramatické změny zemské kůry, sopečné výbuchy či zemětřesení, ani extrémní výkyvy počasí, požáry, povodně a podobné rány osudu. Politice a s ní spojeným událostem ale neunikne nikdo a tohle platí jak o lidech tak i o ďáblech.

Takže o té politice. V Pekle existují dvě hlavní politické strany. Jednacím jazykem v pekelném parlamentu bývala tradičně latina, ale od dob kdy se většina záznamů digitalizovala se jím stala angličtina. Proto zde uvedu názvy jednotlivých stran také v tomto jazyce. Jedna ze dvou hlavních stran se jmenuje realisticky ekonomizující démoničtí sadomasochisté, *Realistically Economical*

Demonic Sadomasochists, zkráceně REDS (**Červení**). To druhou jsou Geochronoligicky realističtí ekologičtí nadšenci podsvětí, anglicky *Geochronologically Realistic Ecological Enthusiasts of the Netherworlds* neboli GREENS (**Zelení**). Ti poslední, pod vedením premiéra Lucifera, se nacházeli u moci po velice dlouhý čas a to i když se vezmou v úvahu podstatné rozdíly v tom, jak čas uplývá v Pekelné dimenzi v porovnání s tím, jak jsou tomu uvyklí lidé. Abych ale příliš nezahýbal a čtenáře tím zbytečně nezaváděl, povím jen, že naposledy v Pekle vládli Červení nedlouho před koncem údobí druhohor. Tehdy na jejich prohru a odchod z vládních lavic doplatili podobným způsobem také dinosauři.

Vůdce Zelených Lucifer si po vítězství své strany mohl užívat po následných šedesát tři a půl miliónů let toho, že hlasitě bzdil v křesle premiéra a dloubal se v nose, zatímco jeho kolegové hnali pekelným tempem přes parlament série novelizací zákona, který předtím stěží doznal legislativních změn od dob kdy se započalo Alpské zvrásnění. Nové zákony potom ve stejném chvatu potvrdil i Senát a to ještě dříve, než došlo k potopení Atlantidy.

Červení nakonec přece jen volby prohráli a to poté, kdy jeden nespokojený člen vládního kabinetu nechal uniknout informace týkající se zprávy o rýsující se ekologické pohromě. Vinit z toho lze pekelné jaderné reaktory, jejich nadužívání a špatná údržba, ruku v ruce s nedobrou konstrukcí. Žurnalista bulvárního tisku, který se vyspal s ředitelkou *Energy Vital Industrial Laboratories* (EVIL) při intimních konverzacích vedených po koitu na do oranžova rozžhaveném lůžku vyzvěděl, že několik z hlavních reaktorů bylo vyrobeno z oceli, která měla původně být určena k výrobě plechových nočníků. Když se o tom od něho dozvěděli představitelé *Atomic Reactor Maintenance Services* (ARMS), vyhlásili, že jimi vedené odbory budou od nynějška pracovat jen přesně podle předpisů. Následkem toho došlo brzy k roztavení jádra jednoho ze zmíněných reaktorů. Katastrofa s reaktorem podle některých ekologů a klimatologů není ojedinělým případem. Podle nich se tímto již ireverzibilně započal proces ochlazování pekelné atmosféry. Po poruchách jiných reaktorů, jejichž selhání se očekává každým dnem má, aspoň podle těch největších pesimistů, nakonec dojít k úplnému zaledněni Pekla.

Protože to vše vyšlo najevo v průběhu volební kampaně, následkem bylo to, že strana nacházející se u moci se prakticky přes noc ocitla v nesmírných potížích. Průzkumy veřejného mínění najednou začaly předpovídat vítězství opozice a skutečně, v den voleb většina, kterou měl Satanus v parlamentě před volbami, se vytratila a Peklo mělo novou vládu! Nehodlám se dále rozšiřovat o této poměrně nedůležité epizodě v dějinách Pekla, zmíním jen to, že byla z velké části zodpovědná za to, že během ní byla velká většina druhů a poddruhů dinosaurů smetena s povrchu zemského. REDS ve vládě byli klíčem k této až doposud zdaleka nevysvětlené události, o níž se v pozemských vědeckých kruzích dodnes horlivě debatuje.

I jiných podobných chyb se dopustili REDS během svého neslavného krátkého pobytu ve vládních lavicích parlamentu, na který dinosauři tak draze doplatili. Dlouho, dlouho se na ně mezi voliči nezapomnělo, takže strana REDS ohřívala lavice opozice po vce než šedesát miliónů let. I když mívají voliči v Pekle o něco delší paměť než jejich protějšky na Zemi, přece jen se v poměrně nedávných časech začínaly objevovat hlasy tvrdící, že REDS se už museli poučit a že by si zasloužili dostat znovu šanci. Zejména proto, že GREENS se už stali naprosto nekompetentními, zkorumpovanými a nanejvýše arogantními, takže by měli příští volby prohrát, aby REDS mohli provést ekonomickou reformu. Takovéto hlasy sílily stále více, takže brzy vzniklo hnutí, které mělo jako heslo 'Je nutno změnit podnebí!' Pro změnu podnebí bylo stále více a více voličů, konaly se i četné demonstrace a pochody, během nichž se účastníci hlasitě dožadovali změny podnebí, aby se zabránilo hrozícímu nebezpečí globálního ochlazení, které by mohlo ohrozit samotnou existenci Pekla.

To vše se dělo právě v době, kdy jsem začínal svou misi v hospodě U skřítka s kozlem. Svůj hlas jsem podal ještě před jejím začátkem, protože tak se to v Pekle dělá. Potom jsem skoro úplně zapomněl, že se mají nějaké volby konat, protože tam kde jsem byl, mi je nic nepřipomínalo. To, že REDS vyhráli a že se v Pekle změnila vláda jsem tudíž nevěděl a nebyl bych to ani očekával, proč také? Byl jsem uvyklý tomu, že máme pořád stejnou vládu a vrchol úspěšné kampaně s níž přišli REDS, mi už unikl. Neměl jsem tudíž ani potuchy o tom, že nová vláda téměř okamžitě změnila složení téměř celé státní správy, když dosadila na klíčová místa své příznivce. Moji šéfové, včetně generála Grimonacruela a plukovníka Daramsufaela se stali mými bývalými šéfy, aniž bych o tom věděl. Nejenže se ocitli bez práce, byla proti nim zahájena vyšetřování kvůli údajným podvodům, jichž se měli dopustit v době výkonu svých funkcí. Protože v posledních dnech před volbami začalo už být celkem jasné odkud vane vítr, vysocí státní úředníci si dokázali spočítat co by se asi mohlo stát. Když se to potom skutečně stalo, dovedu si představit jak chudák Árčí v Daramsufaelově kanceláři musel těžce trpět, když se pod jeho kotlem narychlo pálily stohy pergamenů jichž se můj šéf potřeboval zbavit!

Árčí, jak jsem se dodatečně dozvěděl, ale na tom všem nakonec vydělal. Jakmile se k němu doneslo co se kolem něho děje, začal se chovat naprosto vzorově a svou nevymáchanou hubu zaměnil za něco, co se spíš podobalo slavičímu zpěvu. Tím pádem brzy vzbudil zájem kohosi mocného ve svém pozměněném okolí. Ten se rozhodl jeho případ přezkoumat, poslal jej výše a nově dosazený státní návladní nakonec rozhodl v jeho prospěch. Árčí byl tudíž přeložen do Očistce, kde se s ním konal nový soud. I ten dopadl pro něho dobře, protože byl plně rehabilitován. Podle toho, co jsem se později dozvěděl, měl být znovu poslán na Zemi a dokonce se o něm hovořilo jako o možném budoucím papežovi!

To vše je irelevantní. Podstatné pro mne bylo, že bez mého vědomí, během onoho frenetického a jistě i veliké rozdíly nečinícího spalování dokumentů, se nějak stalo, že záznamy týkající se mé mise, také skončily v plamenech. Nebylo sice v nich nic, co by mohlo nějak uškodit těm, kteří je pořizovali, nicméně se tak stalo. Prostě byly vrženy do ohně spolu s jinými, důležitějšími dokumenty. Protože naši sekci Pekelných zvláštních jednotek teprve čekala úplná digitalizace, to co mezi nimi bylo, se ztratilo zcela nenávratně. Ve složce, která přitom zmizela, se také nacházel soubor s mými osobními údaji, takže ztracena byla nejen veškerá evidence o mé misi, ale dokonce i o samotné mé existenci. Těch několik ďáblů, kteří věděli o misích které byly právě v průběhu, mělo svých starostí dost k tomu, než aby se starali o ty, kteří se podobně jako já právě nacházeli někde na Zemi. Jejich osobní složky se ale většinou neztratily tak jako ta moje, takže se na ně úplně nezapomnělo. Ze mne se ale stal zapomenutý ďábel!

Zapomenutý ďábel

Stále jsem ještě čekal na to, že se konečně objeví některý z mých nadřízených, aby by mi dal další rozkazy. Zkoušel jsem nouzovou linku, kterou mi dal plukovníkův pobočník, ta ale nefungovala. Sám jsem nic dělat nemohl. Kouzlo, které mě poutalo k oblasti kolem Černého jezera tam stále bylo, což mi bránilo v tom z místa odejít a vrátit se do Pekla. V hospodě U skřítka s kozlem přitom už nebylo celkem co dělat. Na něco takového, co se stalo, se prostě nepamatovalo. To, že nefungovala nouzová linka, bylo znepokojující. Ještě před časem bych nebyl nikterak nadšený, kdyby mi do mé práce strkal nos nějaký inspektor, teď bych ale byl uvítal i samotného plukovníka Daramsufaela! Ale nikde nikdo...

Čas pomalu plynul, měsíc se sešel s měsícem, rok s rokem, těch roků uplynulo několik; už jsem je ani nepočítal. Dost brzy jsem se přemístil do hospody, která se sice začínala pomalu rozpadat, která ale přece jen poskytovala lepší útulek než okolní příroda, zejména uprostřed zimy. Cesta, která k hospodě vedla, se po obou stranách začala měnit už jen v zarostlou pěšinu, protože skoro nikdo po ní už nechodil. Těch pár cestujících, kteří si z nějakého důvodu zvolili jít tímto směrem a rozhodli se přespat v hostinci, jsem vystrašil, takže utekli. Tak nějak už jen ze setrvačnosti. Někdy jsem si ale říkal, že by nebylo marné mít nějakou společnost, ať už kohokoliv. Chátrající nábytek jsem nijak neopravoval, proč také, stačilo mi, že jsem měl prozatím střechu nad hlavou. Jediné věci jsem si hleděl a tou byl krb v hlavní místnosti, protože oheň jsem potřeboval a to, jak se o něj starat, mi bylo do hlavy natlučeno už v útlém mládí. Znamenalo to ovšem sbírat po lese topné dřevo. V hospodě sice zůstal nějaký nábytek, pálit kusy nábytku, většinou z kvalitního dřeva, se mi nějak příčilo. Kromě toho jsem si říkal: spálím těch několik stolů a židlí a co potom? Nejprve jsem sháněl menší sušinky a všelijak jsem je lámal, aby se mi do krbu vešly. Potom jsem si řekl, že by se mi hodila pořádná sekyra. V hospodě žádná nebyla; takovéto vzácnější nářadí si zřejmě bývalý hospodský odvezl sebou, když se stěhoval. Nechal v hospodě jen nějaké ty hrnky, pár nožů, vidliček a lžic, nic co by se hodilo k zpracování dřeva.

Na štěstí se v pravou chvíli objevila skupina dřevorubců, kteří začali kácet stromy v okolním lese. Po nějaký čas jsem je zpovzdálí sledoval, abych se trochu naučil něco o tom jak věci dělají, jak si například brousí sekery, a tak podobně. Slyšel jsem jednoho z nich zalykavě vyprávět o zelené lesní příšeře, když jsem se večer schovával nedaleko jejich tábora. Ostatní mu nábožně naslouchali, takže jsem si řekl, že o mou příští změnu podoby je postaráno. Počkal jsem si jen až těch stromů porazí víc a když jsem si řekl, že už by mi to mohlo na slušnou dobu vystačit, udělal jsem na ně výpad. Přesně tak, jak to ten vyprávěč popisoval, jako zelená lesní příšera. Utíkali zděšeně z místa a hádám, že se nezastavili dokud nedoběhli až do Zimostrázu. Sekyry, brusky a podobné věci nechali na místě, přesně jak jsem potřeboval. Od té doby se kácení a sekání dřeva stalo součástí mé denní rutiny. Dokonce jsem si tu práci docela zamiloval. Jakmile jsem vzal do ruky sekyru, chmurné myšlenky které mě pronásledovaly se aspoň pro tu chvíli vytratily. Říkal jsem si, že kdyby na něco takového mělo dojít, dokázal bych si asi na sebe jako dřevorubec vydělat!

Myslíte si, že my ďáblové to máme lehké jen proto, že jsme nadpřirozenými stvořeními? Že nemáme žádné starosti s tím jak sehnat potravu, jak se napojit, ohřát..? Kdepak! Když se nacházíme v hmotném těle, jsme na tom v podstatě stejně jako vy, lidé. Potřebujeme se najíst, napít, vyspat, úplně jako vy. Jistě, můžeme se uchýlit do čtvrté dimenze, zejména když jsou podmínky na zemi pro nás opravdu nevhodné, myslíte si ale, že je to nějaký med? Zkoušeli jste někdy spát opřeni o měsíční paprsek? Má ostré hrany a studí. Navíc je tam kolem smutno a není tam ani trochu dobrá společnost. Potulují se tam všelijaká individua, opravdový póvl, lidé kteří jsou po smrti, ale kteří se tak nějak nedokáží odpoutat od země. Někdy to bývají alkoholici, některé tam drží nenávist k jiným lidem, jindy je to lakota a neochota rozloučit se s bohatstvím, které si za život nestrádali. Když se potom musejí dívat na to, jak buď jejich příbuzní nebo i někdo úplně jiný, kdo se těch jejich peněz zmocnil, s nimi nakládá a jak je rozhazuje, mohli by z toho dostat psotník! Co vám mám vykládat.

K tomu, abyste nalezli trošku přijatelnější společnost, byste museli jít o dost výš a tam zase my ďáblové nemáme přístup. Takže, pokud se nacházíme na zemi, daleko pohodlnější pro nás je zůstat v hmotném těle, kde platí pozemské podmínky, kde se můžete najíst, napít, lehnout si na palandu a přikrýt se pořádně tlustou houní. Ovšem, chcete-li se najíst, musíte mít čeho. My ďáblové nejsme nijak obzvlášť vybíraví, pokud ovšem nenáležíme k nižším (čti vyšším) vrstvám pekelné hierarchie — potom ale míváme pro své pohodlí většinou k ruce služebnictvo. Takový vyvrhel, jakým jsem se stal já, si ale vybírat nemohl. Myši, žáby a zejména ropuchy, se staly součástí mé denní diety, protože chutnají docela dobře a dají se celkem snadno chytit. Občasný had mi také šel k duhu. Taková zmije je úplnou pochoutkou, navíc její jed nám nijak neškodí, dokonce i prospívá. Když se pomalu saje ze zmijího zubu, je to pro nás dokonce jako tonikum. Potom tu byly žížaly, larvy, housenky, luční kobylky, ještěrky a spousty jiných podobných menších tvorů. Opravdový pamlsek, takový bonbon mezi tím vším, ale je moucha masařka.

Tohle všechno bylo snadné k sehnání v létě. V zimě už to bylo horší, zejména pokud napadlo hodně sněhu. To se mi stalo hned tu první zimu kterou jsem byl zde nucen trávit a nebylo to snadné; dost jsem zpočátku hladověl. Potom jsem objevil něco, co mně zachránilo. Když jsem si pořádně po čertovsku říhl, dokázal jsem tímto paralyzovat některá z menších lovných zvířat, například zajíce či králíka. Tuto lovnou metodu jsem postupně vylepšoval, takže brzy jsem takto byl schopen ulovit si dost těchto tvorů, abych už netrpěl hladem. Zpočátku jsem jedl veškeré maso syrové, brzy jsem si je ale začal opékat v krbu. Trvalo mi ale nějaký čas než jsem objevil, že ulovenou zvěř je dobré vyvrhnout a stáhnout z kůže, dříve než ji vystavím ohni.

Ta první zima byla nejhorší. Když měla přijít ta další, už jsem byl daleko lépe připraven. Hodně k tomu také napomohlo, že jsem už svoji situaci přestal považovat za pouze dočasnou a výjimečnou, když jsem si uvědomil, že se zřejmě stalo něco co jsem nemohl ovlivnit a že bude lépe když se připravím na nejhorší. Tím pádem, jakmile se dostavilo jaro, začal jsem všechno dělat tak, abych byl připraven na tu příští zimu, kterou třeba budu muset na tomto místě znovu strávit. Objevil jsem, že maso se dá také udit v komíně a přišel jsem i na to, jak si připravit pasti na větší lovnou zvěř, zejména jeleny a srnky, jichž bylo v okolních lesích spousta.

Nepočítal jsem kolikrát se vystřídalo léto se zimou; jistě ale aspoň pětkrát či šestkrát. Spíš ale desetkrát. Stále se nikdo neobjevoval. Potom přišla zima, která byla o hodně horší než ty předchozí. Normálně už by byl měl veškerý sníh roztát, stále se ale ještě držel na zemi a dokonce jej přibývalo. Téměř všechno co jsem si v létě připravil bylo už zkonzumováno, v komíně nezbývalo žádné uzené maso, sušené jahody a borůvky už také byly všechny snědeny. Na jezeře byl stále ještě led, takže ani ryby se chytat nedaly. Za celý den jsem měl k jídlu jen jediného kosa, k němuž se mi podařilo přikrást se dostatečně blízko abych ho mohl paralyzovat svým jedovatým dechem, takže spadl s nízké větve na níž seděl. Byl jsem aspoň ještě schopen nasekat si dříví, takže oheň v hlavní světnici plál, zatímco já jsem ležel zabalen v houni před krbem. Náhle se zvenčí ozval zvuk; znělo to jako zaržání koně. Potom ještě jednou. Že by nějaký návštěvník? Potom už nebylo pochyby, někdo se blížil ke vchodu do hospody, slyšel jsem kroky a dokonce i dupání, jak se někdo snažil setřást ze svých bot sníh. Že ten někdo byl člověk, to mi moje smysly hned prozradily!

Útěk ze Zimostrázu

Byla jsem ještě hodně mladá, když jsem poprvé slyšela historky o strašidelné hospodě na půli cesty mezi Zmrzlotínem a Zimostrázem. Sama jsem v té hospodě jednou přespala, to když jsem se nacházela na cestě do Zimostrázu, kde jsem tehdy také nehodlala strávit déle než jednu, případně dvě noci. To tam ještě nestrašilo. Pamatuji si i na hostinského který tam byl, velice milého a úslužného člověka. Byla jsem tehdy na cestě z Bavorska, odkud pocházím, do Lotrinska, kde jsem se měla vdávat za jistého nepříliš urozeného šlechtice. Oba moji rodiče, zchudlí zemani, byli už mrtvi, takže mě doprovázel strýc Joachym, který zařizoval prodej veškerého majetku a který počítal s tím, že až mě v pořádku doručí, zůstane už v Lotrinsku, kde se hodlal usadit. Osud ale rozhodl jinak. Když jsme dorazili do Zimostrázu, strýc Joachym náhle onemocněl. Dostal prudké horečky, povolaný lékař mu pouštěl žilou a nasadil na něho baňky s pijavicemi; nic nepomáhalo! Po několika dnech strýc Joachym zemřel. Věděl už, že smrt je blízko a stačil mi ještě dát adresu, kam jsem měla poslat vzkaz o tom, co se stalo a aby si mne někdo vyzvedl.

Dopadlo to ale úplně jinak a neblaze. Noc poté, kdy Joachym zemřel, vloupal se kdosi do pokoje v němž se nacházela jeho mrtvola v rakvi, kde byly také veškeré peníze a kde byla i uložena truhlice se veškerým naším majetkem. Lupiči mi ukradli vše co jsem na světě měla; ztratil se přitom i onen kousek pergamenu s adresou kam jsem měla napsat. Stejně bych byla neměla na to zaplatit poslovi, který by zprávu doručil mému budoucímu manželovi. Navíc, jak mi ještě na cestě prozradil, strýc Joachym se jen z jemu známých důvodů rozhodl, že se vydáme úplně jinou cestou než by se dalo očekávat — místo abychom se vydali severní trasou, jeli jsme tou mnohem dál na jih. Což znamenalo, že jsem se právě nyní nacházela v místě víc než sto mil vzdáleného od toho, kde bych logicky být měla. Šance k tomu, že by mě můj nadcházející našel zde, na úpatí hor, byla proto malá. Pokud se kdy vůbec o něco takového pokusil. Třeba byl rád, že se mě zbavil.

Neměla jsem ani čím zaplatit za útratu v hostinci, takže mě odtamtud hned druhý den bez nějakého většího otálení vyhodili. Ocitla jsem se na ulici. Stála jsem bezradně před hostincem, když ke mně přišla jakási paní. Vypadala celkem blahobytně, i když její řeč nijak moc nenasvědčovala tomu, že by byla lepšího původu. Spíš naopak. Byla ale jediným člověkem, který se se mnou hodlal bavit, takže když mi po chvíli, poté kdy už zjistila jak se to se mnou má, navrhla, že mě vezme k sobě domů, souhlasila jsem. I když už jsem začínala tušit odkud vítr vane. Nic jiného mi ale stejně nezbývalo. Zavedla mě do domku na okraji města. Takto se započala moje kariéra jako helmbrechtnice.

Mirjam byla velice zkušená ve svém oboru a ve mně nalezla ochotnou a dobrou učednici. Neviděla jsem veliký rozdíl mezi tím, co dělám a tím, co bych dělala, kdybych byla bezpečně dorazila na místo určení a byla potom po vůli svému manželovi, který podle toho co mi strýc Joachym ve sdělné chvilce prozradil, už nebyl žádný veliký mladík. Takto jsem byla po vůli více pánům, téměř všichni z nichž už zdaleka nebyli v rozpuku mládí. Zato si mohli dovolit koupit mne, která, jak Mirjam prohlašovala, vypadám jako obrázek světice ve svatém vytržení. Měla jsem k tomuto povolání nesporný talent. Kdepak, nebylo nad Brigitu! Troufám si tvrdit, že za příznivých okolností neztratila bych se ani jako kurtizána u některého z větších německých královských či šlechtických dvorů. Byla jsem tedy v Zimostrázu ztracená, můj talent nevyužitý? Ani bych neřekla. Všude je chléb o dvou kůrkách a v tomto středně velikém městě jsem byla velkou rybou v malém rybníku. Jistě, měla jsem jednu či dvě vážné konkurentky, těm se ale přece jen nikdy nepodařilo ulovit si starostu a ty nejpřednější z předních konšelů, kteří regulérně hledali uspokojení v náručí nás dam. Pokud k tomu nebyli trochu moc staří, v kterémžto případě byli z velké většiny kdysi vinni ze stejných morálních přestupků, na což si zpravidla uchovávali živé a příjemné vzpomínky.

Tak ubíhal čas a já jsem v městě, kde jsem původně měla strávit jedinou noc, prožila těch nocí dlouhou řadu, ne nepodobných si navzájem v hrubých rysech, nicméně mnohem rozmanitějších než bych byla mohla kdy doufat, pokud bych byla připoutána k jedinému manželovi. Léta ubíhala a moc se toho neměnilo, pouze moje spasitelka Mirjam se odebrala na odpočinek a když nedlouho poté podlehla nemoci, zanechala mi svůj domek v závěti. Nikdy by mne v té době nenapadlo, že někdy Zimostráz opustím, tak už jsem byla usedlá a uvyklá poměrům.

Potom se situace rázem změnila. Do městské rady přišel nový konšel, který byl i poměrně nový ve městě, takže ho nikdo příliš dobře neznal a neočekával, že by jeho příchod přinesl nějaké změny. Takže, protože o to zjevně stál, byl bez větších potíží zvolen. Brzy se ukázalo, že jeho pověst morálně čistého politika, na kterou přísně dbal, bude problém. Nejvíc potom pro samotného starostu, který měl se mnou po mnoho let zavedený a dobře fungující poměr, o němž se nový konšel, který už starostovi začínal dýchat na krk, nějak dozvěděl. Starosta si nemohl dovolit aby se o tom dozvědělo celé město. Proti svému sokovi měl pár velikých výhod. Byl kromobyčejně výřečný a velmi bohatý. Peníze, jak víme, koupí téměř všechno a když se k tomu přidá výmluvnost, starosta by byl schopen čelit prakticky jakémukoliv obvinění. Nesměla bych tu ale být já, na kterou bylo možno ukázat prstem. Následkem toho jsem jednoho dne v pozdní zimě pozdě večer dostala návštěvu. Návštěvníkem byl právník, kterého si najal starosta. Měl pro mne návrh, který měl podepřený dosti značnou sumou peněz, ve zlatě. Návrh zněl, Brigito vypadni odsud co nejdřív!

Nerozmýšlela jsem se dlouho. Cena mého domku byla už v navrhované sumě. Možnost toho, že bych změnila působiště, mě docela lákala. V poslední době už bylo všechno až příliš dobře zavedené, navíc alternativa byla, že bych se asi stala obětním beránkem, kterážto perspektiva mě příliš nelákala. Starostův advokát mi také sdělil, že bude nejlépe když si vezmu jím již připravený povoz a dopravím se do Zmrzlotína a pokud možno i dál, starou cestou kolem jezera. Bylo totiž možné, dokonce pravděpodobné, že pomahači starostova soka mě budou pronásledovat, jakmile přijdou na to, že už nejsem ve městě. To, že bych užila staré cesty je hned tak nenapadne a stopy bych neměla zanechat žádné, protože venku padá čerstvý sníh a brzy jím budou zaváté.

Dohodli jsme se také, že si budu sáně řídit sama. Aspoň bude o jednoho člověka méně, který by nás mohl vyzradit. Společně jsme naložili sáně tím vším, co jsem si chtěla sebou vzít; bylo toho překvapivě málo. Zlaťáky, šperky, pár šatů, nějaké ty boty. Však si zase pořídím nový šatník, s tím co dostávám si to budu moci dovolit. Hlavně, že jsem dobře oblečená do té sloty, v teplém kožichu! Bylo už po půlnoci, když jsem vyjela z města ven. Nikdo mne neviděl, tím jsem si byla jista. Cestu jsem objevila, byla ale natolik zarostlá, že projíždět zde nebylo vůbec snadné. I s tím náskokem několika hodin před rozbřeskem, budu mít co dělat, abych se dostala do večera k strašidelné hospodě. Potom se uvidí, snad se tam dá nějak přespat.

Kůň, který táhl moje saně byl pozdě odpoledne už notně unavený, potřeboval si odpočinout a dostat najíst. Byla bych mohla to risknout a zkusit jestli by mě dopravil až do Zmrzlotína; mohl by ale také padnout únavou a co potom? Když jsem se konečně dostala blízko k hospodě, čekalo mě příjemné překvapení. Celkově byl dům silně zanedbaný, místy se už téměř rozpadal, z některých oken vypadalo sklo a byla všelijak ucpána, ale z komína stoupal kouř! Někdo tam bydlí. Kdokoliv to je, snad mi dovolí přespat...

Jak jsme se blížili ke vchodu do hospody, kůň šel pomaleji a pomaleji. Nakonec se úplně zastavil a odmítal jít dál. Zkoušela jsem jej pobízet jak se dalo, dál jít ale nechtěl a řekl mi o tom důrazně způsobem, jaký pouze koně znají. Asi jsem byla příliš netrpělivá a trhla jsem opratěmi trochu moc a prudce, což způsobilo, že se kůň rozhodl běžet zpátky a obrátil se tak náhle, že se sáně převrhly. Spadla jsem do závěje sněhu, takže jsem si nijak neublížila; se mnou ze sání vypadly i oba vaky v nichž se nacházelo veškeré mé pozemské bohatství. Kůň táhnoucí za sebou sáně zbavené veškerého nákladu se dal do klusu a brzy mi zmizel z dohledu mezi stromy. Rychle se začínalo stmívat a nemělo cenu se za koněm vydávat. Nedalo se dělat nic jiného než dotáhnout zavazadla ke dveřím hospody. Oklepala jsem sníh z bot s hlasitým dupáním, které bylo ale také míněno k tomu, aby obyvatele budovy upozornilo na mou přítomnost. Žádné okamžité reakce jsem se ale nedočkala. Sníh kolem domu se zdál být neporušený. Vzala jsem tedy za kliku a pokusila se otevřít dveře. Šlo to poměrně těžce, když jsem ale zatlačila, dveře se otevřely. Strčila jsem hlavu dovnitř a zavolala jsem:

"Je někdo doma?"

Strašidelná hospoda

Nikdo neodpovídal. Počkala jsem chvíli, potom jsem zkusila znovu zavolat, tentokráte hlasitěji a s větším důrazem. Pořád nic. Prošla jsem dveřmi dovnitř, přešla celou místnost v níž se nacházely napolo rozpadlé stoly, lavice a židle a skoro nic jiného a došla jsem až k zadním dveřím. Ty se nedaly vůbec otevřít, asi byly zamčené. Aspoň pro tuto chvíli jsem měla hlavní místnost v bývalé hospodě zcela pro sebe. S tím i krb s hořícím ohněm, který ovšem musel někdo zapálit. A to mi dělalo starosti, protože ten Někdo nemohl být příliš daleko!

Krb lákal. Dotáhla jsem své vaky blízko k němu a sklesla jsem na lavici, která před ním stála a kterou jsem si přitáhla ještě o něco blíž k ohni. Jistě na ní sedává také současný obyvatel či obyvatelé hospody, byla jsem ale příliš unavena než abych se tím příliš vzrušovala. Sundala jsem si palcové rukavice a ohřívala jsem si ruce nad ohněm. Zkusila jsem potom ještě párkrát zavolat, bez výsledku. Vstala jsem, abych svlékla těžký kožich a udělala si u ohně krbu větší pohodlí. Tehdy jsem zaslechla jakýsi zvuk; znělo to jako temné zabručení.

„Je tady někdo?" opakovala jsem, i když už jsem velké naděje na to, že mi někdo odpoví, v té chvíli neměla. Začínalo mi docházet, že pověsti o strašidelné hospodě mají asi solidní základ. Obrátila jsem se pomalu od ohně a dívala se na hromady stolů, lavic a židlí nakupených kolem všech čtyř stěn velké místnosti, některé z nichž byly už značně rozpadlé. Jedna ze židlí se přitom náhle, přímo před mým zrakem a bez sebemenšího důvodu, převrhla. Drásalo mi to trochu nervy, byla jsem ale rozhodnuta nedat nic najevo. Tomu, kdo si tu chtěl se mnou pohrávat, se nesmí dostat té satisfakce, aby mě viděl nervově příliš rozházenou. Třeba dá za chvíli pokoj, já budu moci strávit noc zde u krbu a ráno už se uvidí, co bude dál. Třeba se mi podaří najít koně, i když moc nadějí na to jsem si nedělala.

Opět nějaký zvuk, tentokráte za mými zády někde v blízkosti krbu. Otočila jsem se k němu právě včas, abych spatřila jak kus z jedné rozbité židle přistál uvnitř hořícího krbu, aniž by s ním viditelně někdo manipuloval. Tedy, bylo mi jasné, že k nějaké manipulaci zde dojít muselo, pocházela ale jasně odkudsi odjinud, z oblastí kam my lidé nedohlédneme. To, že něco nevidíme, jak jsem vždycky věřila, nicméně neznamená, že to neexistuje. Sice mi šel tak trochu mráz po zádech, řekla jsem si ale, že to poslední co ona neznámá síla udělala, byl vlastně jakýsi pokus se mi zavděčit. Co jiného to mohlo znamenat, když do ohně bylo takto přiloženo, než pomoci mi trochu se zahřát. Prohlásila jsem proto nahlas, hlasem který jsem se pokusila učinit znít tak klidný jak jsem to jen dokázala:

„Děkuji vám, ať už jste kdokoliv. To teplo opravdu oceňuji!"

Po nějaký čas se nedělo vůbec nic. Když už jsem se ale chystala znovu si sednout před hořící oheň v krbu, zaslechla jsem hlasité žuchnutí, po němž jsem se prudce otočila směrem ke středu místnosti. Tam, kde kdysi nejspíš bývalo místo pro menší taneční parket, leželo něco. Vypadalo to jako lidská noha. Vypadalo to, že to muselo spadnout odkudsi od stropu, který ale vyhlížel docela neporušeně. Bylo to silně nechutné, ale jestli si ten Někdo, který si tu se mnou pohrával, ten strašidelný duch či co, myslel, že se seberu a s vřískotem uteču ven z hospody, mýlil se. Jenom jsem zamumlala:

„No, to je náramné..."

Opět se chvíli nic nedělo. Potom spadla druhá noha, zdálo se mi, že odkudsi z místa pod stropem. Tentokrát to bouchlo o dost hlasitěji a když jscm se lépe podívala, viděla jsem proč. Místo chodidla měla noha kopyto, jímž při svém pádu uhodila o dřevěnou podlahu, což způsobilo ten obzvlášť dunivý zvuk. Zdálo se, že strašidlo, které si mě tu vzalo na mušku, musí být samotný ďábel, aspoň podle toho kopyta. Bylo už i jasné, že se mi dostane více podobné podívané. Vzala jsem si jednu z méně porušených židlí a usadila se na ní, zády ke krbu. Kdybych byla měla po ruce lorňon, zvedla bych si jej k očím, abych tím dala ironicky najevo zájem; nic lepšího se dělat nedalo. Obě nohy se postavily přímo a začaly chodit po místnosti, časem se dokonce daly do klusu. Vypadalo to divně a krev by to asi ve většině lidí trochu zmrazilo. Já jsem se nicméně donutila k tomu, abych se tvářila pobaveně. Nohy dupaly do podlahy, nakonec se zastavily uprostřed místnosti.

Tentokrát to jen lehce zadunělo, když se z prostoru vynořil lidský trup s dvěma pažemi, který se ihned začal válet kolem, odstrkujíce se rukama, aby nakonec s hlasitým mlasknutím přistál na vršku obou nohou, s nimiž pevně srostl. Vzniklá bezhlavá postava se znovu dala do mašírování kolem místnosti. I když to bylo silně odporné, přinutila jsem se k tomu, abych zatleskala a ocenila nahlas tento trik slovy:

„Bravo! Tomuhle říkám kouzelnický trik!"

„To není žádný trik. Jsem ďábel!"

Hlas, temný a naplněný paličatou vzpurností zazněl odkudsi za mými zády. Obrátila jsem se a podívala se tím směrem. Na krbové římse stála ošklivá hlava se dvěma rohy a dívala se na mne. Pokusila jsem se o to, abych zněla pokud možno lhostejně.

„Jistěže jsi ďábel, to ti brát nebudu. Poznávám to jasně podle těch rohů a předtím už i podle toho kopyta."

„Ty se mě nebojíš?" zeptala se hlava, zakoulela očima a vyplázla jazyk.

„No, že bys byl tak docela můj typ, to bych neřekla, ale ne, nebojím se tě!"

Už jsem se cítila docela sebevědomě. Takže, ďábel existuje. Do kostela jsem sice zabrousila málokdy, při mém povolání by se to ani jaksi nehodilo. Několik kněží jsem ale znala a to docela intimně a ti se o ďáblovi tu a tam zmiňovali, hlavně když je hlodalo svědomí. Takže jsem dospěla k tomu názoru, že na tom asi něco bude. Teď se mi ovšem dostávalo důkazů. Hlava se dál ptala:

„Jak to?"

„Jak co?"

„Že se mě nebojíš?"

„Viděla jsem toho už hodně. A něco takového jsem i čekala. To nevíš, že v téhle hospodě má strašit? Víš co? Jestli si tady budeme trochu povídat, proč se mi raději neukážeš v jednom kuse? Takhle to jistě není pro tebe zrovna nejpohodlnější..."

Hlava na římse krbu jakoby chvíli váhala, potom ale zavřela oči, zřejmě na souhlas. Nepřekvapilo mě to nijak. Ďáblům, podle toho co jsem věděla, jde o to zajistit si lidské duše. K tomu bude asi potřeba vést řeči, nejspíš hodně řečí. Bez toho by se asi lidé o nutnosti zaprodání svých duší nedali jen tak snadno přesvědčit. Zatímco jsem takto uvažovala, zpoza mých zad se ke krbu přikradlo bezhlavé tělo, tentokráte docela bez hluku. Natáhlo ruce, pozvedlo jimi rohatou hlavu a nasadilo si ji tam, kam patřila. Stála přede mnou mužská postava ve své ďábelské celistvosti. Připadal mi chudák takový trochu rozpačitý, dokonce i citlivý. S tímhle jsem se setkávala docela často u některých mých nových zákazníků, zejména těch mladších. Pro mnohé z nich to byla úplně nová zkušenost, občas se i stávalo, že to byli jejich tátové, kteří je ke mně poslali, pochopitelně že moji stálí zákazníci. Bylo by to vůbec možné, aby tenhle ďábel byl ještě panicem?

„Pojď sem, sedni si vedle mne. A nebuď takový plachý.“

Posadil se na druhý konec lavice. Plachost z něho jen čišela.

„Já jsem Brigita, jakpak ty se jmenuješ?“

„Me-me-me...“

„Heleď, nepovídej mi, že ty tvoje rohy tě nutí k tomu abys tu mečel jako koza! To je musíš pořád nosit na hlavě?“

Neodpověděl, jen něco udělal, nebyla jsem si jista tím co vlastně, snad trošku trhl hlavou. Ať už cokoliv, rohy mu s hlavy náhle zmizely! Bez nich vypadal o moc lépe, dokonce i docela přijatelně, s tou svou osmahlou tváří. Až na ten ocas, který mu visel přes okraj lavice a táhl se až k zemi jíž se dotýkal svým střapatým koncem. Ukázala jsem na tu příkrasu prstem.

„Nešlo by to, zbavit se také tohohle?“

„N-ne. Ne-ne-nešlo.“

„Proč ne?“

„N-ne, do-dokud ne-ne-nedosáhnu určité ho-hodnosti, te-teprve po-potom. Za-zatím musím mít buď ro-ro-rohy nebo o-ocas. C-co si tedy m-mám nechat?“

„Víš co, nech si tedy ten ocas. Když už to jinak nejde. Nebudu se tam dívat.“

Měl na sobě nějakou zástěru či suknici, prostě něco z kůže nějakého zvířete, ten ocas z toho vykukoval v pozadí, opravdu to žádná krása nebyla, podívala jsem se raději dopředu. Tam se nacházela dost prominentní vypouklina, která už spíš lahodila očím než ocas se střapatým koncem. Potom jsem se mu podívala do očí. Měl je tmavohnědé, skoro černé, velké, docela hezké.

„Jakže se to jmenuješ, nějak jsme to zamluvili.“

„Me-me-mefisto-fe-fe-feles.“

„To je trochu moc dlouhé, nedalo by se to zkrátit?“

„Ne-ne-nedalo.“

„Proč ne? Upadl by ti jinak ocas?“

Věděla jsem ale hned, že se dál už vyptávat na to nebudu. Aspoň ne teď. Vyhlížel tak nějak zranitelně, rozhodně ne tak, jak bych si byla představovala, že by ďábel mohl vypadat. I bez těch rohů, jako takový veliký smradlavý kozel. Budu muset najít nějaký způsob jak ho vykoupat, to asi nebude snadné... Takováto myšlenka mě zarazila. Copak nehodlám odtud zmizet hned ráno, poté kdy nějak přežiji noc ve společnosti tohoto stvoření přináležejícímu k druhu o jehož existenci jsem ještě před několika minutami pochybovala?

Jenže, nebude to snadné, tak či onak. Můj kůň nejspíš utekl až zpátky do Zmrzlotína a tam si pro něj dojít nemohu. Bez koně a bez saní se nikam nedostanu. Asi tu budu muset aspoň po nějaký čas zůstat. Což by možná vůbec nebylo tak špatné! Kam jinam mám jít? Vím jen, kam jít zpátky nemohu, ne že bych byla v nebezpečí života, to asi ne, ale dala jsem své slovo. Je možné, že by mě tu hledali? Spíš asi ne, kdo by si myslel, že bych se mohla nacházet ve staré hospodě v níž navíc straší. To strašidlo teď sedí vedle mne. Pokud zde mám po nějaký čas zůstat, budu muset nalézt nějaký modus vivendi, nějak vycházet s tímhle chlapíkem. Jakže se jmenuje? Mefistofeles. Usmála jsem se na něj.

„Zachováš se jako správný hostitel a nabídneš mi něco k jídlu? Mám dost velký hlad."

„J-já ne-ne-nemůžu..."

„Znamená to, že žádný dlabanec nebude, dokud se ti neupíši vlastní krví na kus pergamenu?"

„N-ne, tak jsem to ne-nemyslel. Ono t-tu nic ne-není..."

„A co všechny ty síly jimiž vládneš a které jsi mi právě předvedl, ty se tu nepočítají? Ty bys nic vykouzlit nedokázal?"

Bylo na něm vidět, že ho to dost zahanbuje. Teprve později jsem přišla na to, jak se vlastně věci mají. Ďáblové nejnižších hodností, mezi něž v té době patřil, mají k dispozici množství sil a dokáží dělat kouzla o jakých se žádnému smrtelníkovi ani nesní. Jenže je v tom háček. Tyto síly jsou jim pouze propůjčeny a mohou jich užívat pouze v souvislosti s celkovým úkolem jehož se jim dostalo. Náš ďábel byl vyslán na zemi za tím účelem, aby si nějak poradil s touto hospodou a s jejím majitelem. K tomu účelu měl k dispozici celou škálu různých triků a kouzel, pokud se to nějak slučovalo s tím hlavním cílem, jímž bylo strašit a odhánět tak z tohoto místa lidi. Cokoliv jiného a už by k tomu potřeboval zvláštní povolení, které mohl dostat pouze přes hlavní agenturu. Nikdo z ní s ním ve spojení nebyl, někde se něco zvrtlo a Mefistofeles s tím nic dělat nemohl.

Tohle všechno mi časem vysvětlil. Zatím jsem jen tušila, že něco není v pořádku, to mi říkal můj instinkt ženy. Vypadal hodně sešle.

Ne, že bych měla nějaké zkušenosti se s ďábly, sešlými či nesešlými, celá moje profese ale byla víceméně o tom, jak vehnat krev do žil chlapům, kteří tak nějak stagnovali, potřebovali trochu podpořit. A Mefistofeles to potřeboval! Jak by také ne, když musel živit tohle hmotné tělo, na což nebyl zvyklý a což ho stálo hodně sil. Alternativou, jak jsem se také později dozvěděla, by bylo uchýlit se do čtvrté dimenze a tam prostě nedělat nic, čekat až někdo za ním přijde, až vyjde nějak najevo, že se ztratil z evidence. Protože v té době už to tušil. Jenže on raději pobýval v hmotném těle, kde mohl dělat věci jako lovit zvěř a kácet stromoví, aby to tělo uživil a zahřál, prostě začarovaný kruh, ten mu ale pomáhal krátit si čas. Takhle se to mělo s Mefistofelem.

Řekla jsem mu:

„Co ty potřebuješ, je pořádně se vykoupat v kádi, určitě tu někde nějaká musí být. Smrdíš jako starý kozel. K tomu abych tě do té kádě dostala, budu asi potřebovat já sama hodně energie, protože něžné přemlouvání na tebe nejspíš platit nebude. Abych tohle zvládla, k tomu se potřebuji pořádně najíst. Nemáš také hlad?“

Stvoření na druhém konci lavice jen nejistě přikývlo.

„A to jsme tu v hospodě! Neříkej mi, že tu nezůstalo něco k jídlu, i po té době co se tady nic nedělo. Něco tu být musí, třeba takoví slanečci, ti vydrží v sudech celá léta! Pochybuji, že by si byli brali takovéhle věci sebou, když se se odtud stěhovali. Pojďme se podívat do sklepa.“

„Sla-slanečci, co je to?“

„Ty nevíš? To nemáte v pekle slanečky?“

„Ne-nemáme. Někdy si opékáme brambory.“

„Brambory? To zas neznám já.“

„T-to jsou takové baňaté kořeny.“

„A to se dá jíst? Nekecáš náhodou? Pojďme se podívat, jestli je tu nějaký sklep.“

Tehdy jsem opravdu o bramborách nic nevěděla, tento rozhovor se ale odehrával nedlouho poté kdy Kolumbus objevil Ameriku, odkud brambory původně pocházejí, aby se až o pár století později ujaly i v Evropě. Objevila jsem schody vedoucí do sklepa. Mefistofeles tam nikdy nebyl, nemyslel si, že by tam bylo něco zajímavého. Dobrodružnou povahou neoplýval, aspoň v té době ne, tu měl teprve časem získat. Dole byla tma, poslala jsem ďábla pro nějaké světlo, přišel s hořící nohou jedné ze židlí v ruce. Ve světle této improvizované pochodně jsem viděla, že je tam cela řada věcí, beden, sudů, soudků a podobně. Povídám:

„Tohle vypadá nadějně. Zvlášť se mi líbí ty sudy.“

„Pročpak?“

„Hádám, že budou plné věcí, které přežily zničující účinky času a které budeme moci bezpečně zkonzumovat. Copak ty vlastně jíš?“

„No, h-hmyz, žá-žáby, ží-žížaly, myši, takové ty věci.“

„Takové ty věci, no nazdar!“

„Ně-někdy i zajíce, také je-jeleny...“

„To už zní lépe. Posviť mi tady, vidíš tamhle ten sud? Podej mi tu pochodeň. Zvedni to víko, dokážeš to?“

Ďábel se chvíli potýkal se sudem, až se mu nakonec podařilo pozvednout víko. Sáhl dovnitř, vytáhl ruku a měl v ní slanečka. Řekla jsem mu ať to sní a on slanečka snědl, jen se olízl. I v tom slabém světle jsem viděla jak se mu rozzářila tvář.

„Dobré?“

„Moc. Tro-trochu slané...“

„Tak tohle byl slaneček, abys věděl. Zkus tenhle sud.“

Zkusil jiný sud a vytáhl ruku plnou něčeho, co vypadalo jako zelí a kyselým zelím se to skutečně ukázalo být. Vedle byl menší soudek, zkusila jsem obsah sama, byl v něm med. Trochu zkrystalizovaný, ale nic špatného s ním nebylo. Řekla jsem svému společníkovi, aby soudek rovnou odnesl nahoru. Šla jsem s ním, podívat se po nějakých talířích a našla jsem je v kuchyni, celé zaprášené, také nějaké poháry. Otřela jsem to všechno venku mokrým čerstvě napadaným sněhem, šli jsme znovu dolů a naplnili jsme talíře různými dobrotami, které jsme tam nalezli. Byla tam i kola sýra ve voskových obalech, povšimla jsem si i několika druhů zrní, různými způsoby uloženého a zřejmě nezkaženého. To se bude hodit, zejména nejde-li se někde nějaký mlýnek — potom bychom si snad mohli i péci chléb! Zatím jsme ale museli být vděčni za to, co se dalo konzumovat okamžitě, jako slanečci či med. Najedeni, seděli jsme potom před hořícím krbem, v rukách poháry s výbornou dobře uleželou medovinou, vedle nás soudek plný tohoto moku. Začalo to vyhlížet jako večer, na který oba budeme jistě moc rádi vzpomínat...

Neposkvrněné početí Felesovo

Ráno jsem se rozhodla, že je na čase abych svého ďábla trochu vyzpovídala.

„Jakže se to jmenuješ?"

„M-me-mefisto-feles."

„Zkus to říct bez toho koktání."

„Mefisto-feles."

„To už je lepší, pořád ale příliš dlouhé. Budu ti říkat Mef, v pořádku? Pověz mi, Mefe, proč tady v té hospodě strašíš?"

„M-mám t-to na-nařízené."

„Jak dlouho už tu jsi?"

„No, ne-nevím, už dlo-dlouho."

„To tady na tebe zapomněli?"

„Asi."

„A chtěl by ses vrátit?"

„Ani m-moc ne. Už jsem si tu zvykl"

„Tak si tak říkám, nešlo by trochu změnit to, jak vypadáš?"

„Jak to myslíš?"

„No, už ses zbavil těch rohů. To koktání tě už taky pomalu přechází. Říkáš, že s tím ocasem se nedá nic dělat. No, dejme tomu. Co ale s tím kopytem? Dělá to příšerný kravál, když jdeš dolů se schodů tak dupeš jak obézní slon. Ty chlupy co na sobě máš by mi snad ani tolik moc nevadily, vždycky jsem měla celkem ráda chlapy s chlupatýma prsama. Jsou všichni ďáblové v Pekle takhle chlupatí?"

„No, asi budou, my-myslím. M-moc jsem o tom nikdy nepřemýšlel. Pokud jde o to kopyto, mohl bych se změnit v dra-draka, ty nemají ko-kopyta, jenom drápy. Jenže, nemají zase chlu-chlupatá prsa..."

„Ať tě ani nenapadne! Radši zůstaň tak jak jsi, bez rohů, ale také bez kopyta."

„A s chlupatýma prsama?"

„Tak ty by si měl nechat. Ano, docela určitě si je nechej. Kdyby ses ale mohl nějak zbavit těch brunátných tváří, malinko v nich poblednout, abys nevypadal pořád jako sedlák. Zvládnul bys tohle všechno, pro mne?"

Bylo mi hned jasné, že jeho proměňovacím schopnostem se dostane vážné prověrky a prvních pár pokusů změnit barvu kůže opravdu bylo docela zábavných – napoprvé se mu podařilo zbarvit tváře do zelena jako žába rosnička, potom z toho vzešla pomněnkově modrá barva. Nakonec se ale přece jen dopracoval k něčemu, co vypadalo docela přijatelně. To když vypadal takový snědý, asi tak jako Talián, jichž jsem pár také v posteli potkala.

„Zadrž! Tohle by mohlo být ono."

Nějak se mu podařilo se zbavit i toho hrozného kopyta. Místo něho měl teď nohu s botou podobnou té na druhé noze. Hlavní ale bylo, že vypadal už docela přijatelně, skoro jako nějaký profesionální povaleč v přímořském výletním středisku, kde by si klidně mohl vydělávat na sebe na plný úvazek jako gigolo.

„Ukaž se mi. Dobrý. Teď se otoč. Panebože!"

„C-co t-to říkáš!"

„Promiň, měla bych si před tebou dát trochu víc pozor na jazyk! Když ty tam ale pořád máš ten hrozný ocas, já vím, že toho se nemůžeš zbavit, když ale to vypadá tak strašně!"

„Když j-já ne-nemůžu..."

„Já vím... Budeme muset nad tím ještě zapřemýšlet. Jak jinak bychom tě dostali do pořádných kalhot."

„Kalhoty? To bys chtěla abych no-nosil?"

„No jistě. Když už ses zbavil spousty těch chlupů, tedy kromě těch na prsou, s těmi ať tě ani nenapadne něco dělat, tak ten celkový dojem opravdu je až moc sdělný, pokud mi rozumíš."

Ty přední partie braly tak trochu dech i mně, která jsem byla zvyklá na leccos při svém povolání, pokud bych si ale přála z něho udělat domácího pána a nemohu říci, že mě to už v tomto bodě hlavou neproletělo, tak přece jen tu byly nějaké ty limity. A takové slušně vypadající kalhoty by byly právě tím, čeho by tu bylo zapotřebí. A divila bych se, kdyby se nějaké starší nenašly někde na půdě. Všechno jde, jen když se chce! Ovšem, až na ten problém s tím ocasem. Když se ale podíváme trošku kolem, třeba na něco přijdeme...

„Pojďme ven."

Šel se mnou, aniž by se na něco ptal. Venku bylo o něco tepleji než den předtím, vyčasilo se a sníh kolem hospody už začínal trochu roztávat. Kolem bylo roztroušeno několik menších budov, stodola, latrína, kůlna, stáj. Zpoza stáje se ozvalo zaržání koně. Šli jsme se tam oba podívat a stojící u jediného většího trsu trávy který vyčníval ze sněhu, stál můj kůň! Nějak se musel zbavit saní, ještě z něho viselo několik kusů kožených pásů. Hleděl si jen svého trsu trávy, nic jiného ho zřejmě nezajímalo. Řekla jsem:

„Za chvíli té trávy bude kolem víc, snad to nějak přežije...“

Kůň náhle jakoby natáhl uši. Sledovali jsme oba jeho pohled a opravdu, zdálky něco bylo slyšet. Klusot několika koní a blížili se sem k nám.

'Hledají mne, napadlo mě okamžitě, musím něco rychle udělat!'

Jenže jsem nebyla už tak docela bezbranná, vedle mne stál potenciální ochránce jako hrom!

„Mefe, rychle, musíš něco udělat! Mohl by ses teď změnit v toho draka o kterém jsi předtím mluvil? Potřebovala bych, abys ty lidi na koních zahnal pryč. Myslím, že jdou po mně.“

Mef se na nic nevyptával, jen přikývl. Běžela jsem dovnitř stáje, kam jsem doběhla právě včas, aby mě nikdo neviděl. Škvírou mezi prkny jsem viděla několik jezdců se objevit mezi stromy, odkud jsem včera sama přijela. Zarazili se na místě, když náhle před nimi se vznesl do vzduchu obrovský drak s plameny sršícími z tlamy! Vznikla panika, následoval úprk, přímo před mýma očima rodila se nepochybně nová legenda o strašidelné hospodě!

Když jsem si byla jista, že jsou pryč, vyšla jsem ven ze stáje. Mef stál na stejném místě jako předtím, už zase ve své podobě, naštěstí té stejné, jaké jsme přcd chvílí dosáhli. Nechtěla bych s ním jít přes celý ten proces metamorfózy znovu. Bohužel, ten zatracený ocas tam byl ale pořád! Povídám:

„Je tam uvnitř v stáji spousta sena. Co kdybychom zkusili tam zavést toho koně? Třeba se do toho dá.“

Nedal se, nechutnalo mu staré seno, našel si ale jiný trs trávy. Řekla jsem:

„Když dává přednost tomuhle, nechme ho. Co je vůbec v té kůlně, tamhle?“

„Nějaké ty nástroje a jiné věci.“

„Pojďme se podívat.“

Šli jsme do kůlny. Bylo tam něco, co mě ihned upoutalo. Jedna ze seker které, jak mi později pověděl, ďábel kdysi ukradl dřevorubcům, tam ležela na širokém špalku. Byla ostrá jako břitva. Dostala jsem nápad. Vzala jsem do ruku sekeru, předstírala jsem, že si ji jenom prohlížím.

„Sedni si!" poručila jsem Mefovi. Je možné, že tušil co mám na mysli, sedl si ale bez odporu. Jak jsem očekávala, ten hrozný ocas se nyní táhl kousek po vršku špalku a spadal odtud dolů k zemi. Nerozmýšlela jsem se dál, prostě jsem zamířila ostřím sekery na nejtlustší část ocasu těsně za ďáblovým zadkem a ťala jsem do ní vší silou a oběma rukama!

Čekala jsem, že se z pahýlu vyvalí krev a už jsem vytahovala kapesník, abych aspoň trochu mohla zranění ošetřit. Nic takového se ale nestalo. Trochu to zajiskřilo a vyvalil se obláček dýmu. Ocas se válel na zemi, kde se chvilku svíjel jako had, až zůstal ležet bez pohnutí. Pahýl, který po něm zbyl v ďáblově zadní části se přímo před mýma očima začal zmenšovat, propadal se jaksi sám do sebe, až tam zůstala jen jakási menší boule. Po mém chirurgickém zákroku zůstalo uvnitř kůlny jen trochu sirného zápachu.

„No, to jsem tomu dala! Co si asi budou o tobě myslet v tom vašem Pekle, až na tohle přijdou?!"

„Me-me-me-me..."

Nebyl schopen řeči, jen z něho vycházel takovýto mekot. Jistě ho to muselo silně zasáhnout, seděl tam jen jako hromádka neštěstí, nevypadal ale nijak na umření. Vzalo ho to asi nejvíc po psychologické stránce.

„Jsi v pořádku? Bolí to?"

„Ani ne."

„Něco to s tebou muselo udělat!"

„Nic. Jsem v pořádku. Cítím se lépe než kdykoliv předtím!"

Co s tím kusem ocasu, který jako had ležel přede mnou na zemi? Vzala jsem to do ruky. Že bych to někde pohřbila? Ale, v té zmrzlé zemi to asi jen tak snadno nepůjde. Potom jsem dostala skvělý nápad! S ocasem v ruce jsem běžela dovnitř hospody. Než jsme vyšli prve ven, Mef přiložil několik silných polen do krbu, aby se oheň mohl pořádně rozhořet. Teď hořel uvnitř krbu náramný plamen, přesně tak, jak jsem doufala. Tu věc, která mi visela mezi prsty v ruce, jsem hodila dovnitř krbu, právě když do dveří vstupoval Mef, který se už zřejmě dostatečně vzpamatoval k tomu, aby sem došel z kůlny. Podlehla jsem náhlému impulsu a objala jsem ho. Stáli jsme chvilku takto v objetí, potom pohnul hlavou zpět a jeho rty si našly moje rty. Myslela jsem si, že mě bude nenávidět poté, co jsem mu udělala, ale zcela jasně tomu tak nebylo! Že by líbal nějak skvěle, to se sice říci nedalo, když si s ním ale dám trochu práce...

Když jsme po delší chvíli skončili, podívala jsem se do krbu. Nebyla jsem si jista tím, jestli tu věc oheň zničil. Oheň už tolik neplál, místy jen v malých plamíncích, krb byl plný uhlíků rozžhavených skoro do běla. Uprostřed toho se ale nacházelo něco, zhruba ve tvaru malé pyramidy. Mělo to růžovou barvu. Potom jsem si všimla, že to roste! Za chvilku už bylo vidět, že je to velikosti i tvaru malého dítěte, sedícího v poloze jakou by buddhista nazval „lotosovou", s nohama překříženýma dole, zatímco paže s dlaněmi otevřenými směrem nahoru jakoby přijímaly odkudsi energii potřebnou ke svému růstu. A že to rostlo, o tom nemohlo být pochyb!

Podívala jsem se na Mefa, který stál vedle mne, ve stejném údivu. Tvářička, která se jakoby formovala před námi uvnitř krbu, se začínala stále víc a víc podobat jeho tváři. Nebo se mi to jen zdálo? Ne, nezdálo! Postava člověka, protože to byl spíš člověk než ďábel, bez ocasu, bez kopyta, bez rohů, stejně jako vypadal v této chvíli Mef, ovšem úplně nahý. Přiznávám se, že mě to dost vyděsilo. Zašeptala jsem:

„Kdo je to?"

„Nemám ponětí."

„Začíná ti být hodně podobný."

„Myslíš? Já to nepoznám. Musí to mít něco co dělat s tím mým ocasem. Vhodila jsi ho tam přece, či ne?"

„Vhodila. Myslíš, že to je něco jako tvůj dvojník?"

„Nevím. Určitě se to ale nějak vztahuje k tomu mému ocasu a nejspíš asi také k tomu, že my ďáblové jsme nesmrtelní. Nic podobného jsem ale nikdy předtím neviděl. Slyšel jsem jen takové to vtipkování o tom, že se nemají nechávat části hmotného těla v ohni, jako ostříhané vlasy či nehty a tak podobně. Takže teď vím proč se to asi říká. Zřejmě se potom dějí věci. Ovšem, že by někdo hodil do ohně celý ocas, o tom jsem nikdy neslyšel."

„Uvědomuješ si, že jsi najednou úplně přestal koktat?"

„Vážně? Toho jsem si nevšiml."

„To s tímhle asi také nějak musí souviset."

„Nejspíš. Nemám ale potuchy, jak."

„Hádám, že z toho v tom krbu nejspíš vyroste tvůj dvojník."

„Nejspíš."

„Pořád ještě roste. Za chvíli už se do toho krbu nevejde. Myslíš, že potom vyleze ven?"

Mef přistoupil ke krbu, natáhl ruku, až se dotkl ruky té bytosti uvnitř. Otevřela oči. Usmála se. Najednou už jsem se jí nebála. Vypadala jako takové velikánské děťátko, s jemnou růžovou kůží, přímo k zulíbání. Byla ale už skoro tak veliká jako Mef a stále ještě rostla. Nebo rostl? Povídám:

„Budeme ho muset nějak dostat z toho krbu. Už se tam skoro nevejde."

Potřeboval ale asi ještě trochu toho tepla, protože jen změnil polohu tak, aby mohl zůstat o něco déle. Oheň už téměř úplně vyhasl. Mef řekl:

„Neboj se, vyjde ven až bude chtít. Už to nebude dlouho, cítím to."

Měl pravdu. Bytost v krbu se počala hýbat, naklonila se dopředu, chvilku zůstala opřena rukama o kolena, potom pomalu vylezla po všech čtyřech ven z krbu. Lehla si na záda, natáhla nohy. Mef se postavil nad svého dvojníka nebo spíš bratra, protože teď už bylo jasné, že tito dva jsou si sice podobni, ale asi tak jako dva bratři. Ne ale jako dvojčata, dali se od sebe snadno rozeznat. Mef potom natáhl ruce směrem k němu a uchopil ho za ruce. Pomohl mu povstat ze země. Stáli proti sobě a dívali se jeden na druhého. Zázračné zrození bylo dokonáno.

Mínění slovutných expertů

Odbočím poněkud na chvíli, protože je mi jasné, že čtenář musí být trochu popletený z toho, co se právě dozvěděl o Felesově zrození. Mohu čtenáře jen ujistit, že není jediný kdo si tuto podivnou událost nedokáže uspokojivě vysvětlit. Dohaduje se o tom totiž už po delší čas celá řada expertů z různých pekelných vědních i pa-vědních oborů a až doposud se jim nepodařilo se na ničem rozumném dohodnout.

Nejprve bych měl pomoci ujasnit to následující: není celkem pochyb o tom, že původní Mefistofeles, tedy já, jsem tím, že jsem pozbyl ocasu, umožnil vznik svého dvojníka. Bylo proto logické, že jsme se o to původní jméno podělili navzájem — já jsem se stal Mefistem a on Felesem. Co ale vlastně jsme, my dva? Bratři? Dvojníci? Partneři? Těžko říci. Jsme si podobni, ne ale jako jednovaječná dvojčata, spíš jako bratři. Povahově jsme naprosto rozliční. Feles je spíš technickým typem, zatímco já jsem zase typem uměleckým. Jako bychom se navzájem doplňovali. Stále ještě objevujeme co v nás je, čeho jsme schopni.

Teď trochu předběhnu událostem. Když se moje sólová mise skončila tím, že se do Pekla vrátili dva ďáblové místo jednoho, vyvolalo to pochopitelně poprask. Od té doby se nacházíme ve stavu vyšetřování, i když v poslední době už to přece jen trochu pominulo. Podobně jako na Zemi, také v Pekle se vyskytují vědecké kruhy. Rozdíl je ovšem v tom, že pekelní vědci postrádají poněkud intensity svých pozemských protějšků — takto se to má téměř se vším. My ďáblové prostě jsme poněkud uvolněnější, dalo by se říci letargičtější. Přesto všechno, vyšetřován náš případ byl a to hned několika vědeckými týmy, jakož i různými význačnými jednotlivci. Pokud je mi známo, až doposud se nikdo ale nepokusil náš případ duplikovat experimentálně Ti, kteří. se o nás zajímali, vždycky chápali, že se náš případ pohybuje kdesi na pomezí a že jej bude vždy obtížné někam zařadit. Etické důvody je vedly k tomu, že se o žádné experimentální duplikace nepokoušeli. Je nutné totiž pochopit, že pro ďábla je ocas, který stojí na počátku celého našeho příběhu, velmi důležitý, dalo by se snad i říci posvátný. Pochybuji, že by se jen tak snadno našli dobrovolníci, kteří by tuto okrasu obětovali, dokonce ani v zájmu vědy!

Poté, kdy se s naším případem seznámil a dobře jej prozkoumal větší počet expertů, vcelku se tito shodli pouze na jednom a sice, že je to případ naprosto ojedinělý a že by bylo nemoudré činit jakékoliv závěry, které by se mohly ukázat být ukvapené. Experti zabývající se výzkumy mozku přišli na to, že já, tedy Mefisto, mám tendenci užívat více pravé strany mého mozku, což jak je známo dělají ti, kteří jsou spíše uměleckými, tvořivými typy. Feles se jim naopak jevil jako typ dávající přednost levé straně mozku, což by poukazovalo na ďábla charakteru praktičtějšího, technicky zaměřeného. Tohle jsme ale my dva věděli i bez expertů. Jediná dobrá věc, která z tohoto testování pro nás vzešla byla to, že zmínění výzkumníci doporučili, abychom v budoucnu byli zaměstnáváni společně, protože se podle jejich názoru vzájemně doplňujeme. Což se stalo a což nám oběma vyhovuje. Jsme prostě považováni víceméně za jedinou bytost o dvou tělech.

K největším rozporům mezi shromážděnými experty došlo, když se tito pokoušeli nějak objasnit mechanismus přeměny k níž došlo po oddělení ocasu od mého těla jako původního Mefistofela. Ke konferenci, která se uspořádala zvlášť k tomu účelu, byl přizván i nejznámější a zároveň i nejkontroverznější současný psycholog prof. PhD. RNDr. Mgr Rabotrusiel Hemeltespinion DrSc. CSc., aby

se vyjádřil k případu transformace k níž došlo po amputaci ocasu ďábla Mefistofela, kterou údajně provedla Brigite Annemarie Hiltraud (nyní známá jako Brigitanela A. Trraudhilanela). Během své přednášky, tentýž vyjádřil svůj poněkud překvapující názor, že hadí síla, známá též jako Cundalahini, mohla být tím nejdůležitějším faktorem v procesu proměny mého ocasu ve Felese. Existence této síly je v současnosti plně uznávána pouze těmi z vědců, kteří se nacházejí mimo hlavní proud vědy, zatímco ti kteří se považují za oficiální představitele vědy na tuto údajně existující sílu hledí se značnou dávkou skepticismu. Podle této vysoce kontroverzní teorie, se Cundalahini normálně nachází ve stavu nečinnosti a bývá přitom stočena jako had pod spodkem páteře každého ďábla. Pouze když je probuzena nějakou činností, která může, ale nemusí být sexuálního charakteru, přesune se do ocasu individua jehož je součástí. V tomto ojedinělém případě nicméně, i když pohlavní touha mohla předcházet, náhle provedená amputace ocasu nedovolila této hadí síle vstoupit do zmíněného tělesného přívěsku, který už zde nebyl a tudíž nebyl schopen ji přijmout. Hadí síla Cundalahini se tudíž pohnula tím jediným směrem jakým mohla a prošla páteří až do mozku individua známého dnes jako Mefisto.

"Jak ale mohlo dojít k tomu, že z ocasu, který původně náležel druhé polovině originální ďábelské bytosti, se stal Feles?" zeptal se psychologa Hameltesipiniona jeden z menších expertů.

"Jednoduše tím, co lze nazvat procesem homunkulizace," zněla odpověď.

"Jak ale k té mohlo dojít?"

"V zásadě se jedná o stejný proces jemuž se rovněž říká klonování, jímž v blízké budoucnosti bude lidstvo přímo posedlé. Lidé se odjakživa pokoušeli o to vyrobit umělou bytost známou jako Homunkulus. To se podařilo pouze jedinému německému alchymistovi jménem Wagner, pochopitelně, že s naší pomocí. Lidé nicméně měli po celý dlouhý čas k dispozici recept k této přeměně, i když ten je vyjádřen jen tím nejobecnějším způsobem a sice v knize, kterou oni nazývají biblí."

Rararbotrusiel Hameltesipinion si podle etikety hlučně odplivl, dříve než pokračoval.

"Nachází se to v oné části, kde se píše o té bytosti, kterou oni všichni tolik milují a k níž se modlí, když ta udělá prvního člověka z kusu hlíny."

"Ano pane, jistěže jsme všichni srozuměni s tím, že tato legenda existuje. Nicméně, pokud mi paměť slouží dobře, takto vzniklá hliněná figura musela prý být ještě oživena a to takovým způsobem, že jí dotyčný, lépe zde nejmenovaný, potom ještě foukal do nosu." Tohle prohlásil jiný expert, známý jako jeden z odpůrců Rararbotrusiela Hameltesipiniona. Ten se ovšem jen tak nedal.

"Přesně tak, mohu vás ujistit, že vaše paměť vám, aspoň v tomto případě, slouží docela dobře. Jenže, to je právě to, co lidé dokázat nemohou a kdy si nás musejí volat na pomoc! Je známo několik případů, kdy někteří z dovednějších příslušníků lidské rasy dokázali slepit nějaké ty kusy hlíny tak, aby držely dohromady a podařilo se jim je nějak dostat do pohybu, aniž by si k tomu vyžádali naší pomoci. Nicméně, takto "stvoření" lidé byli jen jako loutky, zcela bez schopnosti myslet. Takovýto tvor se nazývá Golem. Tvůrci Golemů, jichž bylo v minulosti několik, už od časů dávné Mezopotámie, nikdy nedokázali uchovat si nad těmito zrůdami kontrolu, tyto se jim dříve či později vzepřely a dopadlo to s nimi špatně. Golem se nakonec obvykle obrátí proti svému tvůrci, kterého buď zabije nebo je jím sám zabit. V každém případě z něho nakonec zůstává jen hromada hlíny. Pouze my ďáblové dokážeme tyto věci, aspoň teoreticky a to proto, že efekt Homunkulus je jaksi zabudován v našem organizmu, jaksi přímo v jeho buňkách. Tím pádem k podobnému úkazu jaký máme před sebou dojít může, dokonce i spontánně, ovšem pouze za určitých okolností."

"Jimiž jsou..?"

"Pochopitelně, že do toho zasahuje několik faktorů. Tím nejběžnějším, o němž nemůže být žádných pochyb dokonce i na samém počátku našeho zkoumání, je přítomnost žáru, který je naším přirozeným živlem. Nicméně, musel bych se tímto případem zabývat podrobněji a déle, pokud bych vám měl povědět více. Bezpochyby, musela být dovršena určitá teplota a ta musela být udržována po nějaký, zatím nám neznámý čas, to je jedna věc, kterou vám mohu říci rovnou. Amputovaný ocas také musel být do ohně vržen krátce poté kdy byl oddělen od zbytku těla, to je také jednou z jistot, které zde máme. Jinak by se ztratila vitalita, která se v amputovaném údu ještě nacházela. Dále, je možné, že nějakou roli zde hrála přítomnost lidské bytosti, i když jakou, to prostě nevíme.

Můžeme snad říci, že jsme zajedno v tom, že máme před sebou unikátní případ a že k němu mohlo dojít pouze proto, že veškeré drobné detaily se nějak spojily tak, aby k němu mohlo dojít. Jak se to přesně stalo nevíme, víme jen, že k tomu došlo. Víme také, že máme před sebou případ, který my psychologové známe jako případ rozpolcené osobnosti. K nim občas dochází také u příslušníků lidské rasy. Nicméně, když se toto stane, míváme zde dvě nebo i více osobností v jediném těle. Co máme my zde, jsou dvě těla a to je právě to, co činí tento případ nanejvýše neobvyklým a tudíž i zajímavým. Vážené ďábelstvo, jsme pevně přesvědčeni, že jako vždy, naše pekelná věda si v budoucnu dokáže poradit i s tímto případem!"

Nanejvýše překvapivé setkání

To, co jsem vám právě popsal, se odehrává v budoucnu, tak jak chápou běh času lidé, pokud se nacházejí na hmotné rovině. Tedy lineárně. Vraťme se ale na místo, kde jsem začal svou pozemskou pouť, jako nově dosazená okultní síla přítomná v zájezdním hostinci U šotka s kozlem. Pouze s tím rozdílem, že tam kde jsem byl donedávna sám, jsme nyní byli tři. Feles se ukázal být velmi užitečným, zejména proto, že u něho převládala praktická stránka, takže byl schopen dělat spoustu prací kolem domácnosti, včetně vaření. Já jsem v tomto směru nikdy zvlášť nevynikal a Brigita byla příliš velkou dámou, než aby se o takovéto záležitosti zajímala. Přesto ale objevila ve sklepě řadu věcí o nichž jsem neměl tušení k čemu by mohly být dobré, natož to, že je vůbec máme. Například různé druhy koření, jichž se zub času nijak zvlášť nedotkl. Následkem toho jsme mohli začít chodit pravidelně lovit po okolních lesích, v čemž opět vynikal Feles. Brigita se ale ukázala být docela schopnou Amazonkou, zejména pokud šlo o střelbu lukem, které nám opět vyrobil a zásoboval šípy Feles, který se rapidně stával pro nás nepostradatelným.

Pochopitelně, že se také postarala o naše potřeby po stránce psychologické i fyzické a mohu to snad říci naplno, sexuální. Její kolosální zkušenosti v tomto směru jí dovolily tyto potenciálně delikátní a potenciálně spory vyvolávající záležitosti řešit takovým způsobem, že ani jeden z nás nepociťoval, že by nějak přicházel zkrátka, že by ten druhý byl nějak upřednostňován, či něco podobného. V našem trojúhelníku prostě vládla harmonie. Za těchto, téměř lidských, podmínek, jsme si oba zvykli na to po zbytek času nosit kalhoty a vůbec se oblékat jako lidé; to poté kdy Brigita nalezla na půdě množství zapomenutých či spíš asi nechtěných kusů oblečení, které zde zanechali předchozí majitelé.

Stali se z nás výrobci a dodavatelé dřevěného uhlí. Došlo k tomu tak, že jsme jednoho dne zjistili, že máme této komodity docela slušný přebytek. Brigita navrhla, že by mohla zkusit nějaké to uhlí odprodat ve Zmrzlotíně, kde nehrozilo veliké nebezpečí, že by mohla být poznána. Rozhodli jsme se, že učiníme pokus a že se vydáme do tohoto města s ní, s koníkem a s vozem, který jsme objevili v jedné z přilehlých budov. K mému překvapení, kouzlo které mě až doposud nedovolovalo se vzdálit od hostince příliš daleko směrem k Zimostrázu, na této straně nefungovalo, takže nám všem bylo dovoleno se do města dostat. Když jsem to ale zkoušel jít ještě o něco dál, už to nešlo. Nevadí, řekli jsme si, vystačíme si s tím, co máme. Po našem kvalitním dřevěném uhlí byla ve městě celkem poptávka, takže jsme si postupem času vytvořili docela slušný výdělečný podnik, když pravidelně jeden z nás a Brigita jsme jezdili uhlí prodávat na místním trhu. Mohli jsme si potom dovolovat nakoupit i jiné věci, což uvítala zejména naše dáma. Ta po svém původním povolání už ani nevzdychla, proč by konečně? Vždyť měla pozornost dvou rádoby-mužů, pravděpodobně mužnějších než jaké by nalezla tam kde předtím působila. Časem přišla i na to, že se může po troše kosmetických úprav už docela bezpečně odvážit i do Zimostrázu, kde nikdo v trhovkyni nepoznal bývalou místní kurtizánu. Volby, kvůli nimž z města musela utéct, už dávno dopadly tak či onak a jak, to ji už ani trochu nezajímalo.

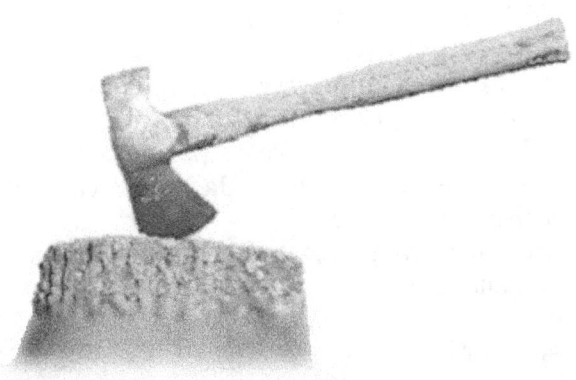

Tak to šlo po nějaký čas. Jednoho dne jsme s Felesem zašli o něco dál v lese než normálně, když jsme hledali vhodné dříví pro spalování. Narazil jsem přitom na kmen, který vypadal trochu omšelý, jinak než ty okolní a řekl jsem si, že zkusím zda by se dal snadno porazit. Rozmáchl jsem se sekyrou, když tu jsem zaslechl odkudsi shora silný a panovačný hlas:

"Zadrž, bídníče! Co to činíš?"

Odložil jsem sekyru a pohlédl jsem vzhůru. Ověnčená větvovím a listím, hleděla na mne tvář, která mi připadala podivně povědomá. Ne, tohle přece není možné, říkal jsem si, nebylo ale moc pochyb o tom, že jsem tuhle tvář už někde viděl. Ďábel ukrytý ve stromě vypadal také trochu popleteně, jakoby se snažil pátrat v paměti po tom, kde on zase se potkal se mnou. Najednou ale řekl:

"Už to mám! Mefistofeles. U všech andělů, kde jste se vy tu vzal?"

Mně to došlo snad ve stejnou vteřinu. Daramsufael, můj šéf! Tvář vyhlížela tak nějak zašle, jakoby se pokoušela imitovat barvu suché kůry kterou měla kolem sebe. Dost rychle mi došlo, že tady není moc čeho se obávat; tvář vypadala asi tak živě jako víko od rakve a její majitel musel být nějakým způsobem v tom starém stromě uvězněn. Bylo mi jasné, že za těchto okolností si mohu dovolit být trochu odvážlivější než když mě ještě vázaly otěže tehdejšího zaměstnaneckého stavu. V mém hlase by se proto jistě byla dala rozeznat slušná dávka ironie.

"To jste vy, Nepodstatná Titěrnosti? A mohu se já zeptat jak vy jste se zde ocitl?"

"Heleďte se, Mefistofeles, ten tón vašeho hlasu se mi ani trochu nelíbí. Nejradši bych vás zploštil jako žábu..."

"... kdybyste mohl, já vím."

Bylo nabíledni, že v této pozici nemohl toho Daramsufael dělat mnoho a že se nebylo čeho bát. Ďábel samotný to také věděl, i když pokračoval v hlasitých projevech své nespokojenosti.

"Neodpověděl jste na moji otázku. Já jsem se vás ptal první!"

Odpověděl jsem tedy po pravdě.

"Chystal jsem se právě porazit tenhle váš strom."

"Ať vás ani nenapadne!"

"A pročpak ne? Nepomohlo by vám to osvobodit se z téhle nepříjemné situace?"

Pochopitelně, že jsem původní nápad už dávno zapudil, neškodilo by ale dozvědět se něco o tom, jak došlo k tomu, že byl Daramsufael takto uvězněn.

"Žádnou pomoc nepotřebuji, obzvlášť od takového pitomce jakým jste vy! Je mi tu docela dobře. Nic mi nechybí. Pokud někdo potřebuje pomoc, tak jste to vy. Mozek vám asi zakrněl zatímco jste tady zacláněl. Kdepak máte rohy, eh?! A odkdy nosí ďáblové vaší hodnosti kalhoty, to mi laskavě povězte!"

Otočil jsem se provokativně před ním jako manekýn.

"Nelíbí se vám? Neříkejte!"

Daramsufael nato zařval:

"A co jste udělal s tím vaším ocasem?!"

"Je pryč. Vypadám bez něho tak trochu lidštěji, nemyslíte? Jenže, co s tím chcete dělat? Moc toho asi nebude a to vám vadí? Nemáte nade mnou teď už žádnou moc. Promiňte, 'nad námi', tak jsem to měl říci".

To jsem dodal, protože Feles se právě odkudsi protáhl mezi stromy a stál teď na paloučku před mým bývalým bossem. Nejspíš ale už chvilku poslouchal a vytušil o co asi jde. Daramsufael si ho prohlížel ještě zamračeněji než předtím mne.

"Kdopak tohle je?"

"Feles. Moje druhá polovice."

"Vaše druhá polovice? Tomu nerozumím."

"Dobře. Tak tedy ten ocas co jsem míval a už nemám..."

"Ne, tak tomuhle nevěřím!"

Ďábel ve stromě si prohlédl Felese, potom znovu mne, muselo mu být jasné, že nějaké příbuzenství tu být musí. Můj bratr-partner-klon, i když věkem podstatně mladší, vyhlíží snad o malinko starší než já, snad je tomu tak kvůli těm vousům, které si v poslední době nechával růst. Naše hlasy znějí skoro stejně, jak můj bývalý boss brzy objeví. Peklo a jeho obyvatelé toho ještě mají hodně co objevovat, pokud jde o nás dva. To, že jsem se k němu choval urážlivě ho ale asi popuzovalo ze všeho nejvíc.

"Tak tohle je hrubé porušení kázně a to vám dvěma neprojde..."

Zarazil se. Zřejmě mu došlo, že nemůže obvinit dva podřízené ďábly z porušování kázně, když původně měl jen jediného podřízeného. Celý případ je zřejmě složitější a on by si měl asi dát víc pozor na to, co říká. Pozice, jaké Daramsufael dosáhl dříve než byl uvězněn v tomto stromě, nešlo dosáhnout bez slušné dávky diplomacie a obratnosti v oblasti ďábelských vztahů. Asi bude lépe, když si nechá podrobněji vysvětlit situaci a sám také podá vysvětlení. Tak nějak asi musel zauvažovat. Rozhodl jsem se ale, že jsem ve výhodě já a že bude nejlépe když toho patřičně využiji.

"Daramsufaele, vidíte tuhle sekyru co mám v ruce? Momentálně si s ní vydělávám na živobytí jako dřevař a uhlíř. Ten váš strom se mi líbí. Kdo mě může zastavit, pokud se rozhodnu, že ho porazím?"

"Podívejte se, Mefistofele..."

"Teď už jen Mefisto."

"Dobře tedy, Mefisto. Nedělejte to, prosím!"

"Proč ne?"

"Já si to nepřeji."

"To tu chcete zůstat na věky věků?"

"Zůstat musím. Ne ale na věky."

"Rozumím. Byl jste z nějakého důvodu takto potrestán. Povězte mi co se stalo a já se potom rozhodnu, jestli ten váš strom mám porazit nebo ho nechat stát kde je."

"Tak tedy, jsem politickým vězněm."

"Vážně? To jsem netušil, že něco takového v Pekle existuje."

"Teď už existuje, obávám se."

"Tak to jsem musel o hodně přijít, zatímco vy jste se tam intenzivně zabývali tím, jak na mne co nejrychleji zapomenout."

"Ujišťuji vás, že to byly zmatky a kdybyste to byl sám poznal, asi byste nás už tolik nevinil. V každém případě se ale za to omlouvám."

Zdálo se, že jsme našli cestu k dialogu a ten se dokonce stával čím dál tím přátelštějším. Konečně, byli jsme všichni oběťmi stejných politických zmatků. Daramsufaela původně chtěli obvinit z velezrady, jak jsem se dozvěděl, nakonec ale byl odsouzen pouze za nedbalost ve službě. Dostal 25 let v tomto stromě. Měl prý štěstí. Jeden z jeho kolegů dostal za podobná obvinění 500 let a navíc v ledové jeskyni v Antarktidě!

"Kolik vám ještě zbývá?"

"Už jen asi tři roky. To nic není. Od těch okolních stromů jsem se poučil o tom, co je trpělivost."

Z těchto důvodů si Daramsufael nepřál, aby byl jeho strom nějak poškozen. Mohl by třeba být obviněn z toho, že se pokoušel o únik a mohlo by to i znamenat delší trest pro něho. Cítil jsem, že nám říká pravdu. Nyní už i on věděl celou pravdu o nás; pověděl jsem mu také o Brigitě a jakou ona hrála v tom našem zdejším dramatu roli.

"Podívejte se Mefisto a vy také, Felesi. Co kdybychom spolu udělali dohodu. Vy dva nechte tenhle můj strom po tři roky na pokoji a já uvidím, co bych mohl udělat pro vás. A také pro tu vaši Brigitu."

"Toho asi moc nebude, když už nebudete v pozici v jaké jste býval," namítl jsem.

"Možná, že byste se divil. Situace se může změnit. Ve skutečnosti, všechno nasvědčuje tomu, že se změní a možná dřív, než si myslíme. V každém případě mohu něco udělat i teď. Jak se tak na vás koukám, nevypadáte jako byste se právě váleli v penězích. Kácet stromy proto, abyste se najedli, není právě ten nejlehčí způsob jak se o sebe postarat. Vím o mnohem lepším. Vím, jak z vás udělat boháče!"

"Děkujeme, my si ale vystačíme."

"Hmm. A co ta ženština, kterou tu máte? Brigita. Pokud znám ženské pokolení, žádná by neodmítla to, co vám mohu nabídnout. Promluvte si o tom spolu a promluvte si o tom s ní. A pokud byste měli zájem, přijďte sem za mnou. Já vám potom povím víc o tom, co mám na mysli."

Zlatá horečka, k níž nikdy nedošlo

Vrátili jsme se do hostince. Když jsme o celé záležitosti zpravili Brigitu, okamžitě se zeptala:

"A to řekl, že by vás mohl udělat bohatými?"

Pohlédl jsem na Felese. Tvářil se neutrálně. Konec konců, na to, aby věděl co to znamená být bohatým, byl ještě trochu moc mladý. Řekl jsem jí:

„Ano, řekl to, co ale na tom? I kdyby mohl, o čemž pochybuji, co bychom s těmi penězi dělali? Není nám takhle dobře?"

"Nikdy není tak dobře, aby nemohlo být lépe. Nemuselo by toho být mnoho. Vy dva byste se nemuseli dřít se sekyrami a pilami, já bych si mohla koupit nějaké novější šaty, tyhle už se začínají rozpadat. No a mohli bychom si dovolit vyjet si občas do města a trochu se povyrazit. To mi někdy tak trochu chybí."

Mohl jsem to tušit. Daramsufael byl zcela jasně lepším znalcem ženských povah, než kam jsem se až doposud v tomto směru dopracoval já. Přesto jsem měl o celé věci pochybnosti.

"Kdoví, jaký trik na nás chce hrát? Vím, co ďáblové dovedou, jsem jedním z nich, či jsem snad býval..."

"Tak běžte za ním a požádejte ho, aby vám řekl, co má na mysli."

Je těžké se dohadovat se ženou, zejména když ta se už rozhodla, co ona chce. A že dovedla s mužskými kolem sebe zacházet, o tom žádných pochybností být nemohlo. Šli jsme tedy za mým bývalým bossem. Uvítal nás žoviálně.

"Tak tady jste! Už jsem si říkal, že nejenom nemáte ocasy, že už se vám na lopatkách klubou křídla. Tak co, chcete být bohatí?"

Odpověděl jsem po pravdě.

"Já moc ne. Feles je neutrální. Brigita si to přeje velice moc."

"No vida. Přesně jak jsem očekával. To vám musela useknout nejprve ten ocas, aby vás učinila lidštějším! Má ale pravdu. Nemáte na to, abyste jí dali to, co všechno chce, to si uvědomte. Máte ještě sice nějaké ty okultní síly, ty samy o sobě ji ale uspokojí jen na nějaký čas. A nějaké to libido. To je vše, co momentálně dokážete a to na to musíte ještě být dva!"

Měl pravdu. Nevypadal ale na to, že by nám nějak mohl pomoci. Asi si všiml toho, že se trochu šklebím.

"Já vím, myslíte si, že kdysi bych pro vás byl mohl udělat hodně; místo té vaší hospody vám nabídnout vilu, dokonce i zámek! Mohl bych z vás udělat barony, hrabata, dokonce i krále!"

"To snad není potřeba."

"Ne, není to ani v mé moci, aspoň momentálně, není. Mohu vám ale nabídnou příležitost k tomu vydělat si spoustu peněz, mnohem víc než kolik si vyděláte nyní. Budete ale muset pro to pracovat. Ne moc, ne těžce, ale pracovat. Aspoň se nebudete cítit vinnými tím, že přijmete takovou odpornou věc, jakou jsou peníze a od takového starého hajzla, jakým jsem já! Tak co, Mefisto, Felesi, mám jít dál?"

"Jak si to tedy představujete, pane?"

" Za prvé, povím vám takové jedno malé tajemství. Týká se té mise, na niž jsme vás poslali, Mefisto. Ta byla součástí mnohem většího plánu. Podle něho se celá tato oblast měla stát jedním z hlavních míst lidské nestydatosti, hříšnosti a špatnosti!"

"Je tohle pravdou, pane?"

"To vám přísahám při jméně Luciferově! Nejprve bylo nutné zbavit se za každou cenu onoho prokletého hostinského. Toho jste dosáhl, i když veliké zásluhy si činit nemůžete. V následujícím stádiu by se bylo v této oblasti nalezlo zlato. To by sem přivedlo veškeré možné podvodníky, prospěcháře, hříšníky, prostě to nejlepší, co máte. Lumpové, ničemové, padouši, lotři, darebáci všech možných tvarů, barev a velikostí, by se sem přihnali, tak jak se vždycky děje tam, kde se objeví zlatá horečka. S tím by vyrostlo přes noc víc hospod, nevěstinců, směnáren, a tak podobně. Centrem všeho by byla výjimečně bohatá žíla zlata, tak jak vše bylo plánováno. Události v Pekle způsobily, že se celý plán nejen pozdržel, ale úplně propadl. Dokumenty o tom, kde se to zlato nachází, se ztratily. Nikdo o tom neví, kromě mne a nyní vás dvou. Chcete vědět, kde se to zlato nachází?"

"Povězte nám, pane. Nejprve nám ale řekněte, co budete chtít na oplátku od nás."

"Víte, Mefisto, vždycky jsem si myslel, že je ve vás toho příliš dobrého, než abyste byl ďáblem. To máte tak. Mám ještě tři roky, které si musím tady odkroutit. Ty se potáhnou čím dál tím pomaleji, jak už to chodívá. Něco jako když jste pracoval u pecí a přikládal uhlí. To jste přece zažil. Či ne?"

"Zažil, pane. Byla to nuda."

"Tak. Zažili jsme to skoro všichni. Kromě tohohle šťastlivce, který se narodil z useknutého ocasu. Dovedete si představit, jaké by to bylo, kdybyste musel prožít roky tak, že byste přikládal uhlí do kotlů?"

"Myslím, že dovedu, pane. Bylo by to asi stejně úchvatné jako pění v andělském sboru."

"Myslel jsem si, že Mefisto je tady básníkem."

"Já to také tak trochu podědil."

"Takže, co po vás dvou, či snad i třech žádám, je abyste mne tu nenechali o samotě. Přijďte si sem sednout, popovídat si se mnou. Třeba vás také ještě i něco naučím. Co tomu říkáte?

Slíbili jsme, že Daramsufaela nenecháme o samotě a dozvěděli jsme se, že zlatá žíla se začíná jen nějakých tři sta kroků od zadního východu hospody. Vzali jsme si krumpáče a lopaty a netrvalo dlouho, zlato jsme našli! Brigita byla šťastná jak blecha v psím kožichu, objímala a líbala nás bez ustání.

Nyní jsme si mohli dovolit skoro všechno. Protože Daramsufael byl tím, kdo mne poslal na tuto misi, byl i tím kdo zavedl kouzlo které mne poutalo k tomuto místu. Byl proto také schopen toho kouzlo sejmout. Mohli jsme si jezdit v našich kočárech, které jsme si pořídili, kamkoliv jsme chtěli. Koníkovi, který sem přivezl Brigitu, se dostalo zaslouženého důchodu. Zlato jsme jezdili prodávat jinam, aby nikdo nevěděl odkud pochází. Jednoho dne zde stejně ale dojde k oné zlaté horečce, o tom není pochyb. To ale až po nás.

Večery pod ďáblovým stromem

Dostáli jsme svému slovu a chodili jsme vězně ve stromu často navštěvovat. Zpočátku obvykle jen jeden z nás, později spíš ve dvojicích, brzy se k nám ale přidala i Brigita, jíž si ďábel velmi rychle oblíbil. Feles stloukl dohromady z klád sedadla která, když je vystlal jehličím, se ukázala být kromobyčejně pohodlná. Dodnes si s úctou i jistou dávkou obdivu vzpomínám na našeho přednášejícího, na jeho bohatý slovník i na jeho rozsáhlé vědomosti. Netrvalo dlouho a z těchto setkání se stalo cosi jako univerzitní lekce, na které jsme všichni rádi chodili. Byli bychom se mohli sice vrátit (to jest v mém případě) do Pekla, rozhodli jsme se ale, že s tím počkáme, až bude Daramsufael schopen opustit své vězení a vrátit se s námi. K tomu mohlo dojít dřív než by si kdo myslil, protože spád událostí v Pekle se zdál nabírat na rychlosti. Našeho mentora stále častěji chodili navštěvovat různí důležití ďáblové kteří, jak se zdálo, podchytili trend, který nezadržitelně spěl k další změně režimu. V Pekle samotném už bylo téměř veřejným tajemstvím to, že Daramsufaelův exil mu nakonec bude prospěšný v tom, že se dostane k moci a to daleko výraznějším způsobem než jak by si kdy byl představoval. Vláda, která ho do exilu poslala, byla na samém okraji propasti. Ďábel si tohoto byl dobře vědom, takže se do ničeho neuváženě nehnal, čekal až události dospějí k té situaci, kdy mu bude veslo předáno, aniž by se jej nějak domáhal. Konečně, ve svém stromě se cítil celkem pohodlně.

My tři jsme z této situace vytěžili hodně. Čas, kterého zatím měl nazbyt, využil Daramsufael k tomu, aby nám předal mnohé ze své filosofie, která byla na pekelné poměry dosti rebelantní a neobvyklá. Úroveň našeho vzdělání se zvedla prudkým způsobem. Brigitě, která se ukázala být velice chápavou žákyní navrhl, že pokud se mu dostane k tomu příležitosti, o čemž stěží bylo pochyb, stane se jejím sponzorem, pokud ona by si přála konvertovat a stát se občanem Pekla. Brigita pochopitelně na takovouto šanci okamžitě skočila. Daramsufael měl pochopitelně k tomu i jiné důvody — bylo by nanejvýše rozumné udržet naši trojici více či méně pohromadě, pro případ, že by jakákoliv budoucí pátrání po příčinách změny na níž se Brigita podílela, vedly k nějakým zajímavým závěrům. Pro ni by to ovšem znamenalo podrobit se jistým podmínkám které si udělení pekelného občanství vyžadovalo; co ale tohle bylo proti příslibu věčného života, který jí takto kynul?

Přes nejistotu kolem budoucnosti týkající se pekelných politických záležitostí, byrokratický systém nepřestal fungovat tak, jak tomu má správně být, to jest pomalu ale jistě. Následkem toho vyšla časem najevo pravda o ztraceném fasciklu týkajícím se mé osoby a mé mise. Přišlo se také na to, že původní Mefistofeles se nyní rozdělil na Mefista a Felese, což pochopitelně znamenalo další vyšetřování a s ním spojené zdržení. K naší repatriaci nakonec došlo téměř ve stejný čas kdy byl také Daramsufael propuštěn ze svého vězení. Jak nám později vyprávěl, jeho stará kancelář se nijak zvlášť nezměnila, kromě jedné věci. Ze soukromého kotle se neozývaly obvyklé sofistikované urážky, jaké slyšíval když tam byl ještě uvězněn starý dobrý Archie. Místo něho tam byl jakýsi varietní bavič, jehož rádoby humor mu připadal umělý a navíc vulgární. Archie ale byl už podle všech ukazatelů zpátky na zemi, dobře umístěný v církevní hierarchii a na cestě k tomu stát se papežem. Přemýšlel prý o tom, jestli by mu tu kariéru měl nějakým intrikánským způsobem zatrhnout, nakonec ale prý nad tím mávl rukou; konečně, světu se dostane takového papeže, jakého si zaslouží a má-li jím být Archie, budiž!

Vláda REDS se skutečně zhroutila. Katalyzátorem se stal případ ministryně financí, jíž byla Temesakaela Haltersoraela. Jak si snad pamatujete, její předchůdce byl obviněn z toho, že dal vyrobit atomové reaktory z nočníkové oceli místo z oceli kvalitní a rozdíl si strčil do kapsy. Haltersoraela zase měla minulost, která se na tak vysoko postavenou činitelku naprosto nehodila. Opozice to tušila a podařilo se jí získat důkazy o tom, že ministryně kdysi byla členkou gangu, který se nazýval Nebeští Andělé. Takto o tom napsal ve svém komentáři hlavní pekelný deník:

"*Členové gangu tajně vykonávali zločinné charitativní skutky mezi sociálně znevýhodněnými příslušníky lidské rasy. Mimo jiné, pořádali také tzv. Bílou mši, což je ovšem nelegální forma tradiční Černé mše, pořádané pravidelně v Pekle k uctění našeho Pána Lucifera! Temesakaela Haltersoraela při těchto mších dokonce zastávala roli nejnižší kněžky ... Bývalá ministryně, kterou se příslušníci parlamentu při svém hlasování jednomyslně rozhodli vyloučit z tohoto shromáždění, byla uvržena do vězení a čeká ji soud. Pekelná kriminální policie mezitím prohledávala její sídlo pro případ, že by vyšla najevo evidence další kriminální činnosti obžalované. To se skutečně stalo, když bylo pod podlahou jedné z místností nalezeno samizdatové vydání oné knihy, kterou lidstvo užívá při shromážděních, která se obvykle konají v oněch budovách s přilehlými prominentně vyhlížejícími věžemi, které z etických důvodů v této zprávě nemohou být jmenovány.*"

I když k uvedeným kriminálním činům došlo dlouho předtím než se Temesakaela Haltersoraela stala ministryní, byla to poslední otýpka sena která zlomila hřbet oslovi. Řada poslanců se rozhodla přejít na stranu opozice, která tudíž vyhrála při hlasování o nedůvěře ve vládu. Došlo k novým volbám, REDS byli zmasakrováni. Daramsufael byl plně rehabilitován a stal se sám ministrem Národního Útoku. Mohl proto sponzorovat Brigitu a pomoci nám dvěma nalézt povolání v němž se nyní nacházíme...

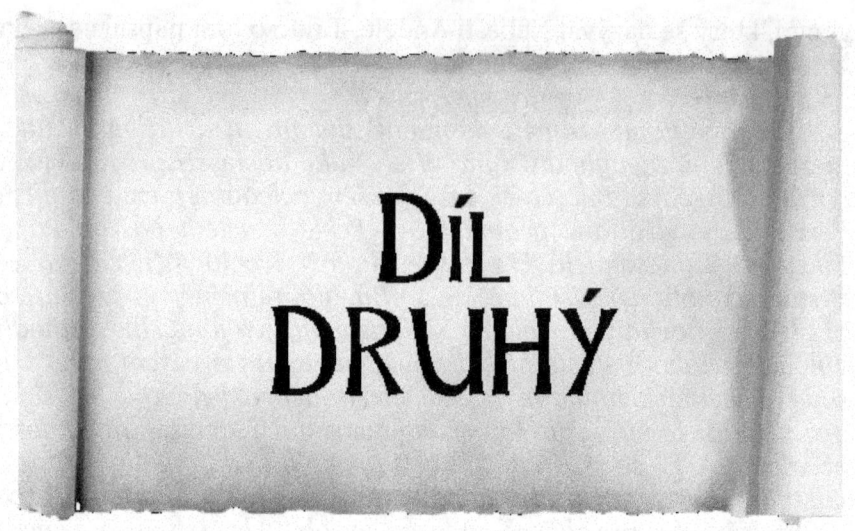

DÍL DRUHÝ

V němž se čtenář nejprve dozví něco o cestování
časem, jak jím disponují pekelné síly.
Ďáblové si vyžádají pomoc Brigity.
Seznámíme se s poměry v domácnosti doktora
Fausta, přičemž se nám potvrdí, že tentýž je hrubě
nespokojen se svým současným údělem.
Dozvíme se kdo počmáral Gutenbergovu bibli?
Mefisto se vetře do Faustova domu v podobě
černého pudla a zalíbí se doktorově služce Siebel.
Faust se pokusí vyvolat andělské stvoření a dopadne
to nevyhnutelně tak, že se mu zjeví Mefisto. Tomu se,
s pomocí Felese a daru tabletu k zajištění spojení s
Peklem, podaří získat Faustův podpis!
Brigita alias Meg van Dyke okouzlí Fausta, který
navíc od Mefista dostane Viagru, na místě slíbeného
Elixíru věčného mládí. Stejné drogy požije ale i
Mefisto, s nečekanými následky. Běda!

Podstata času a prostoru

To vše, co jsem popsal v předchozím dílu, se mi znovu vybavilo, když jsem přemýšlel nad tím, jak pracně vybudovaná kariéra by se mi mohla zhroutit jak domeček z tarotových karet, kdyby se přišlo na to, jak jsem se provinil svým melouchařením. Být zpět u kotlů jako topič by se mi ani trochu nelíbilo! Feles se mezitím zabýval svým počítačem. Po nějaké chvíli se ke mně obrátil.

„Tohle vypadá na to, že budeme muset trochu cestovat časoprostorem.“

„Jak to myslíš?“

„Tak, že bychom se v časoprostoru vrátili do toho bodu, či lépe o něco dříve, než došlo k tomu, že se nám situace s Faustem vymkla z rukou. Tedy oněm výtečníkům, kteří se tímto případem tehdy zabývali. Kdepak ti asi dneska jsou?“

„Vsadil bych se, že už jsou dnes někde tak daleko v hierarchii, abychom z nich nemohli dostat žádné informace. Víš přece jak se říká anglicky, co dělat s někým kdo se ukáže být nekompetentním?“

„Pověz mi.“

„Kick him upstairs! Kopněte ho nahoru! V našem případě dolů, což je ještě snazší.“

„To máš pravdu. Nevadí. Stejně by nám to moc neprospělo, kdybychom měli vědět co tehdy vlastně udělali špatně. Pokud my teď uděláme to, co mám na mysli, budeme tu stejně mít úplně novou situaci.“

„Časoprostor, povídáš. O tom vím jen to, cos mi kdysi řekl — že čas a prostor jsou dvě stránky té stejné věci. Jak toho hodláš v tomto případě využít?“

„To máš tak. Prostor je zakřivený. To způsobuje gravitace. Čím je ta gravitace silnější, tím víc zakřivený bývá okolní prostor. Když se potom pohneš v zakřiveném prostoru, můžeš se dostat do místa v čase, které se nachází před nebo také za bodem z něhož jsi vyšel. Zemská gravitace je ale poměrně nízká k tomu, aby nám časoprostor zakřivila dostatečně, tak aby to vyhovovalo našim účelům."

„To je ovšem pouhá maličkost a ty jistě víš jak ji překonat, či snad ne?"

„My ďáblové to zvládneme poměrně snadno, lidé to ale v současnosti nedokáží."

„Proč?"

„Protože my máme mnohem blíž k hmotě než mají oni. To nám dává také určitou kontrolu nad gravitací."

„Teď už ti vůbec nerozumím."

„Slyšel jsi někdy o černých dírách ve vesmíru?"

„Jistě. Od tebe. V těch tvých počítačových hrách jich bývá vždycky jak naseto. Co s tím ale mají co dělat černé díry?"

„Víc než by sis myslel. Víš, co je taková černá díra?"

„No, říkal jsi onehdy, že černé díry vznikají tím, že se nějaká hvězda tak nějak propadne sama do sebe."

„Přesně tak. Taková černá díra potom mívá kolem sebe ohromě silné pole gravitace. Nemusí to ale vždycky být celá propadlá hvězda. Existují totiž i docela malé černé díry, některé z nichž se nacházejí i v poměrné naší blízkosti. A my ďáblové, s naším podstatně lepším smyslem pro rozpoznávání gravitačních polí, máme schopnosti je nejen objevit, ale také jich i využít."

„K čemu jsou pro nás využitelné černé díry, prosím tě?"

„No právě k cestování časoprostorem, přece! Když se nějaké těleso pohybuje rychleji, čas v něm plyne pomaleji. To dokázal už ten lidský vědec Einstein někdy na začátku 20. století. Znamená to, že zakřivení vesmíru můžeš brát zároveň jako zakřivení času. Stačí, abychom se nachomýtli v blízkosti černé díry a zvýšená gravitace způsobí zakřivení časoprostoru. Naši pekelní vědci mají některé z těch černých děr tak říkajíc na provázku a už si dokonce i vypočítali jakého úklonu a jakým směrem je zapotřebí k tomu, abychom se v čase dostali tam, kam potřebujeme. Dobu pozdního středověku, kam se my budeme potřebovat dostat, už mají dávno pod kontrolou. Dalo by se skoro říci, že tam vede docela slušně frekventovaná dálnice."

„A tohle všechno jsi zjistil za těch několik minut?"

„Většinu z toho už jsem věděl."

„Jak to, že já to nevím?"

„Nejsi takto orientovaný. Básníci se o tyhle věci moc nezajímají. Pokud se jich to přímo netýká. Hádám, že teď tě časoprostor a tajemství kolem něho zaujmou trochu víc. Třeba na to téma složíš i nějaký ten sonet."

„Dobře, dejme tomu, že se dostaneme bez problémů do doby v níž se nachází náš Faust. Co potom? Jak chceš změnit to, co už se stalo. Nemůžeme tomu přece nařídit, aby se odestálo."

„To máš pravdu. Netvrdím, že můžeme přesně určit co se stane. Co ale můžeme, je vytvořit jiný řetěz událostí a to tak, aby tyto pokud možno vyhovovaly nám. Budeme muset jednat s rozhodností, tak aby se ten řetěz co nejvíc vtiskl do té reálné paralelní roviny, kterou si vybereme."

„Copak je těch rovin víc?"

„Ovšem, že je. Nekonečně mnoho."

„Dobře, říkáš, že si vybereme jednu z těch rovin reality. Co ale ty jiné paralelní roviny, jichž je podle tebe nekonečné množství? Budou také ovlivněny tak, jak si přejeme?"

„Právě proto musíme jednat rozhodně. Zpočátku naše akce způsobí jen drobné vlnky, ty ale postupem času zesílí. Dívej se na to takhle: pokud vyoráme dostatečně hlubokou brázdu v té jedné rovině, ty okolní se potom stěží ubrání tendenci do ní zapadnout. Nakonec bychom z toho měli mít přesně takový lavinový efekt, jaký potřebujeme."

„Tohle vypadá dost složitě. Když mi ale zaručíš, že se po mně nebude žádat abych dělal nějaké matematické výpočty..."

„Ty můžeš nechat na mně. Teď hlavně potřebujeme zjistit něco víc o tom Faustovi."

„Jak?"

„Jednoduše si ho nagooglujeme.

Jak Feles pravil, tak i učinil.

Jak se to má s tím Faustem?

Lidé se ve své naivitě domnívají, že vynalezli počítače a s nimi věci jako Microsoft, Google, Facebook, Twitter a tak podobně. Jistě, to vše má své lidské vynálezce; ti by se ale nebyli nikam dostali bez nás a bez toho, co jsme jim našeptali do uší my, ďáblové. Když máte na světě něco hodně populárního, můžete se vsadit, že za tím nějak někde stojíme my. Vyhledávací program Google, který je založený na tom principu, že čím víc lidí klikne na některé z klíčových slov, tím víc to k sobě potom přitáhne dalších lidi, je toho typickým případem. Stádový efekt, který takto vzniká, nám vyhovuje náramně. Ne nadarmo se ve starém pravdivém přísloví říká, že čert vždycky kálí na větší hromadu! Google se tudíž hodí i nám a v tomto případě pak zejména.

Mohlo mě hned napadnout, že na Fausta tam bude hodně odkazů. Na jméno samotné jich bylo asi padesát miliónů! Bylo mi jasné, že Mefisto, jako básník, si tu přijde na své. Nejčastěji se totiž Faust vyskytoval v souvislosti s Goethem a s jeho hrou stejného názvu kterou, jak se zdá, tento německý básník mínil tak, aby byla ke čtení spíš než k tomu, aby se hrála na jevišti. Pro jeviště zpracoval toto téma Angličan Marlowe už o nějakých dvě stě let před Goethem; po Goethem se jím zabýval francouzský skladatel Gounod, když složil naším šéfem tolik nenáviděnou operu. Už to samo o sobě mělo kolem sebe zvláštní pole přitažlivosti a řekl jsem si hned, že by nebylo marné se na tu operu trochu lépe podívat. Ostatně, bylo mi celkem jasné, že tato právě zmíněná díla budou dobře známá mému partnerovi Mefistovi, takže asi udělám nejlépe, když se soustředím na získání co nejvíce faktů o skutečném Faustovi, kterého budeme muset v každém případě dříve či později kontaktovat.

Nejdůležitější teď bylo nalézt toho správného člověka, kterému budu říkat Proto-faust. Kolem toho se vyskytovalo několik problémů. Například, místo Faustova narození bylo nejisté a stejně tak i jeho datum. Měl jsem na vybranou mezi Knittlengenem, Heidelbergem, Helmstadtem a Rodou. Vypadalo to ale na Helmstadt a na ten jsem se nakonec soustředil. Několik dalších výzkumů mi to potvrdilo. Datum narození se také ztrácelo v mlhách; někde mezi lety 1460 a 1480, podle toho komu chcete uvěřit. Bylo to ale opravdu důležité vědět tohle co nejpřesněji, protože na tom záviselo určení času naší první a rozhodující návštěvy. Potřebovali jsme se k Faustovi dostat dřív než naši konkurenti, ideálně někdy v čase kdy už bude náš vědec stárnout, kdy se mu už začne stýskat po ztraceném mládí, kdy si bude vyčítat příležitosti které kdysi propásl, tak jak se to děje mnohým ze starších lidí. Pokud bychom toho věděli co nejvíc o takovýchto detailech z jeho života, dávalo by nám to příležitosti k tomu uhodit na tu správnou notu, či ještě lépe, zahrát ten správný akord. Potom by se mohl Faust nechat motivovat k tomu podepsat se krví na kus pergamenu, který mu předložíme.

Hledal jsem, hledal a pořád to vyhlíželo dosti chaoticky. Potřeboval jsem mít jistotu. Nakonec jsem byl nucen se uchýlit k tomu, co činím jen v těch nejkrajnějších situacích; nabourat se do nebeské počítačové sítě. Byl jsem si jistý tím, že tam to budou mít správně. Tohle nedělám často, protože je to dost riskantní a šance, že Nebeské výzvědné služby by si mě mohly najít a to jsem nepotřeboval. Nebyly ale zase tak veliké, abych si nevěřil. Hacking se povedlo. Databáze oddělení Sv Petra zvané prostě "Přijetí" obsahovalo složku dr Fausta, narozeného 17. ledna 1466 v Helmstadtu, který prošel nebeskou Perleťovou bránou 15. března 1555, nebyl ale rovnou přijat. Byl poslán do Očistce na zkušební lhůtu, jejíž trvání měl k těmto záležitostem určený výbor ještě přesně definovat. K tomu všemu muselo dojít nedlouho poté, kdy se mu podařilo proklouznout našim činovníkům mezi prsty tak, že litoval svých činů a to právě v čas, kdy ho to zachránilo před pekelnými plameny.

Zjistil jsem dále, že jako sedmnáctiletý byl Faust přijat na proslavenou heidelberskou univerzitu, kde o čtyři roky později dosáhl magisterské hodnosti. Studoval podle všeho theologii, medicinu, astrologii a několik jiných příbuzných předmětů, které bývaly v té době slučovány do kategorie známé jako magická umění. Později po nějaký čas vyučoval na stejné univerzitě kde sám vystudoval. Stopa se poté na delší čas ztrácela; Faust zřejmě cestoval a asi také učil na několika jiných německých školách, snad i mimo Německo. Teprve kolem roku 1520 se znovu objevuje v Heidelbergu, kde opět učí na stejné univerzitě. Ty ztracené roky by nám příliš nevadily, sice bychom mohli získat víc údajů pokud bychom se na to soustředili; v této chvíli jsme ale potřebovali mít jen ty základní a toho jsme již dosáhli. O pět let později se Faust stále ještě nacházel v Heidelbergu. Protože doba trvání našich služeb bývá normálně určena jako třicet lidských let, musel být zmíněný kontrakt podepsán někdy v březnu 1525. To by našeho doktora bohosloví činilo starým 59 let, což byl poměrně vysoký věk v době pozdního středověku. To vše mě přesvědčilo o tom, že jsem nalezl toho správného doktora Fausta. Zavolal jsem Mefista a řekl mu vše o tom, na co jsem přišel.

Brigita na pomoc

Když mi Feles podal svou zprávu, zeptal jsem se ho:
"Jsi si s tím naprosto jistý?"
"Nemám nejmenších pochyb. Vypadá to na to, že budeme muset navštívit Heidelberg ještě před březnem 1525."
"Proč právě v té době?"
"Muselo to být v březnu toho roku, kdy Fausta zkontaktovali naši kolegové. My se k němu potřebujeme dostat ještě před nimi. Také bych navrhoval, abychom udělali jakousi zkušební návštěvu, o pár dní předtím než Půjdeme naostro..."
"... abychom se seznámili s podmínkami, obhlédli si scénu. Souhlasím. Mám ale ještě jiný návrh."
"Sem s ním!"
„Co kdybychom do věci zapojili Brigitu? Jednak ona ví o tomto historickém čase mnohem víc než my dva dohromady a navíc má i jiné přednosti."
„A ty si dovede náramně dobře nosit, jen co je pravda!"
„Tak hele, toho sexismu si nech, s tím u ní dneska už nepochodíš. Jdeme přece s dobou."
„Stejně si myslím, že pokud zapojíme do akce Brigitu, tak ona už se sama postará o to, aby sex nezůstal stát někde v koutku. Teď ale vážně. Nápad je to skvělý. Co potřebujeme, je opravdový think-tank. Jen jestli ji ten její současný boss pro nás uvolní..."
"Když se mu to správně podá. A když to vezmeme přes našeho bosse."
"Už mu posílám email."
Feles chvíli něco psal na svém počítači. Říkal jsem si, že by to opravdu bylo dobré, mít tu Brigitu. Také proto, že vyrůstala zhruba právě v té době, kam jsme se potřebovali vrátit. Její zkušenosti by nám byly nesmírně cenné. Řekl jsem to Felesovi.
"Také mě to napadlo a v tom dopise bossovi jsem se o tomhle zmínil. Snad to pochopí."

"No uvidíme. Schopnost chápání bych v jeho případě příliš nepřeceňoval."

Feles mi ještě pověděl víc o tom, co objevil stran Fausta. Chvíli jsme diskutovali, zda bychom přece jen neměli se pokusit zaplnit ta bílá pole našich nevědomostí týkajících se toho kde asi mohl náš dobrý doktor pobývat po bezmála tři desetiletí svého bezpochyby pohnutého života. Nakonec jsme se ale usnesli na tom, že to snad tolik důležité není a že bychom asi jen zbytečně mrhali časem. Najednou vidím, že v prostoru za zády Felesovými se vytváří cosi jako bublina vejčitého tvaru. Tušil jsem o co by asi mohlo jít, než jsem ale svého partnera mohl na to upozornit, z jejího středu se ozval ženský hlas, který jsme oba tak dobře znali:

"Tahle teleportace je ale skvělá věc! Jo, tohle kdybych byla měla k dispozici, třeba když mě v Zimostrázu jako helmbrechtnici chtěli dát na pranýř... "

Oba jsme se vrhli Brigitě kolem krku. Když se jí podařilo se nás zbavit, povídá ona:

"Tak slyším, že se snad do toho šestnáctého století asi znovu podívám."

"To tě zpravili dobře, jak to ale, že jsi tu takhle rychle?"

"No váš boss zavolal tomu mému a ten mě hned poslal sem za vámi. Že prý to má přednost před tím, co právě dělám."

"A cos právě dělala?"

"Vařila mu ten jeho oblíbený čaj z heřmánku a kajenského pepře. Prý si to udělá sám, ať hned za vámi jdu. Takže to musí být důležité."

"To také je. Vychází to až od samotného..."

Ukázal jsem jen prstem dolů a Brigita ihned pochopila. Jen zhluboka nabrala dech. Feles dodal:

"No, vskutku to vypadá na to, že se asi spolu znovu podíváme do 16. století ve kterém jsi žila..."

"Žila, jedla, pila, souložila. Vzpomínky se hrnou! Také jsem přitom potkala vás dva..."

"Omyl! Potkala jsi mne. Felese ještě ani nebylo."

"Jen dokud jsem ti neusekla tu tvou čertovskou ozdobu a nehodila ji do krbu. Když ono se to svíjelo na té podlaze jako had, co jiného jsem s tím měla dělat? Přišlo se už vůbec na to jak k té proměně vlastně došlo?" Feles se zasmál.

"Příčiny mého neposkvrněného početí zůstávají nadále zahaleny v mlhách. Podle té nejposlednější teorie ale za tím stojí mystická síla Cundalahini.

"Propánalucifera! Co tohle má být?"

"Ve vědeckých kruzích sice Cundalahini uznávaná jako síla není, psycholog Rararbotrusiel Hameltesipinion na ni ale přísahá. Má prý být stočená u spodku páteře a tam i zůstává, pokud ji něco nevyburcuje, což většinou mívá něco co dělat se sexem. Potom by se normálně ďáblovi vrazila do ocasu. Jenže, jak jistě víš, ten ocas už tam nebyl, tak jí v tomhle případě nezbývalo než se hnát páteří nahoru do mozku."

"Tak to by vysvětlovalo proč začal Mefisto psát ty básně. A možná i proč přestal najednou koktat. Stejně ale pořád nechápu, jak se mohl kus zplihlého ocasu proměnit v tebe Felesi, takový vzorový exemplář virilního ďábla?

"Hameltesipinion tomu říká proces homunkulizace. Hraje v tom roli oheň a to je náš přirozený živel. Teď i pro tebe, Brigito, poté kdy ti bylo uděleno to vytoužené pekelné občanství."

"No, zatím jsem ještě ve zkušební lhůtě."

"Čaj už ale přece vařit umíš, to by snad mělo stačit."

"Víš co, tyhle sexistické poznámky si raději nech a pověz mi něco o tom, co vlastně budeme dělat."

Pověděli jsme Brigitě všechno, co jsme se až doposud dozvěděli.

"Jakou roli si představujete, že bych měla já hrát?"

"No, to je snad jasné. Roli svůdnice."

"To snad zvládnu. Doufám, že ale ode mne neočekáváte, že bych se ho snažila přimět k podpisu smlouvy."

"A proč ne?"

"To bude muset jeden z vás. Takový doktor by se o takových věcech se mnou vůbec ani nebavil, jako s žádnou obyčejnou ženskou. Musí to být šovinistický prasák nejvyššího kalibru!"

Zamyslel jsem se nad tím, to samé Feles. Najednou jsem viděl co máme dělat, jakým způsobem máme na Fausta jít. Doba v níž žil, či v níž z našeho hlediska žije, neví nic o politické korektnosti, což nám Brigita právě tou jedinou větou připomněla. Faust, jakého nám předvádí třeba Marlowe nebo později Goethe, či po něm Gounod a jeho libretista Carré, je produkt, když už ne přímo Faustovy doby, potom aspoň jejich doby, doby v níž kupříkladu trpěl Goethův mladý Werther a s ním stovky mladých mužů, z nichž někteří dokonce spáchali podle jeho předlohy sebevraždu. Faust s nímž se máme setkat se bude brát nesmírně vážně a bude-li postaven před něco jiného než na co je připravený, zachová se jistě jinak než ten původní doktor Faust. Potom bude už jen na nás, jak toho dokážeme využít. Povídám Brigitě:

"Obávám se, že neujdeš tomu, abychom tě zaměstnali jako sexuální objekt."

"To je mi jasné. Je ten Faust aspoň trošku ucházející?"

„Tohle budeš moci posoudit brzy. Plánujeme totiž vyhlídkový výlet. Abychom viděli, do čeho to vlastně jdeme."

Koho se to ten Faust vlastně snaží zneužít?"

"Jeho idol se nazývá Markéta. Německy Margareta."

"Mar-ga-re-ta? Čtyři slabiky. To snad je trochu dlouhé, nemyslíš? Já bych z ní udělala prostě Meg. To se dneska nosí."

Zaradoval jsem se náramně. Viděl jsem totiž jasně, že Brigita už se vžívá do role. Feles to také viděl a spokojeně se zašklebil.

Poprvé v Heidelbergu

Plánovali jsme, že zůstaneme po celou dobu našeho výletu ve čtvrté dimenzi, kde nás jednak nikdo nemohl vidět či slyšet, kam ale také nezasahovaly extrémní projevy počasí. A ty byly, jak se ukázalo, té zimy 1525, vskutku pozoruhodné. Lidé, pokud jsme vůbec nějaké zahlédli na ulicích města, chodili zabalení až po uši. Kdyby si byli vědomi nejposlednějších objevů rozkvétající se vědy, docela jistě by mluvili o globálním ochlazování. Připomnělo mi to ty časy, kdy jsem zpočátku U šotka s kozlem přežívali zimu. Mefisto byl z pekla pořád ještě dost nezvyklý a nepřipravený k podmínkám na zemi. Já jsem se sice právě narodil, téměř všechno jsem ale zdědil po něm. Trval jsem nyní ale na tom, že se sem do Heidelbergu musíme dostat aspoň dva měsíce před tím než došlo k předpokládanému prvnímu kontaktu v březnu. To znamenalo leden a z tohoto nebylo úniku. Hospod s proslaveným hlučným studentstvem si asi moc neužijeme; jejich majitelé nejspíš ani nedokázali své místnosti vytopit. Přišli jsme sem ale za doktorem Faustem a ne kvůli zábavě. Aniž bychom vybočili ze čtvrté dimenze, trochu jsme se procházeli tím středověkým městem; chtěl jsem se ještě dohodnout se svými společníky na tom, jak bychom vlastně měli Fausta kontaktovat. Mefisto, který si už aspoň dvakrát přečetl hru kterou napsal Goethe, měl na to svůj názor.

"Já bych se přidržel toho, co nám píše básník."

"A to je?"

"Ve formě černého pudla, který se k Faustovi přidá cestou z hospody."

"To nezní špatně," prohlásila Brigita. "Znamená to, že vy dva nebo aspoň jeden z vás, bude mít dobrý důvod k tomu podívat se do některé z těch hospod. Vypadají úchvatně i takhle, poloprázdné v tom mrazu." Obrátil jsem se na ni.

"Co myslíš, který z nás by se lépe hodil na černého pudla? Na tom, kdo bude naším prvním vyslancem, jsme se vlastně také ještě nedohodli."

"Definitivně Mefisto," prohlásila rozhodně Brigita.

"Proč zrovna já? Za celou svou kariéru jsem jen jednou dělal tříhlavého vzteklého psa s ohnivým ocasem a zakrvácenými tlapami; to byl jeden z mých prvních převleků v té naší hospodě. To má přece k pudlovi hodně daleko! A žádné ceny jsem přitom nevyhrál."

"No, to co tady popisuješ, to musel být náramný podvraťák. Neboj se, tentokrát z tebe uděláme opravdový výstavní kus!"

Mefisto už dál nic nenamítal, smířil se snad s tím, že se mu dostane této role. Nejspíš to i očekával. Dům který patřil Faustovi, jsme našli skoro okamžitě. Stál na okraji města, nedaleko hradeb, kamenný, jednopatrový, poměrně veliký na svou dobu, uprostřed docela slušně veliké zahrady. Jak se nám podařilo zjistit, zdědil jej od jakési příbuzné asi před šesti lety, což nejspíš bylo to, co ho přivedlo k stáru do města kde sám kdysi studoval a učil. Toho, že by měl nějaké jiné vlastnictví, jsme se nedopátrali — aspoň by mohl být o to svolnější při vyjednávání, říkali jsme si. Dům jistě poznal lepší časy, na to, že by byl přespříliš dobře udržovaný rozhodně nevypadal; doktor asi neměl peněz nazbyt. Řekl jsem Brigitě a Mefistovi:

"Pojďme se podívat dovnitř."

Jakmile jsme se protáhli zdí a ocitli se uvnitř domu, v jeho hlavní místnosti, viděli jsme hned proč asi pánovi domu nezbývalo na údržby a kam docela určitě šel jistě slušný, ale nikterak okázalý plat univerzitního profesora. Knihy, které Faust dokázal sehnat pro svou na tuto dobu nesmírně impozantní knihovnu kterou jsme tu měli před očima, musely stát prakticky veškeré peníze které kdy vydělal. Nacházely se všude, v dřevěné ozdobně vyřezávané knihovně, na policích po stěnách, na velikém dubovém stole, dokonce i naskládané na židlích. Byly mezi nimi i nějaké ty rukopisy, hlavně ale to byly tištěné a v kůži vázané knihy. Gutenberg vynalezl svůj tiskařský lis jen před nějakými 75 lety a ještě to aspoň potrvá pár století, než si budou moci dovolit kupovat nějaké ty knihy obyčejní lidé. Náš pan doktor ale obyčejným člověkem zcela jasně nebyl, tohle nám jeho knihovna sdělovala nahlas. Bude to bezpochyby výzva, utkat se s ním!

A co samotný věhlasný pan doktor? Přesně tak, jak by se dalo očekávat. Vypadal dosti obstarožně, nacházel se v jediném křesle v místnosti, které na sobě nemělo knihy nebo rukopisy. Jednou z knih se právě probíral. Vypadala jako by byla o magii, což se dalo ostatně očekávat. Tvářil se přitom učeně, což žádného z nás také nepřekvapovalo. Z přilehlé místnosti, která asi byla kuchyní, se ale náhle ozval zpívající ženský hlas. Doktorem to trochu trhlo, nevypadal nijak potěšeně, nevím proč. Byl to mladý hlas, hlásek, skoro bych řekl. Mefisto se tam ihned šel podívat. Mrkl jsem na Brigitu.

"Tohle nevypadá dobře a mohlo by nám to zkomplikovat situaci."

"Myslíš ta dívka? A Mefisto? Třeba není moc hezká..."

"Nebo také je."

Šli jsme se také na ni podívat. Hezká byla. Štíhlá, dobře rostlá, s tmavými přirozeně se vlnícími vlasy. Měla veliké hnědé oči, v nichž se zdála být soustředěna veškerá nevinnost, která se kolem ní začala kupit hned po jejím narození a kterou, jak jsem pociťoval, byla ona připravena darovat pouze tomu, kdo by si to plně a bezvýhradně zasloužil. Že by tím někým mohl být Mefisto, o tom jsem silně pochyboval. Myla nádobí a zpívala si. Mefisto stál opodál a civěl. Vystrkal jsem Brigitu  ven z kuchyně, nechtěl jsem, aby nás slyšel, i když nevypadal na to, že by vnímal cokoliv jiného než zpívající, nádobím se zabývající, mädchen.

"Opakuji znovu, že tohle nevypadá dobře. Už jsem to u něho viděl několikrát; dokáže se zamilovat naráz a potom nemá mysl na nic jiného. Nejhorší, pro něho tedy, je to, že žádná ještě tu jeho lásku neopětovala. Už to vidím, jak dneska někam zmizí, aby napsal jednu z těch svých básniček. Ty z něho potom tečou, že by naplnily sudy. Jenže, ty jeho múzy to nikdy neocení a bývám to potom já, kdo ho jednak musí utěšovat a také dělat za něho to, co on kvůli těm svým věčným literárním pokusům udělat zanedbal."

"Co ty víš, třeba se právě tahle chytne."

Brigita se na ni šla ještě jednou podívat. Vrátila se za chvíli; já jsem si zatím prohlížel některé z Faustových knih. Naše společnice se tvářila skoro závistivě. Přitom neměla proč. Sama nevypadá nijak špatně, i když ne takhle mladě. Jenže, tento zpívající objekt Mefistova obdivu časem tu krásu mládí, která jej zatím zdobí, časem ztratí, zatímco nesmrtelná Brigita si svůj vzhled udrží...

"Je opravdu moc hezká. Mohla by to být dcera?"

"Nikde jsem neviděl, že by Faust měl nějaké děti. I když, jeden nikdy neví..."

"No nic, to brzy zjistíme, už podle toho jak se k sobě budou chovat. Co tomu říkáš? Knih tu má spoustu, to muselo stát moc peněz, na nic jiného mu zdá se nezbylo. Ale podívej se na něj. Nevypadá zrovna šťastně a spokojeně."

Souhlasil jsem. Nábytek v domě byl starý a neokázalý a náš učenec vypadal dosti deprimovaně, jako člověk jemuž se štěstí obloukem vyhýbá. Věděl jsem, že je Faustovi 59 let, vypadal ale spíš aspoň na 70. Jenže, lidé stárli tak nějak rychleji, ve středověku.

Potřebovali jsme se ještě dohodnout na místě, přesně vyhraněném bodu, který budeme užívat pro teletransportace, abychom mohli jeho přesné místo předat centrále. Prošli jsme celým domem, Mefista jsme nechali tam kde byl. V tomto stavu by nám stejně k ničemu nebyl. Dole byla ještě jedna menší místnost, která byla plná harampádí a zřejmě se nijak zvlášť neužívala. Nahoře, kam se šlo po lomeném schodišti, byly dvě ložnice, jedna větší, zřejmě Faustova a druhá menší, kterou nejspíš užívala dívka.

"Ten menší pokoj dole by se asi hodil nejlépe," povídám Brigitě. Ve chvíli kdy dochází k transformaci, můžeme být na několik vteřin trochu dezorientovaní a pokud k tomu dojde za zavřenými dveřmi, bylo by to asi nejvhodnější. Otevřít si dveře a projít jimi by neměl být potom žádný větší problém.

Mefistovi jsme řekli, že se vracíme, nejevil ale žádný zájem o to jít s námi, jak byl zakoukaný a zaposlouchaný do tmavovlasé krásky v kuchyni. Nechali jsme ho nakonec tam kde byl, však se za námi časem přemístí sám, až ho to konečně omrzí.

Takovou zimu nepamatuji!

Zažil jsem těch zim už dost. Skoro šedesát už jich bude, ale pokud si pamatuji, žádná z nich nebyla takhle studená. Začalo to už dobře týden před Vánoci, od nich už uplynul víc než měsíc a pořád: ne a ne se oteplit! Na štěstí máme letos dost dřeva, díky Siebel, i když jinak k ničemu moc není a hubatá je až hrůza, to se jí musí nechat, že aspoň v jednom směru je holka užitečná. Do lesa chodí každý den, obvykle kolem poledne kdy je poměrně nejtepleji a až doposud vždycky dotáhla nějaké ty soušky. Jenže, ty prý už je skoro nemožné v lese najít, v téhle zatracené zimě na ně chodí kdekdo. Naštěstí se do Siebel zakoukal jeden mládenec ze sousedství, no, žádný zázrak to není, má ale k dispozici vůz s koněm. A má taky pilu. Takže jí pomohl sehnat a navozit i nějaké ty větší klády a prý ještě navozí. No, sliby, chyby! Kdepak je asi sežene, když v lese už nic není? Nevím ani, čím se mu odvděčila nebo hodlá odvděčit, spíš jen nějakými těmi neurčitými sliby, holka je v tomto směru myslím celkem rozumná, i když hlavu bych za to nedal, že ona tu svoji pro někoho neztratí.

No, mohl jsem asi sehnat trochu lepší a hlavně zkušenější hospodyni, musel bych jí ale určitě platit víc. Takhle mám Siebel a prakticky jen za nocleh a stravu, takže moc si stěžovat nemůžu. Vlastně, ona je oficiálně mou schovankou. Dalo to sice nějaké to přesvědčování lidí kolem sirotčince kam tehdy patřila, oni byli sice rádi, že se zbaví jedné chovankyně, musel jsem jim ale dokázat, že mám nějaký nárok na to vzít si ji do svého domu. Vymyslel jsem si totiž takovou historku, že jako ona o ničem neví, ale že je ve skutečnosti nemanželským dítětem jednoho z mých studentů. Když se ptali kterého, napadl mě Wagner, to byl v jistý čas můj nejlepší žák. Byl to také on, co se pořád snažil o to stvořit Homunkula, aspoň o tom nikdy nepřestal mluvit, nevím jestli se mu to povedlo, i když se proslýchalo, že to dokázal, musel bych to ale vidět na vlastní oči abych tomu uvěřil. Jenže, Wagner se mi z těch očí později ztratil, nemám potuchy kde by mohl být. Když potom chtěli po mně v tom sirotčinci nějaký důkaz, ukázal jsem jim úplně zfalšované astrologické schéma, které jakoby dokazovalo, že Wagner je otcem Siebel. Pochopitelně, že se museli přede mnou dušovat, že to dál neprozradí, protože je tohle přísně tajné, a tak dále., nicméně o důkazech které jsem jim předvedl se nedalo diskutovat. Ani by si to nedovolili, to že jsem světoznámým odborníkem v tomto směru, ví přece každý. Takže jsem celkem levně přišel k hospodyni. Kdyby tak ještě aspoň uměla vařit!

No, takhle jsem to dopracoval! Kdyby mi nebyla teta Valérie odkázala tenhle barák, tak bych neměl ani kam dát tyhle knihy. Kdyby jen knihy, neměl bych ani kde hlavu složit! Finančně jsem závislý hlavně na tom, co se mi falckrabství uráčí platit za to, že stále ještě učím na téhle naší světoznámé Heidelberské univerzitě a to mi věřte, že by ale takového odborníka jakým jsem já nějak přepláceli, to tedy ne! A to prosím mám kvalifikace k tomu, abych mohl učit filosofii, právní vědy, lékařské vědy a pochopitelně, teologii! Skoro čtyřicet let jsem takhle učil, stovky, tisíce žáků jsem za ty roky měl, no a podívejte se, co z toho všechno mám. Dům, který jsem zdědil, trochu ošuntělého nábytku, nějaké ty hadry na sobě a police plné knih. To je to jediné, čeho jsem si vždycky vážil. Knihy! Až na to, že v nich člověk nenajde jak to má dělat, aby měl vždycky dostatek peněz a mohl si tudíž koupit těch knih tolik, kolik by jich chtěl doma mít. Kdyby ovšem přišel nějaký takový ten člověček z ulice sem a viděl všechny ty knihy, co by si asi řekl? Kdyby tomu tak bylo dneska a byla by mu taková zima jako mně, nejspíš by zvolal "Ha, tady je něco, čím si můžeme zatopit!"

Já ale budu raději mrznout, než abych něco takového udělal se svými knihami. Co bych ale mohl udělat, je některé z nich prodat. Aby bylo za co koupit věci jako jídlo, topivo. Dřevník je už skoro prázdný, až na několik polínek a jestli Siebel něco dneska z lesa nepřitáhne, zítra nebude už čím topit. Co ale mám prodat? Tuhle Gutenbergovu Bibli? Což o to, někdo by se jistě musel najít, kdo by měl zájem, konečně, je to první kniha co vůbec vzešla z toho jeho tiskařského lisu, jenže, musel jich ten hlupák hned natisknout sto osmdesát? Takhle těmi svými biblemi úplně zaplavit potenciální trh! Myslel si jistě, že tím rázem zbohatne, ukázalo se ale, že skoro nikdo ty jeho bible nechce. Málem kvůli tomu udělal úpadek a byl by ho určitě udělal, kdyby nebyl dostal ten spásný nápad začít tisknout na tom svém lisu odpustky. Je v tom logika, či není? Číst si v bibli, to kromě pár podivínů běžné lidi nijak moc nezaujme, zato ale kupovat si odpustky, protože hřešili proti tomu o čem se v té knize knih píše, to je úplně jiná věc!

To bylo před víc než půl stoletím, kolik pak by asi tahle Gutenbergova Bible dneska vynesla? No, tenhle exemplář asi moc ne, hádám. Problém je v tom, že ten pacholek Martin Luther popsal všude okraje svými poznámkami. I svoje jméno tam má, exhibicionista jeden, v té své zahleděnosti do sebe sama asi vůbec nevzal na vědomí, že jsem mu tu knihu jenom půjčil. To bylo asi před sedmi lety, když se objevil tady na univerzitě, to bylo za Ludvíka Pátého Falckého. On totiž Luther potřeboval obhajovat ta svá prohlášení, těch svých 95 kritických tézí na téma odpustků. Vida, zase ty odpustky, je to taková ozvěna našich časů. No, vzal si toho na ramena dost, to se musí nechat! To byla ta Heidelberská polemika, jak se tomu potom začalo říkat. Potřeboval si proto pořád nacházet nějaké odkazy, tedy ten Luther, vlastní bibli po ruce neměl, tak jsem mu půjčil tuhle svoji a on mi ji takhle popsal. Kdo by chtěl prosím vás takovouhle počmáranou knihu? I když Luther se stává populárním v poslední době, to se musí nechat! Třeba by se dalo zbohatnout i z neprodávání odpustků, kdo ví?

Už aby tu byla Siebel. A aby přinesla nějaké to dříví, abychom si mohli zatopit. Áá! Co to slyším zvenčí, nějaké dupání, že by to byla ona a shazovala z bot sníh?

"Jsi to ty, Siebel?"

"Ano, to jsem já."

"To jsem já, pane doktore, tak by měla správně znít tvoje odpověď!"

"To jsem já, pane doktore."

"No, už je na čase, aby sis tohle zapamatovala. Že v lepších německých rodinách, když má podřízená osoba oslovovat někdo kdo má akademický titul, tak ten titul se přitom uvede. "Pane doktore", to by pro běžné domácí situace mělo stačit, ovšem, kdybys se mnou měla mluvit třeba na naší univerzitě, což je sice krajně nepravděpodobné, protože by tě tam ani nepustili, mělo by to spíš být "pane profesore". Protože to je jak jsem tam znám. Budeš si to pamatovat?"

"Ano, pane doktore. Ano, pane profesore."

"Dále, když už jsme u těch manýrů, předtím než vstoupíš do místnosti, zaklepeš na dveře. Rozumíš?"

"Rozumím, pane doktore, pane profesore. Dřív než vstoupím do místnosti, zaklepu na dveře."

"Tak. Co to máš na sobě? To je přece můj zimník!"

"Ten jsem si půjčila, když byla ráno taková zima a vy jste byl pořád ještě v posteli."

"Vy jste byl v posteli, co?"

"Vy jste byl v posteli, pane doktore."

"Tak. Pan doktor byl v posteli, protože mu byla zima. Mohla jsi ho ale požádat o povolení, než sis ten zimník půjčila. Zaklepat lehce na dveře, požádat pana doktora o povolení k vstupu, vstoupit, plaše požádat pana doktora o povolení půjčit si zimník. Pan doktor by ti to povolení buď dal, či nedal, podle okolností."

"Nechtěla jsem vás budit."

"Nechtěla jsem vás budit, co?"

"Když já nevím co vlastně jste, když se nacházíte v posteli, pane..."

"Co je tohle za pitomou otázku? No, asi bych měl být panem doktorem, či ne?"

"Myslím, že by se to mělo řídit podle, co se vám naposledy zdálo, pane doktore nebo pane profesore. Kdyby se vám zdálo, že jste doma, tak by to byl pan doktor, kdyby jste snil o tom, že jste byl na univerzitě, potom byste byl pan profesor. No, a kdybyste byl ve snu třeba někde na statku, tak by to mohl být..."

"Víš so, Siebel, dej si radši pozor na pusu! Ten zimník je ti dlouhý. Couráš ho po zemi. Je to jediný zimník který mám a musí mi ještě nějaký čas vydržet. Ledaže bych dobře prodal toho Gutenberga."

"Gutenberga, pane doktore? Co to je?"

"To je kniha, Siebel. Tahle."

"Jo, ta počmáraná bible, říkáte?"

"Říkáte ..."

"Říkáte, pane doktore."

"Ano, ta Martinem Lutherem popsaná bible."

"Copak má nějakou cenu? ... Pane doktore?"

"No, mohla by mít..."

"I takhle počmáraná? Zrovna tuhle jsem ji měla v ruce a říkám si přitom, tak tady bychom mohli mít něco s čím zapalovat kamna, když nám vyhasnou..."

"Ať tě ani nenapadne! Ať tě ani nenapadne zkoušet zapalovat kamna s čímkoliv, co tady vidíš. Od toho je suchý mech a toho máme, zaplať pánbůh, v dřevníku dost a dost. Dej sem tem zimník, půjdu ven. S troškou štěstí najdu nějakou hospodu kde mají pořádně zatopeno!"

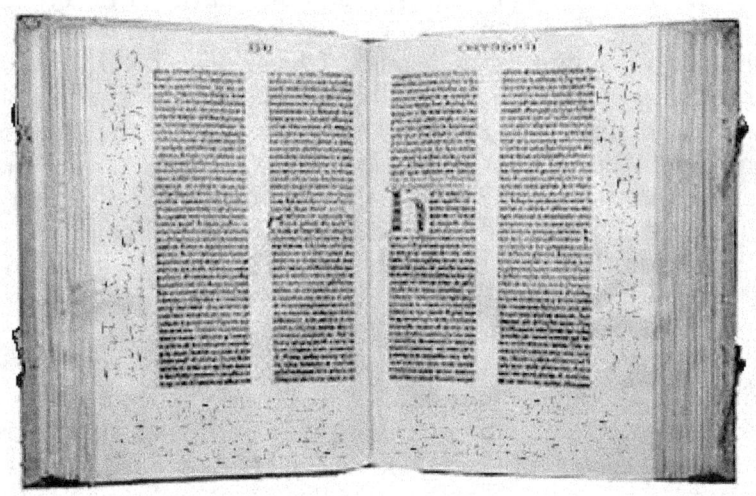

V hospodě, kde bylo zatopeno

Coural jsem se nějaký čas po městě. Bylo kolem poledne a trošku se oteplilo, bylo mi ale jasné, že to dlouho nevydrží. Nicméně, potřeboval jsem si trošku pročistit hlavu. Už nějaký čas se snažím přijít na to, jak by měla znít zaříkávací formule k vyvolání Božího posla. Myslím, že už ji mám, jenže nechci ji vyslovovat jen tak naplano, to by se také mohlo nevyplatit. Zítra se o to ale pokusím a už naostro! Taková procházka na čerstvém vzduchu by mi měla pomoci odehnat trochu tu nervozitu, která se mě začíná zmocňovat. Potom bych si mohl najít nějakou hospodu, která by, za prvé, byla vytopená a za druhé, v níž by se nacházeli nějací mí žáci. Nejlépe někdo, kdo má tak trochu obavy z toho, že bych ho při zkoušce mohl potopit. Takovíto žáci, hlavně pokud pocházejí z lepších rodin, bývají pohostinní a to by se při mé finanční situaci docela hodilo!

Hostinec U špinavé harpie, kam jinak rád chodívám, zatopeno neměl a skoro nikdo tam nebyl. Totéž U švindlířova hrnku. U trolla a šotka bylo sice teplo, ale také beznadějně plno. U děravého džbánu měli dosti plno a bylo tam celkem teplo. Místo se tam pro mě také našlo, takže jsem se ani nedíval, jestli objevím nějakou známou tvář. Vsunul jsem k jednomu stolu a poslouchal, co se povídá. Pochopitelně, že se mluvilo hlavně o počasí, které postihlo naši část Německa. Jeden náramně vokální student prohlašoval, že tohle se děje všude po celém světě, že to je část už započatého procesu ochlazování Země, k němuž dochází jako trest pro lidstvo. Přitom jak obíhají Zemi, Slunce, Měsíc a Planety reagují na to, jak se lidstvo chová. Slunce je z nich nejcitlivější v tomto směru a když vycítí, že zde není dostatek zbožnosti, oddálí se, čímž pádem na světě klesne teplota. Měl kolem sebe několik následovníků, kteří ho hlasitě podporovali v tom, že této změně klimatu se musí okamžitě čelit, už pro budoucnost našich dětí! Někteří spolusedící ho podporovali s tím, že by se hned mělo začít s modlitbami a snad i uspořádat průvod, při němž by si lidé bičovali nahá záda na znamení toho, jak zbožní dokážeme být. Jiní ale nad tím vším mávali rukou s tím, že počasí odjakživa takhle kolísalo a někdy že se prostě udělá zima. Jsem mnohem starší než kdokoliv v této společnosti a proto jsem zažil jak studené zimy tak i horká léta, určitě víc než kterýkoliv z nich. Takže jsem souhlasil s těmi druhými, ale jen potichu. Nemělo totiž smyslu se do debaty vkládat. U vedlejšího stolu byli dva mladí muži, kteří vyhlíželi trochu jinak než ta studentská chátra a vypadali i trochu inteligentněji. S nimi jsem se dal do řeči a přisedl jsem si k nim.

Bavili jsme se o leccems a mladí pánové trvali na tom, že starého pana profesora musejí náležitě pohostit, čemuž jsem se sice bránil, jen ale tak, aby se neřeklo. Zbytek odpoledne a počátek večera se mi proto slil jen v jakýsi mlhavý obraz. Nevím ani, jestli mi ti dva řekli něco o tom odkud jsou, na studenty ale nevypadali a zdejší také asi nebyli. Nakonec jsem toho pití měl už dost, takže jsem se s nimi rozloučil a vydal se na cestu domů. Venku mě znovu prudce uhodila zima a to mě trochu probudilo. Doufal jsem, že Siebel doma zatopila a snažil jsem se jít proto co nejrychleji, v rámci toho co mi povolovalo moje už dost opotřebované tělo.

Pojednou mě ovanul pocit, že mě někdo sleduje. To bylo trošku znepokojující, pro nějaké výtržníky bych jistě byl snadným cílem útoku, i když moc by si toho na mně nevzali. To, že nic u sebe nemám, by je nejspíš jen popudilo; takže by mě nejspíš nakonec stejně zmlátili. Proto jsem raději ještě přidal do kroku. Ten "někdo" co mě sledoval, ale byl stále za mnou, neodpadal, ani se nepřibližoval. Připadalo mi, že tu nejde o lidské kroky a nakonec jsem sebral veškerou svou odvahu a ohlédl se, abych zjistil kdo mě to vlastně sleduje. Ukázalo se, že to je jen veliký černý pudl. "Běž, běž domů, jdi si k pánovi!", snažil jsem se ho odpudit, pes ale neměl zřejmě nic jiného na práci, než jít za mnou. Když jsem se zastavil, zastavil se také, sedl si na zem a díval se na mne. Cokoliv jsem řekl nebo udělal, se ho jakoby netýkalo. Pes šel stále za mnou, až jsme došli k dveřím mého domu. Zaklepal jsem těžkým bronzovým klepadlem několikrát, tak aby mě Siebel slyšela a přišla mi otevřít. Věděl jsem, že má dveře zevnitř zajištěné na západku. Nakonec mě uslyšela a když se ujistila, že jsem to opravdu já, otevřela dveře dokořán. V tom okamžiku, černý pes, který musel stát přímo za mnou, vystřelil a proběhl kolem ní dovnitř, přičemž nás oba málem porazil.

"Co to bylo?" zvolala udivená Siebel.

"Jenom pes. Pudl, řekl bych. Jde za mnou skoro celou cestu, až od Děravého džbánu. Celou dobu se ho snažím poslat pryč, postavil si ale hlavu, že chce jít za mnou. No a teď, jak vidíš, chtěl by s námi nejspíš i bydlet!"

"Jé, to by bylo hezké. Vždycky jsem si přála mít pejska."

"Tohle není žádný pejsek, podívej se na něj, vždyť je to dost velká obluda!"

"Prosím pěkně, pane doktore."

"Vždyť jsi ho ještě ani pořádně neviděla."

"Viděla. Je velký a černý."

"No, právě. Velký pes. Víš kolik ten toho sežere?"

"No, nějaké zbytky by se jistě našly, pane profesore..."

"Ještě bych si snad dokázal zvyknout na to, kdybychom měli kočku, ta aspoň chytá myši a těch je tady požehnaně. Ale psa..?"

Mezitím jsme vstoupili do hlavního pokoje, kde skutečně planul v krbu oheň. Pes ležel natažený před krbem a tvářil se jakoby tam prostě a jednoduše patřil. Siebel to také hned postřehla a začala znovu žadonit. Šla k psovi, aby ho pohladila po hlavě a on jí hned olízl ruku. Nejprve jen tak zběžně, potom víc, nakonec jí lízal ruku už skoro divoce."

"Podívejte se na něj, pane doktore, jestli pak to není milý pejsek. Já bych se o něj starala a on by nám hlídal dům..."

"No, ti cikáni co přitáhli nedávno sem do města a co táboří tamhle za branami, ti by se ho mohli třeba i bát. Taky by ho ale docela dobře mohli sníst."

"Tohle neříkejte, pane doktore. Prosím pěkně, nechte ho tady. Pane doktore!"

Ten rychlý pochod přes celé město mě dost unavil, to všechno pití co jsem spořádal také, nedokázal jsem v té chvíli myslet na nic jiného než na teplou peřinu. Neměl jsem náladu na to, řešit otázku černého pudla a jeho přítomnosti v domě. Natož jeho případného udělení statutu permanentní rezidence. Tohle může přece počkat do rána. Tak jsem to také vysvětlil Siebel. Viděl jsem ale dobře, jak na psa mrkla okem a šla do kuchyně, nejspíš najít něco, čím by si ho zavázala. Já jsem se odebral nahoru, kde na mne čekala postel s peřinou.

Svědectví velkého černého pudla

Noc jsem strávil v ležící poloze před krbem, který zpočátku hořel a příjemně mi vyhříval kožich, potom ale začal skomírat a nakonec už jen stěží doutnal. To už mi pomalu začínalo táhnou na záda. K ránu to bylo čím dál horší; to už mě silně znepokojivě zábly pracky a měl jsem strach, že mi umrzne čumák. Z technických důvodů, jimiž vás nehodlám zde příliš unavovat, by to pro mne bylo trochu moc komplikované přemístit se v této psí formě do čtvrté dimenze. Bylo by to totiž znamenalo přejít nejprve do své přirozené podoby a teprve potom do tepla čtvrté dimenze, přičemž bezduchého psa by bylo nutno zanechat na podlaze. No, a co kdyby někdo přišel právě v nevhodnou chvíli? Celý náš pracně vymyšlený plán by se tak mohl neslavně zhroutit! Takže jsem se raději rozhodl, že budu trochu trpět zimou. Což, jak jistě uznáte, není pro ďábla právě maličkost.

Když se konečně venku rozednilo, objevila se Siebel. I jako prokřehlý pudl jsem musel uznat, že takhle po ránu byla snad ještě hezčí než včera večer! Věděla také, jak se má zacházet se psy. Ze všeho nejdřív mě pustila ven, pochopitelně proto, abych mohl udělat svou potřebu. Je vám snad jasné, že něco takového by mě ani nenapadlo před ní dělat! Kromě toho, my ďáblové takovéto lidské potřeby nemáme a to se přeneslo i na pudla, jímž jsem právě byl.

Bylo by jí to ale jistě divné, kdybych se jako správný pes nezachoval, takže jsem pro jistotu poodběhl za roh, odkud jsem se po chvíli zase vynořil, tváříce se přitom jakoby ulehčeně. Snad ji to uspokojilo. Chtěla mě potom něčím nakrmit, neměl jsem ale příliš velkou chuť na ty zbytky od večeře, které se mi snažila, jistě v nejlepším úmyslu, vnucovat. Vypadala zklamaně, když jsem odmítal jíst z misky, kterou mi přistrčila. Byl bych si dovedl představit, jak s ní sedím v nějaké prvotřídní restauraci, kde kolem nás neustále krouží několik číšníků, kteří nám snášejí ty nejvybranější lahůdky, napájejí nás tím nejjemnějším vínem, zatímco já jí šeptám něžná slůvka, která jakoby se mi už, už drala na jazyk... Jenže, s tím plajzákem, který jsem v té chvíli měl místo pořádného jazyka a který mi povětšinou visel z koutku tlamy, by to asi nijak dobře nevyznělo. I když ta růžová na černém pozadí činí nás, černé pudly, nanejvýše roztomilými. Žel Lucifer, budu si muset počkat na lepší příležitost, utěšoval jsem se. Olízal jsem jí aspoň znovu ruku, stejně poctivě jako včera večer, protože tohle na ni, jak se mi aspoň zdálo, docela mile působilo. Mně to také dělalo dobře. Udělal jsem to tedy opravdu pořádně, aby jí to trochu pozvedlo náladu. Řekla mi:

"Teď se chováš jako správný pes, to že nechceš nic jíst, mi ale dělá starosti."

Zavrtěl jsem na ni ocasem a ještě jednou jsem jí olízal ruku, abych ji ujistil, že je všechno v pořádku. Snad to pochopila. Měl jsem ale pocit, že v ní už začíná pomaloučku klíčit jakési podezření.

Dostavil se Faust. Táhlo to z něho ještě i ráno, což moje zvýšené pachy rozlišující psí schopnosti ihned zaznamenaly.Vypadalo to, že má pořádnou kocovinu a zmizel také hned do kuchyně, aby s tím něco udělal. Co, to mě moc nezajímalo. Posléze se znovu objevil, sedl si ke stolu a vrhl na mne delší pohled. Ten jsem opětoval, zatímco jsem nadále zůstal ležet před nyní už znovu oživlým krbem. Mávl nakonec nade mnou rukou, jakoby říkal, ať si tedy zůstanu tam kde jsem a odšoural se ke své knihovně, aby si tam vyhledal nějakou knihu. Že by něco o psích plemenech a jak se mají chovat? Pochybuji, takové knihy se snad v té době ještě netiskly. Hlavně se tiskly jenom ty, ve kterých se píše o nebesích a o té bytosti, co tam přebývá...

Faust si začal z různých míst v domě snášet všelijaké věci a věcičky, které rozkládal po stole. Co chvíli se zahloubal do některé z knih, kterých měl kolem sebe otevřených několik. Potom zase kamsi zmizel, aby po chvíli přišel s něčím novým. Přemýšlel jsem, co má asi za lubem. Když přinesl dva svícny a k nim svíčky, začalo mi docházet, že se tu asi dnes večer budou konat nějaké magické rituály. Tohle by se nám náramně hodilo!

Faust si právě četl něco z jednoho z manuskriptů,, který odkudsi vyhrabal, když se ozvalo zaklepání na dveře. Doktor sebou trhl.

"Kdo je?"

"To jsem jenom já, Siebel!"

"A něco jsi zapomněla."

"To jsem jenom já, pane doktore."

"Správně. Můžeš vstoupit."

Siebel vplula do pokoje s náručí plnou dřeva, které složila na zem vedle krbu.

"No, aspoň už jsi to měla z polovičky správně. Krok po kroku se tam nakonec dostaneme. Pokud budeš chtít, aby tu ten pes mohl zůstat, tohle jsou způsoby, jaké od tebe budu očekávat, že si budeš udržovat."

"Takže, pes tu může zůstat, pane doktore?"

"Ano. Prozatím Dokud tu táboří ti cikáni."

Vrhla se k Faustovi, nejspíš aby mu políbila ruku. Ten před ní ale utekl na druhou stranu stolu, kde se schoval za hromadu knih. Takže se vrhla na mne. Neměl jsem žádné námitky, i když mít pořádná ústa místo tlamy a čenichu by přece jenom bylo příjemnější. Tvář jsem jí ale přece jen jak se patří oblízl, dál to nešlo! Ona mě objímala a hladila, zatímco se mnou vedla tu šišlavou řeč, tak jak se mluví k malým dětem:

"Šlyšel ši, můžeš tu žůštat, pejšánku, pan doktor nám to povolil! A já tě budu milovat, ty krášný žvířátko, ano budu, moč a moč. Budeme ale mušet pro tebe vymyšlet nějaké moč hežké jméno..."

Ocitl jsem se z toho všeho úplně až v sedmém pekelném sklepě.

Siebel mě znovu pustila ven na zahradu, tentokrát ale se mnou nešla, jen mi nakázala, abych udělal to a ono, že pro mne za chvíli přijde. Ať prý nechodím daleko. Ani by mě nenapadlo jít někam daleko, když tu byla ona. Chvíli předtím mě telepaticky kontaktoval Feles, že se potřebuje se mnou setkat. Dal jsem mu nyní stejným způsobem vědět, že jsem právě k mání. Trochu jsem se prošel po zahradě, došel jsem až k altánku, který tam stál jako upomínka na lepší časy za některého z bývalých majitelů. Táhlo mě to dovnitř a vskutku, v altánku na mne čekal Feles. Řekl mi:

"Zůstaň tak jak jsi, nestojí zato se převtělovat. Mám tu jen něco pro tebe."

Podával mi kus pergamenu. Vzal jsem pergamen opatrně do tlamy, co jiného jsem mohl dělat, můj tázavý pohled mu ale pověděl, že bych se chtěl dozvědět víc.

"Tohle potřebujeme nějak dopravit do domu, tak aby se to dostalo do ruky Faustovi. Nechám to na tobě, jistě si už nějak poradíš." A zmizel.

Krátce nato mě volala Siebel. Zavolala "pejsku!", protože ještě pořád pro mne neměla jméno, což mi nevadilo – časem se snad dozví to moje pravé. Přiběhl jsem k ní s pergamenem v tlamě. Pustila mne dovnitř.

"Co to máš", chtěla hned vědět a vzala si tu věc ode mne. Chvíli pergamen zkoumala, potom se zřejmě rozhodla, že tohle by měl vidět její zaměstnavatel. Ten si jej také chvíli prohlížel, zpočátku zběžně, potom se mu ale náhle oči rozšířily.

"Kdes tohle sebrala?"

"Pes to měl v hubě. Přišel s tím, když jsem ho pustila na chvilku ven. Někde to musel najít."

"Dobře, že jsi mu to sebrala. Tohle by mohlo být zajímavé. A důležité!"

Sedl si ke stolu a chvíli se zabýval pergamenem a něco si přitom mumlal. Potom se v jeho mumlání dala rozeznat některá slova a mně už bylo jasné, co má Feles za lubem. Na pergamenu se nacházela část zaklínadla, jímž je možné vyvolat posla našeho podniku. Vtip byl v tom, že kdybychom se spojili my s Faustem, nemělo by to tu stejnou váhu jak by tomu bylo, pokud by iniciativa vyšla od něho. Bylo teď na Faustovi, jestli toho využije. Nejprve by ale musel přijít na to, co to vlastně drží v ruce. Prozatím vypadal spíš jen zmateně. Siebel vycítila, že její pán tápe v temnotách.

"Vy víte, co to je, pane doktore?"

"Abych se popravdě přiznal, nejsem si tím tak úplně jistý. Mám ale jisté podezření, to musím přiznat. Obávám se, že by nám to mohlo způsobit problém. Jako bych těch neměl už dost!"

"Problémy, ty máme každý, pane doktore. To já, no podívejte se..." Siebel si položila nohu na židli a začala si vyhrnovat sukni a s ní i to všechno co ještě měla pod ní, až odhalila docela slušnou část nádherně tvarované nohy. Jednala přitom naprosto přirozeně, jako úplně nevinná panna, jíž také bezpochyby musela být. Faust na ni pohlížel asi s takovým zájmem, jaký mu jeho pozice theologa ze 16. století povolovala, když se ale okraj sukně dostal až nad koleno, zarazil ji. K mému velkému zármutku.

"Podívej se, Siebel, problémy které ty máš se svojí spodničkou či co, ty mě nezajímají. Tady by se mohlo jednat o problémy mnohem, mnohem závažnějšího charakteru, problémy světového dosahu, dalo by se říci. Dej to dolů!"

Siebel spustila poslušně sukni a s nosem vzhůru se odebrala do kuchyně. Šel jsem s ní a nechal jsem Fausta potýkat se s problémem o jehož závažnosti měl prozatím jen nejasné tušení. Lehl jsem si na podlahu tak, abych viděl co nejvíc z těch krásných nohou, jednu z nichž nám předtím ukázala. Moc toho ale vidět nebylo. Nevadí, však se dočkám...

Pomalu se blížil večer a Faust se stále ještě potýkal s věcmi kolem ceremoniálu, který zamýšlel uspořádat. Netušil ovšem, že k tomu, aby se nás dovolal, stačí pouze přečíst slova na pergamenu a že všechny ty svícny, rituální kord a podobné věci, vůbec nepotřebuje. Já jsem se vyskytoval většinou v kuchyni, protože tam byla Siebel. Dokonce jsem se překonal a snědl jsem několik kousků které mi podala, abych ji aspoň trochu upokojil. Hlavně, že jsem si to mohl od ní vzít z ruky, že už netrvala na tom, že mi to musí dát do psí misky.

Faust si Siebel posléze k sobě zavolal. Šel jsem také a tak jsem se dozvěděl, že má obavy z toho, že by její či moje přítomnost mohla nějak narušit obřad, k jehož provedení se chystal. Pochopitelně, že jí neřekl nic o tom, co má za lubem, pouze jí nakázal, aby šla spát a zůstala až do rána ve své ložnici. Mne potom aby na noc dala ven. Siebel se tomu bránila, tvrdila mu, že je tam náramná zima a že bych příliš mnoho trpěl. Navrhla, že by si mne na noc vzala sebou do ložnice. Když tohle Faust odmítl, dala se do breku. Nakonec svolil, že mohu zůstat v domě, že ale musím spát ve vedlejším pokoji mezi haraburdím které tam je nakupené. To našim plánům vyhovovalo, i když bych jistě byl určitě dal přednost tomu spát s ní v ložnici, pokud možno přímo v posteli. Jako spousta jiných psů. Siebel mne s velikými omluvami odvedla do oné místnosti. Olízal jsem jí aspoň znovu důkladně ruku, na znamení toho, že se nijak nezlobím. Šla potom sama spát, zatímco já jsem si lehl na hromadu jakýchsi hadrů, kde jsem si udělal pohodlí. Budu muset čekat aspoň do půlnoci, kdy náš doktor zjevně plánoval provést magickou evokaci.

Faust vyvolává ďábla!

S tím jak se blížila půlnoci, Faust se viditelně stával nervóznějším, stále víc a víc. Ze svého stanoviště ve čtvrté dimenzi jsem pozoroval, jak se urputně snaží naučit se nazpaměť zaříkávadlo, které jsem mu přes Mefista poslal. Nacvičoval si také to, jak přitom bude mávat a píchat do vzduchu svým kordem, který zřejmě rovněž považoval za klíčový pro představení k němuž se chystal. Potom se dal s křídou v ruce do malování velikého obrazce na dřevěnou podlahu. Ten kopíroval z jedné z knih, jichž měl několik otevřených na stole. Občas zřejmě udělal nějakou chybu, takže musel křídu smazat mokrým hadrem a znovu překreslit, to vše netušíce, že ani trochu nezáleží na tom, co na podlahu načmárá, čím se kolem sebe bude ohánět, jestli kordem či koštětem, i co jiného ještě udělá. Pokud vysloví ta slova které jsem mu poslal, klidně je i přečte z toho kusu pergamenu, vše bude tak, jak má být.

Těsně před půlnocí jsem se telepaticky spojil s Mefistem. Ten mi potvrdil, že je připraven ke svému úkolu a že se promění z černého pudla na obchodního zástupce v okamžiku, kdy Faust vypustí z úst ona klíčová slova. Řekl jsem mu ať zlomí vaz a on mi popřál totéž. Brigitu jsem zastihl u garderobiérky, která ji připravovala k jejímu úkolu; do toho jsem se raději nepletl. Jen jsem potřeboval vědět, že bude připravena vstoupit na scénu v tu pravou chvíli. Ujistila mě, že připravena bude. Na svém místě a ve stavu pohotovosti byl i Scottie, jehož úkolem by bylo přenést mě na Zem, pokud by moje přítomnost zde byla žádoucí a který později sem vyšle také Brigitu. Na rozdíl od Fausta, který bude muset odříkat několik delších vět, nám k tomu bude zapotřebí jen pěti-slabičného magického zaříkávadla:

"Beam me up, Scottie!"

Čekal jsem, kdy se ozve slavný heidelberský orloj, pořád nic, až mi došlo, že ten ještě sestrojený není, až za nějaká ta desetiletí. Budeme asi muset vzít za vděk ponocným. Jeho trubka a hlas se posléze ozvaly a Faust se, trochu roztřeseně, dal do provádění rituálu, scénu k němuž si připravil. Jen anděl ví, co vlastně měl na mysli. Řekl bych, že od počátku tušil, co asi z toho vzejde, namlouval si nejspíš ale, že se hodlá spojit s tou druhou stranou, tedy s naší konkurencí. Jako vyškolený teolog přece jinak nemohl, musel aspoň předstírat, aby si sám před sebou zachoval tvář... Přitom se nejspíš bál, že by mohl vyvolat ďábla sedícího na koze, tak jak nás zobrazují různí rytci v knihách, které se nacházely všude kolem něho.

Faust, zatímco čekal až ponocný vyhlásí půlnoc, přecházel po místnosti, mával přitom tím svým rituálním kordem a mumlal různé latinské průpovídky. Žádná z nich by nebyla vyvolala nikoho z nás a tím jsem si byl jistý, dokonce ani nikoho od konkurence; byli jsme sice kdykoliv schopni toho zakročit a objevit se jaksi pod vlastním pohonem, jenže z důvodů jimž by porozuměl kdekterý právník, jsme si přáli, aby to vyšlo od Fausta, z jeho iniciativy. Viděl jsem, že Siebel, která také vytušila, že se něco výjimečného bude dít, potichu slezla po schodech dolů a postavila se ke dveřím, odkud mohla pozorovat klíčovou dírkou co se děje. Jen ať se dívá.

Konečně jsme se dočkali! Faust se chopil toho kusu pergamenu, který jsme mu podstrčili a jal se odříkávat formuli, která měla způsobit Mefistovu proměnu. Povedlo se, Mefisto stál za dveřmi a čekal jen na můj povel, který jsem mu měl poslat podle naší dohody. Počkal jsem si, až se Faust nacházel zády ke dveřím a vyslal jsem Mefistovi telepaticky povel k tomu, aby vstoupil. Mohli jsme sice zařídit, aby se jeho vstup udál za patřičných zvukových i vizuálních efektů, rozhodli jsme se ale k tomu, že budeme postupovat co nejjednodušeji a nenápadně. Čím komplikovanější scénář, tím také větší pravděpodobnost toho, že se někde něco zvrtne. Mefisto, který si pootevřel dveře pouze natolik, aby jimi mohl proklouznout, byl zjevem dostatečně impozantním k tomu, aby našemu potenciálnímu klientovi doslova vzal dech.

Náš vyslanec si dal na svém vzhledu opravdu záležet. Pochopitelně, že jsme o tom spolu diskutovali, jen ale v hrubých rysech a detaily jsem nechal na něm. Dohodli jsme se na tom, že nejlépe bude když uděláme dojem na našeho vyhlédnutého klienta tím, že Mefista oblékneme z Faustova pohledu mírně futuristicky, ve stylu pozdní renezance nebo počátku baroka, zhruba asi o století po jeho éře. Aby důraz byl na tom, že jsme institucí moderní, avšak nikoliv natolik, aby to mohlo u něho způsobovat znepokojení. Jakmile si zvykne na to jak Mefisto vyhlíží, mohli bychom přejít i na modernější způsoby oblékání. To by se výrazně projevilo v celkovém rozpočtu, který by byl nižší následkem toho, že moderní obleky z doby počátku 21. století v šatnících našich garderobiérů momentálně převládají. Naladilo by to kladně i našeho šéfa, což by také nebylo k zahození. V tomto případě se Mefisto zjevil v černém plášti, pod nímž byla vidět bílá vyšívaná košile a kostkovaný, černo-žluto-modrý pulovr. Široký černý klobouk doplňoval výbavu, k níž se náramně hodily černé vlasy vzadu stočené do uzlu a poměrně krátký, avšak do špičky střižený vous, rovněž černé barvy. Celkově vypadal jako kříženec jevištního kouzelníka a romantického básníka, což v jeho případě nebyla žádná náhoda, protože právě v tomto směru se nacházely Mefistovy ambice. Najednou stál v místnosti a když se Faust otočil tak, aby ho shlédl, zarazil se a trochu i uskočil dozadu. S očima široce rozevřenýma údivem a s rukou na hrdle, jakoby se snažil ovládnout momentální hlasovou indispozici, stál po několik vteřin nehnutě. Potom se začal rozhlížet a na chvíli to vypadalo, že by se dokonce mohl dát na útěk. Kam ale, ve svém vlastním domě? Pod stůl? I tak to na vteřinku vypadalo, vrhl aspoň tím směrem pohled. Nakonec se přece jen ovládl. Co přešlo přes jeho rty, nebyla ale mluva, spíš jen jakési koktavé zakrákání.

"K-k-kdo jste, k-kde jste s-se ta-tady vzal?"

"Zdravím vás, pane doktore Fauste. Jsem vám plně k službám!"

"V-vy jste, jste t-tu kvůli t-té formuli?"

"Jsem, pane doktore."

"Jak to, že zná-znáte mé jméno?"

"O vás se ví, pane doktore. A bude vědět. O vás se dokonce budou psát knihy!"

Dohodli jsme se společně na tom, že nejlépe bude když nejdříve zapůsobíme na Faustovu ješitnost, která v tom vzdělaném, ale celkem dosti zneuznaném člověku musela někde dřímat. Byl jsem proto zvědav, jak bude reagovat. A nemýlili jsme se!

"Psát knihy, že se o mně budou? Vá-vážně? A kdopak?"

"Hodně jich bude, těch autorů, hodně, pane doktore. Když je vezmu jen tak namátkově, tak třeba takový Christopher Marlowe, Friedrich Müller, Christian Grabbe, Alexander Pushkin, Hermann Hesse, Thomas Mann, Michail Bulgakov, Terry Pratchett, no a stovky jiných pisálků. A abych nezapomněl, mezi nimi ten nejprominentnější, Johann von Goethe."

"Neznám. Ani jednoho z těch pánů."

" Jistěže neznáte. Ti teprve přijdou."

"Vážně?"

"Vážně. Stovky, ne tisíce jich budou. A to nepřeháním. Někteří z nich budou hodně známí, jako ti které jsem právě jmenoval. A v mnoha jazycích budou také psát, protože o vás se bude vědět všude, ve všech zemích."

"Vážně? A povězte mi prosím, jak tohle všechno víte? Nebo si jen tak vymýšlíte? Kdo vůbec jste?"

Ještě než mohl Mefisto reagovat, Faust natáhl významně nosem vzduch. Věděl ovšem moc dobře o co tu jde; jednání s ním určitě nebude snadné.

"Tak mi to připadá, že ta naše Siebel musela něco připálit v kuchyni. Siebel! Nepálí se ti někde něco?!"

To zavolal hodně nahlas — věděl moc dobře, že jeho služebná na nih špehuje. Dívka, která skutečně stála za dveřmi a měla právě na nich ucho, prudce odskočila. Neprozradila se ale, aspoň ne příliš okatě. Počkala několik vteřin, než strčila hlavu dovnitř. Když spatřila Mefista, zatvářila se jakoby ji to překvapilo. Měla ovšem být v posteli, takže její herecký výkon Fausta určitě nepřesvědčil. Mefisto se celkem rozumně rozhodl, že raději nebude to hraní si na nevinného zbytečně přehánět. Promluvil k Faustovi.

"Promiňte, moje chyba. Riziko povolání."

"O jaké povolání tu jde, pane, pane…"

"Promiňte nepředstavil jsem se, nebyla k tomu ještě příležitost. Mefisto jest mé jméno."

"A to povolání?"

Faust docela jasně získával na sebedůvěře. Aspoň už nekoktal.

"Měl jste pravdu, má to dost co dělat s ohněm…"

"To prodáváte nějaké rachejtle, či co?"

Mefisto po pravdě tuhle partii nerozehrál právě nejlépe. Potřeboval znovu nabýt převahu, která se jaksi začínala přenášet na opačnou stranu. Faust si všiml, že Siebel stojí stále ještě u pootevřených dveří, jako socha. Posunkem jí nakázal, aby šla ven a dveře za sebou zavřela. Neviděl potom, či snad nechtěl vidět, jestli bude za nimi poslouchat. Což učinila. Nedivil jsem se jí. Být na jejím místě, nezachoval bych se jinak. Mefisto se mezitím rozhodl, že obchodní linie, kterou Faust právě naznačil, by nebyla právě tou nejhorší a té že se nyní přidrží.

"Ne, pane doktore. Oheň, který jsem měl na mysli, jest onoho vzácného druhu, který bývá označován jako věčný."

"A to vy prodáváte? Neříkejte!"

"My se na to díváme úplně jiným pohledem, pane doktore. Neprodáváme nic. Nabízíme ale služby těm, kteří si jich zaslouží, kteří je potřebují a kteří by je tudíž mohli náležitě ocenit."

"Jistě, nabízíte služby. Neříkejte mi ale, že to děláte zadarmo, Přece ani to kuře…"

"… Našim případným klientům nabízíme termínované plány s pevnou lhůtou, které jsou jim nejen dostupné, ale vysoce výhodné. Pokud se na nich obě strany dohodnou, je jim to potom oběma náramně prospěšné."

"Dobře, termínované plány, to ano, ale k čemu?"

"Naplánované kariéry, pracovní příležitosti, otevření nových perspektiv, sebezdokonalování, vzrůst osobnosti, zvýšená síla mysli, rozvoj osobních talentů, pocit naplnění v životním úsilí—
—Panebože! Vždyť tohle je přesně to, co si přeji já! Mimochodem, nedotkl jsem se vás něčím? Všiml jsem si, že jste sebou trošku cukl. Vy se s Pánembohem asi příliš rádi nemáte, či snad ano?"

"Po pravdě řečeno, pane doktore, když to vezmeme po obchodní stránce, nacházíme se zhruba ve stejném oboru podnikání, i když jaksi na opačných pólech. Dalo by se dokonce i říci, že se vzájemně doplňujeme."

Ze svého stanoviště jsem viděl, jak kolečka ve Faustově mozku začala pracovat. Jako každý rádoby mág musel jistě už předem uvažovat o tom, že by s námi udělal nějaký pakt; o tom stěží mohlo být pochyb. Pouze asi nepočítal s tím, že by se takováto příležitost nabídla takto rychle a nejspíš ho to trochu zaskočilo. Rád by z toho vytěžil co nejvíc, nechtěl se ale unáhlit.

"Zmínil jste se o tom, že máte ve vašem podnikání konkurenci, či něco v tom smyslu. Jak ale mohu vědět, že pokud bych jednal přednostně s vámi, neunikla by mi třeba i výhodnější nabídka, kterou by mohla podat ta druhá strana, kterou před vámi ve své přirozené ohleduplnosti raději nebudu jmenovat?"

"Oceňuji váš takt, pane doktore a chápu vaše obavy, ovšem k tomu, aby se vám takové nabídky mohlo dostat, musel byste nejprve tu druhou stranu, jak ji nazýváte, kontaktovat. Máte k tomu vhodný postup? O tom bych si totiž dovolil pochybovat."

Faust šel ke stolu, kde se chvíli hrabal v různých papírech. Konečně vybral jeden, který podal Mefistovi.

"Tohle je formule k vyvolání andělské bytosti řádu serafů, která se užívá už od dob římských císařů, jak jsem se dozvěděl."

Mefisto chvíli předstíral, že formuli zkoumá, i když měl odpověď dávno připravenou. Očekávali jsme totiž z Faustovy strany něco podobného. Mefisto podal papír s napsanou formulí zpátky Faustovi, přičemž nasadil vážnou tvář.

"Víte o někom, kdo by se s použitím této formule někam dostal, pane doktore?"

"Jak to myslíte, pane Mefiste?"

"Myslím to tak, že od dob římských císařů, jak jste to právě sám podal, tato magická formule už dávno ztratila jakoukoliv účinnost, kterou kdysi snad mívala."

" Mlníte jako, že je tato formule zastaralá,"

"Přesně tak, pane doktore. Proč si myslíte, že se Římská říše rozpadla? V okamžiku kdy se rozhodla už před víc než tisíciletím přidat se na stranu oné lobbistické organizace, jejíž jméno je nám oběma známé a tudíž je nemusím vyslovovat, tato formule, spolu s jinými podobnými, byla postupně stažena z oběhu. Její znění se zachovalo pouze díky úsilí některého z mnišských řádů, které se v klášterech těmito věcmi zabývali. To vše přišlo ale vniveč a dnes to nemá cenu brka jímž to ten mnich kdysi psal."

"Vy tedy tvrdíte, že je tato formule zastaralá a neúčinná. Jak to chcete dokázat?"

"Já to dokazovat nepotřebuji. Zkuste si to sám. Připravte se tak, jak k tomu znějí doporučení, sneste si své náčiní, zvolejte slova této formule do všech světových stran a počkejte si, co se stane. Nestane se nic."

"Jste si s tím jistý?"

"Naprosto jistý. Není ale proč si zoufat. Společnost, kterou představuji, je lepší. Je progresivnější, je spolehlivější. My užíváme pouze zaručeně vědecké metody a zásadně i ta nejmodernější technická zařízení. Také zázraky jsou naším přednostním cílem, nicméně se jedná především o zázraky na poli ekonomickém. Přitom všem vám můžeme dodat ta nejlepší doporučení a také vám zaručíme naprostou důvěrnost a mlčenlivost. Našim zákazníkům zásadně nemalujeme žádné vzdušné zámky, prostě jim vždy a všude naservírujeme to nejčistší víno. Takovéhle!"

Tohle bylo jedním z kritických míst v naší prezentaci a muselo to být provedeno v patřičném stylu. Mefisto byl v tomto směru úplným kouzelníkem a dokázal vždy dosáhnout potřebného efektu. Nyní vykouzlil starobyle vyhlížející láhev v jedné ruce a pár ozdobných skleněných číší v té druhé. Faust jen zíral. Jednak na něj muselo udělat dojem to, jak se tyto předměty náhle objevily jakoby odnikud (o čtvrté dimenzi neměl ovšem ponětí), také ale nebyl pochopitelně zvyklý pít víno, které by pocházelo z láhve; pokud kdy vůbec pil nějaké, potom čepované ze sudu. Víno v lahvích si v jeho čase mohli dovolit snad jen ti nejbohatší. O to větší dojem to na něho muselo udělat! Starý vědec nemohl spustit zrak z láhve v jejímž skle o prominenci spolu soupeřily modrá barva s barvou zelenou, zatímco Mefisto naléval víno do číší.

"Co je tohle," chtěl vědět Faust ukazujíce na láhev.

"To je láhev, pane doktore. Lze v ní uskladnit tekutiny, jakou je toto vynikající staré víno."

"Staré víno, říkáte? A nestane se z něho ocet?"

"Ne, pokud se to udělá správně nebo když se do něho přidají prezervativy. V každém případě, čím je takové víno starší, tím bývá lepší, o čemž se záhy přesvědčíte."

Mefisto ovšem silně přeháněl. Jednalo se o dosti mladé víno, které zbylo minulý měsíc po party v naší kanceláři, kde jsme oslavovali převzetí standarty za nejlepší výkon v oblasti korumpování parlamentárních politiků. Naši nejbližší rivalové se soustředili na Čínu, kde jim čisté množství potenciálních klientů mělo podle jejich názoru zaručit vítězství. My jsme si ale předvídavě a chytře, jak se ukázalo, zvolili Evropu. Přestože naše vítězství se očekávat nedalo, šéf se přes kapsu moc nepraštil a pořídil jen kartony jakéhosi španělského vína, jehož nakonec zbylo docela slušné množství. Šéf tvrdil, že nic kvalitnějšího mu nepovolil rozpočet. Z jednoho z těchto kartonů jsem sám slil víno do láhve, kterou měl nyní v ruce Mefisto. Věřil jsem ale, že na Fausta to dojem udělá. Udělalo. Mefisto mu podal plnou číši a naznačil přípitek. Napil se a pouze já jsem postihl malý úšklebek, který přitom učinil, náš hrdina! Faustovi ale víno viditelně chutnalo. Prohlásil:

"To je nápoj přímo z nebes!"

"To snad ne," nemohl si odpustit Mefisto, "jak ale říkám, je to víno čisté, nezkažené, nezkorumpované. Destilované z představitelů církve, ze zkorumpovaných politiků, bankéřů, ze soudců, z kapitánů průmyslu..."

"Fuj!"

"To je jen to nejlepší doporučení. Tihle lidé vždycky pili opravdu jen to nejkvalitnější, dokud ještě mohli, tím vás mohu ujistit. A nejen to, mnozí z nich měli mnohem mladší družky. A tak byla kolem toho všeho spousta plastických operací, facelifty, silikony, což všechno z této tekutiny činí něco jako elixír!"

"To jako míníte elixír věčného mládí?"

"Jak pravíte."

"Znamená to tedy, že když jsem se napil tohoto vína, že také omládnu?"

"Ano, pouze ale když splníte ještě jiné podmínky."

"A promiňte mi pokud se příliš moc táži, ale co vlastně jsou ty facelifty a silikony. To zní zajímavě. Mohl bych je také mít?"

"Ty nejspíš potřebovat nebudete, pane doktore. To se týká hlavně osob ženského pohlaví, i když ty facelifty si někteří pánové také nechávají udělat, hlavně ale jen filmoví herci."

"Filmoví herci?"

"To jsou herci s nimiž se natáčejí filmy."

"Natáčejí na co?"

"Tradičně se vždycky natáčely na celuloidové pásky, tak aby se na ně mohli lidé dívat."

"To tedy ty herce natáčejí, tak jako se lidé natahují na skřipec aby se na to lidi mohli dívat? To bych také rád viděl!"

"I já, pane doktore, i já. Jenže, na neštěstí tohle se zatím v Hollywoodu nedělá, i když dělat by se to někdy určitě mělo!"

"V Hollywoodu? Kde to je?"

"To je takové místo v Americe."

"Neříkejte! V Americe? To míníte tu zemi, co o ní ti zatracení Španělé pořád tvrdí, že ji objevili? Já jsem tomu nikdy nevěřil, kdo by také věřil, prosím vás, vždyť těmhle Španělům se přece nedá ani za mák věřit!"

"No a vidíte, tu Ameriku oni objevili. Jenže, teď už s ní nemají nic moc co dělat. Amerika má svoje vlastní cesty a vládne teď celému světu. Nebo si to aspoň myslí. My ovšem víme svoje."

"Takže Amerika. A já jsem si vždycky myslel, že svět ovládneme my, Němci!"

"K tomu také málem došlo. Jenže, potom se to tak trochu zvrtlo."

"A nedalo by se to nějak, víte co myslím ... napravit?"

Tak tohle vypadalo na to, že by se celá záležitost mohla pěkně zkomplikovat. Pro nás určitě, zvlášť kdyby se měl náš Faust ukázat mít nějaké světovládné ambice. Takovéto zásahy do světových událostí by si z naší strany vyžadovaly speciální povolení a asi nejen od našeho šéfa, ale i z vyšších instancí, snad i z těch nejvyšších... Rychle jsem Mefistovi našeptal, aby změnil raději téma a soustředil se na to jak prodat doktorovi naše služby. Přehodit výhybku se mu povedlo celkem hladce.

"Všechno se dá napravit, pane doktore. Nikdy není na nic pozdě. Dokonce, když se může zdát, že celý život je tak nějak pokřivený, že se věci v něm nevyvedly zdaleka tak dobře jak mohly, i potom se dá něco dělat!"

"Já vám věřím, pane Mefisto. Jste tady od toho, abyste nabízel lidem služby, jak jste to prve chytře podal. Ovšem, něco za něco, že ano? A co si vy budete vyžadovat, je moje duše, není-liž tomu tak?"

"Ale prosím vás, pane doktore. Vy s vaším vzděláním, se všemi těmi diplomy které jste posbíral a vy věříte, že člověk má nějakou duši? Tohle je přece jen pro ty ubohé, ignorantské, indoktrinované masy!"

"A vy tedy tvrdíte, že lidé žádné duše nemají?"

"Nemají nic, co by se duší mohlo nazvat, to mi věřte."

"A to si myslíte, že se studovaný theolog, jakým jsem já, s něčím takovým jen tak snadno vypořádá? Že bych se jen tak lehkovážně zbavil něčeho, o čem jsem až doposud pevně věřil, že je samotnou podstatou mého bytí?"

"Vždyť se jed... jedná, jen... jen... jenom o pod...pod...pis..."

Příčinou toho, že se náš jindy tak plynule se vyjadřující obchodní zástupce takto zakoktal, byla dívka Siebel, která nyní proklouzla dveřmi za nimiž předtím stála a poslouchala. Že by rozuměla tomu o co se to jedná a rozhodla se zakročit? Aby svého zaměstnavatele zachránila před věčným ohněm? Faust ale nejspíš o záchranu nestál.

"Co tady děláš Siebel? Vypadni! Běž dát vyvenčit psa!"

Dívka jen němě poukazovala bradou na Mefista. Zřejmě už jí došlo, kam se ztratil pes, práská jí to! Faustovi zřejmě tolik ne. Tentokrát byl nehoráznější.

"Vystřel, tady nemáš co dělat!"

Dívku to zřejmě naštvalo. Otočila se jen a obklopena aurou uražené topmodelky ladně vyplula z místnosti. Mefisto si mohl oči vykoukat. Faust její odchod také sledoval, dřív než se otočil k Mefistovi.

"To je celá ona. Vsadil bych se, že zase poslouchala u dveří. Tady máte hříšnici! Vidíte, to je nápad. Proč si nevezmete Siebel, když už musíte mít nějakou hříšnou duši? Patří přece k těm nižším vrstvám, co podle vás tu duši mají, či ne?"

Mefisto už se vzpamatoval ze svého momentálního poblouznění a chytil se opět drápkem.

"Vážně? Říkáte, že je to hříšnice? To by mohla být zajímavá propozice, mít ji v pekle. Na to bychom se měli podívat. Budeme se ale muset poradit s odborníkem."

A už mě volal, telepaticky. Potřeboval podporu, pacholek jeden.

"Felesi, je tě tu potřeba, mohl bys sem přijít?"

Feles přichází na pomoc

Uslyšel jsem hned, jak se můj kolega štrachá ve vedlejším pokoji. Faust se díval směrem ke dveřím ven, odkud snad očekával, že by zmíněný odborník mohl přijít, takže Felesovi se podařilo za zády Faustovými proklouznout dveřmi a byl zde, v celé své kráse. Oblečený byl tak, jak jsme se předem dohodli, přesně jako špičkový businessman 21. století, uhlazený a elegantní, s nezbytným laptopem v ruce. Napadlo nás totiž, že bychom mohli na našeho rádoby mága udělat nejlepší dojem tím, že se budeme před ním parádovat s tou nejmodernější technologií. Teď se k tomu naskytla vhodná příležitost. Když si Faust konečně všiml nově příchozího, poněkud ucouvl a pozoroval s notnou dávkou podezíravosti, jak Feles přemisťuje knihy na stole, aby udělal trochu místa pro svůj počítač a jak tentýž otevírá tak, aby Faust dobře viděl na obrazovku. Feles se na Fausta usmál, zatímco doktor se nepřestával na něho mračit. Nakonec se otočil ke mně.

"Kdo to je a jak se sem dostal?"

"Můj kolega Feles a přišel sem přes pokroucenou časovou rovinu."

"Cože? Co to je?"

Feles přispěchal se svou troškou do mlýna. Ne, že by jeho vysvětlení pro udiveného doktora něco znamenalo.

"Podle Einsteinovy teorie, čas a prostor tvoří kontinuum, které se dá ohnout nebo zakřivit, to jest z hlediska pozorovatele.

Pochopitelně, to vše také závisí na jiných faktorech, jakými jsou pohyb či gravitace—"

"Co to povídá? Vůbec mu nerozumím!"

"Promiňte, pane doktore. To víte, odborníci Felesova ražení tak nějak předpokládají, že každý jim bude rozumět. Často se mýlí. Feles je můj partner a computer whiz."

"Co tohle znamená?"

"To znamená, že je náramně dobrý v práci s počítači."

"V práci s s počítači? A co tohle prosím vás znamená?"

"Umí prostě zacházet dobře s počítači, lépe než já."

"Co jsou proboha počítače? Nedotkl jsem se vás s tím slovem? Nějak mi zase ujelo."

"To nevadí," řekl Feles, "před námi si servítky před ústy držet nemusíte." Ukázal na svůj laptop. „Po technické stránce je takovýto počítač strojem, který lze naprogramovat. Sestává se obvykle ze základní desky, součástky zpracovávající data, obvykle známou jako CPU, paměti rovněž zvané RAM, pevného disku a videové karty. Kromě toho má také řadu různých doplňků."

"Dobře. Co to ale dělá?"

"Dovede to počítat a výsledky zaznamenávat."

"Aha. Něco jako abakus?"

"Ano, tak nějak. Jenom tak trochu vylepšený..."

Faust vyhlížel nadále dosti zmateně; snad proto, že mne znal o několik minut déle, obrátil se nyní ke mně.

"Jistě, rád bych ale věděl, co s tou věcí ... jak tomu říkáte ... co s ní dělá?"

"S tím počítačem? Nic zvláštního. Většinou jenom hraje hry."

"Hry? Jaké hry?"

"Počítačové hry," odpověděl mu farizejsky se tvářící Feles. Raději jsem k tomu ještě rychle dodal:

"To je také jedním z našich skvělých vynálezů. Zachvátilo to, či spíš teprve zachvátí, prakticky celý svět!"

"To myslíte jako hry v karty, které byl nucen starosta našeho města nedávno zakázat? Ti zatracení cikáni je sem přitáhli, bůhvíodkud? Ah, vyjadřuji se opět netaktně, omlouvám se..."

"... to nevadí, pane doktore, na to jsme my zvyklí..."

"Když se tu ty karty najednou objevily, někteří lidé prostě nedokázali vstát od stolu, tak je to vzalo, pořád by jenom hráli a hráli. Když se podstatně zhoršila návštěvnost v kostelích a velebníčci si začali stěžovat na to, jak se jim ztenčily sbírky, pan starosta se rozhodl, že do toho praští!"

"Ano, zavedení hracích karet spolu s využitím kočovných Romů pro jejich obecné rozšíření, to bylo kdysi jedním z našich nejúspěšněji provedených schémat. Vlastně, snad by se dalo říci, že překonáno to bylo až právě těmi počítačovými hrami. No a hraní na počítači, to se trochu podobá hře v karty. Jenom, ha ha ha, návyk se dostavuje ještě mnohem dřív!" Faust zdvořile sečkal až se přestanu smát, potom se zeptal.

"A když ty hry pan Feles hraje, to jako hraje s vámi?"

"Kdepak, já na takovéhle věci čas nemám. To hraje s počítačem."

"Copak ten také má v sobě schovaného ďábla?"

"Kdepak ďábla, má v sobě jenom Microsoft."

"Stejná věc." To si neodpustil přidat Feles. Dloubl jsem ho do ramena.

"Felesi, co kdybys panu doktorovi ukázal co všechno ten tvůj počítač dovede, kromě hraní těch her. Zjisti, jak se to má se Siebel."

Siebel je bezúhonná

Byla jsem na svém stanovišti, připravena k výstupu. Jako na divadle. Garderobiérka mi ještě oprašovala nějaká ta smítka na ramenou, dokonce Scottie se obtěžoval vylézt z té své boudy, aby mi ještě podával na poslední chvíli nějaké instrukce. Poslouchala jsem ho ale jen na půl ucha, zajímalo mě víc, co se děje nahoře. Výhled odtud byl dobrý, opravdu tomu bylo skoro jakoby člověk stál v portálu vedle jeviště, viděl všechno a slyšel každé slovo. Feles si právě sedl ke svému laptopu a prsty mu běhaly po klávesnici. Faust zíral. Feles se zamračil. Řekl jste Siebel, S-I-E-B-E-L? Tak tohle nevypadá dobře, to tedy ne...

"Copak? Jak to můžete vědět?"

"Na tomto počítači, pane doktore, mám takový program..."

"Co tím míníte, když říkáte program?"

"No, jak bych vám to vysvětlil, pane doktore? Hříchy, které z našeho hlediska stojí za zaznamenání, jdou všechny automaticky do centrálního počítače. Ten je roztřídí, podle stupně jejich vážnosti. No a když přijde čas spočítat celkovou bilanci, jsou potom jednotlivé duše hříšníků zařazeny do odpovídajících nápravných programů z těch, které máme k dispozici. Každý z těchto se provádí na jednom z podlaží či, chcete-li podpeklí. Máme sedm takovýchto hlavních pekelných rovin, protože, jak kdosi kdysi moudře prohlásil, 'jak nahoře, tak i dole'. Jak jistě tušíte, sedmá nejnižší rovina je tou, kam jdou ti nejtěžší hříšníci, kteří zde nejvíc trpí za své hříchy. Ohně zde nikdy nevyhasnou a voda v kotlích má také vyšší bod varu než kdekoliv jinde. Každá zatracená duše má ovšem možnost se postupně propracovat na vyšší a vyšší roviny, na nich bude trpět méně a méně. Funguje to ale i naopak."

"Dobře, chápu. Kam zapadá Siebel? Pochybuji, že by pro ni byla ta nejnižší rovina, tak daleko se ve svém věku ještě asi nedostala, řekl bych, že tak někde uprostřed, nemám pravdu?"

„Nemáte, pane doktore. Siebel nezapadá nikam."

„Jakže! To jako míníte…"

"Míním tím, že Siebel není hříšnice."

„Všichni jsme přece hříšníci."

„Někteří z vás nejste."

„A Siebel…

„Pane doktore, podle našich záznamů, které zřídkakdy bývají nepřesné, to vypadá tak, že Siebel patří k těm z lidí, kteří žádné zaznamenání hodné hříchy až doposud neučinili."

"Jste si tím naprosto jistý, pane…"

"Feles."

"Pane Felesi?"

"Tak jistý, jak jen je možné být, pane doktore. Siebel není právě nejběžnějším jménem, máme tu celkem na našem Doodle jen asi dvanáct miliónů vstupů, z toho většina připadá jakési softwarové společnosti, jejíž vedení nám jistě dodá slušný počet individuálních kandidátů na místa na těch nejnižších pekelných rovinách, až k tomu dozraje čas. Když ty prozatímně vyjmeme, zbudou nám asi čtyři milióny. Kolem dvou miliónů, když vyloučíme osoby mužského pohlaví. Omezíme to na Německo, pořád tu je skoro milión, musí to být v této zemi poměrně běžné jméno…"

Vložil se do toho Mefisto.

"Zredukoval jsi to na Heidelberg, Felesi, to by mělo pomoci?"

"Díky, Mefisto, ale zredukoval a opravdu to pomohlo. Takže, už nám tu zbývá jen asi patnáct set hříšnic a když to dále zredukujeme na 16. století, už jich opravdu je jen malá hrstka. Alice Siebel, je jednou z nich, ta by vypadala nadějně… Jak se, pane doktore, vlastně jmenuje ta vaše Siebel plným jménem?"

"Oni mi to v tom sirotčinci říkali, zapomněl jsem to ale. Alice to nebyla, to je mi jasné."

"Co takhle Barbara? Tu tady máme dokonce zaznamenanou jako příležitostnou prostitutku."

"Ne, to si nemyslím. Jako hospodyně Siebel sice za moc nestojí, ale prostitutka? O tom bych pochyboval!"

"Cordelia? Ta je dokonce služkou a navíc příležitostnou prostitutkou."

"Cordelia Siebel, že je prostitutkou? O tom kdybych byl věděl..!"

"… tak byste…"

"Tak bych nebyl vůbec uvažoval o tom, že bych ji zaměstnal, což se málem stalo! Teď když mi to ale říkáte, tak si uvědomuji… No, kdyby to se provalilo, co ona je a že já ji zaměstnávám, tak by to mojí reputaci asi dost uškodilo, nemyslíte?"

"Takže můžete být rád, že máte tu vaši Siebel, ať už se jmenuje jakkoliv. To my už si zjistíme. Na hříšnici to ale nevypadá, s tím se budete muset smířit."

"Jste si tím naprosto jistý, pane Felesi?"

"Já vám to raději ukáži, pane doktore."

Feles byl ve svém živlu. Asi to ještě chvíli potrvá, než přijde čas kdy mne tito dva konečně představí Faustovi. Ne, že bych se nemohla dočkat, žádný fešák to nebyl. Doufám jen, že se jim podaří ho aspoň trochu omladit!

Pokračujeme s prezentací

Nepletl jsem se nijak zvlášť Felesovi do jeho prezentace, vedl si ostatně sám velmi dobře. Právě nyní si Fausta postavil po boku tak, aby tentýž dobře viděl na obrazovku. Potom prolétl několika stránkami po sobě, kde vždy zvýraznil barevně jméno Siebel. Nikdy se vedle něho nic neukázalo. Chvíli o tom debatovali, potom Feles proběhl ještě několika jinými stránkami a s podobnými výsledky, takže Faustův pokus zahrát míč do autu tímto způsobem zlikvidoval bez potíží. Doktor vypadal zklamaně, dokonce sklíčeně. Spíš bych byl ale řekl, že je docela dobrým hercem. Nedal se ale přece jen tak snadno. Obrátil se na mne.

"Pane Mefisto, jste si jistý, že váš pan kolega se nemýlí? Když porovnám Siebel s jinými dívkami, tak mi vychází..."

"Vidíte a teď jste na to kápl!" Chopil jsem se okamžitě příležitosti, kterou mi Faust takto nechtěně nahrál. "Přesně tak, v porovnání s jinými dívkami. My vám totiž můžeme takováto porovnání umožnit."

"Tak tohle mě nenapadlo." Samozřejmě, že ho to napadlo, měl to napsané na čele. To, jak se nám snažil prodat Siebel, to bylo samozřejmě míněno k odvedení pozornosti. Nebo spíš jen takový malý pokus — co kdyby? Od počátku mu muselo být jasné, o co nám jde — o jeho duši. Že nám ji nakonec prodá, o tom jsem příliš nepochyboval. Šlo tu hlavně o to, co z toho on získá. Elixír mládí, o ten už zájem projevil. A k čemu by mu bylo mládí, kdyby je neměl na čem vyzkoušet?

"Co kdybychom vám, pane doktore, ukázali něco úplně jiného, než nějakou obyčejnou dívku z toho vašeho šestnáctého století? Co takhle nějakou z doby o půl tisíciletí v budoucnu?"

"No, víte pane Mefisto, nehodlám před vámi předstírat, že mě nic takového nenapadlo. Měl jsem ale na mysli něco, tak říkajíce, z opačné strany, tedy z minulosti. Něco opravdu glamorózního. Jako, na příklad, třeba takovou Trojskou Helenu."

Aha, už je to tady! S Helenou z Tróji ho přece spojoval Goethe, asi moc dobře věděl proč. Do krámu se nám to ale nijak zvlášť nehodilo. Jistěže by to šlo vydávat Brigitu za Trojskou Helenu, trochu bychom ale museli improvizovat a do toho se mi moc nechtělo. Jenom ty instrukce, které bychom museli za prvé sehnat a za druhé nalít Brigitě do hlavy...

"I tu bychom vám mohli opatřit, pane doktore. Příliš bych vám to ale nedoporučoval."

"Proč, prosím vás?"

"Víte, tyhle dámy ze starověku mohou mít sice pověst náramných kurtizán, jenže ve skutečnosti to nebylo nic tak oslnivého. Když už zmiňujete Helenu z Troji, ta byla sice krásná, ale nic dobrého z toho nevzešlo, ani pro ni, ani pro ty, kteří se jí obdivovali. Jejímu prvnímu manželovi ji unesl Paris, deset let potom trvala válka o ni v Tróji; s Řeky před branami města asi pro ty dva na žádné milostné radovánky nezbýval čas ani nálada. No a nakonec Řekové vyhráli, Helenu si Menelaos odvezl zpátky do Sparty, řekl jí podle všeho jen "ty, ty, ty!" a potom zřejmě žili spokojeně až do smrti. Od těch dob se Helena sice stala symbolem krásné záletné ženy, jenže 'skutek utek', řekl bych!"

"Víte, máte asi pravdu. A co takhle nějaké ty dámy z pozdější doby, ty byste doporučoval?"

"No, byla by to pro vás úplně nová zkušenost. Nerad bych se vyjadřoval sexisticky či politicky nekorektně..."

"Co tím míníte?"

Trochu jsem to přehnal, ve svém entuziazmu. Naštěstí tu byl Feles a ten mi teď přispěchal na pomoc.

"Politická korektnost a podobné věci se nedají jen tak snadno slovy popsat, pane doktore, musí se to zažít. A právě k tomu bychom vám mohli poskytnout příležitost."

"Tak," řekl jsem, "politicky korektní osoba ženského pohlaví je něco zcela unikátního, to vám pane doktore zaručuji!"

"A vy byste ji, jaksi..."

"Ale samozřejmě. Jsem přece ĎÁBEL!!!"

To jsem zadeklamoval jako tragéd na jevišti, ještě jsem k tomu nechal pořádně zahřmít. Trochu jsem to asi přehnal. Na bouřku to v takovémto studeném lednovém počasí nevypadalo. Na druhou stranu se to ale obzvláště vyjímalo. Na Fausta to přitom veliký dojem neudělalo. Položil si prst na ústa.

"Pst. Trochu ohleduplnosti, pane Mefisto. Nechceme přece vzbudit celé sousedství."

Potom ale přece jen u něho zvítězila zvědavost.

"Jak jste tohle dokázal?"

Feles si nemohl odpustit.

"Ha, naši pekelní zvukoví technici dokáží všechno, pane doktore! Tohle je jen pro vás, žádní sousedi to neuslyší. Přiložil si ruce k ústům a jakoby hlásnou troubou zvolal směrem dolů:

"Hej, vy hoši tam dole, hoďte nám sem nějakej pořádnej death metal, ať si pan doktor může poslechnout!"

Populární skupina Nikdoonásvčeranicnevěděl otřásla domem od samých základů. Stěny zavibrovaly. Faust si zacpal uši. Kde se vzala tu se vzala Siebel, která vtrhla celá zděšená dovnitř dveřmi, když ale zjistila, že je zde hluk ještě větší, zase jimi proletěla zpátky. Zadeček se jí přitom vrtěl ještě víc než normálně, měl jsem na co koukat. Faust se pokusil překřičet ten randál.

"Nechte toho, nechte toho už, prosím vás! Vždyť to člověku trhá uši"

Feles lehce zatleskal rukama, death metal přestal jako když utne a dům se okamžitě naplnil nádhernou a s jemností provedenou houslovou hudbou. Faust si odkryl opatrně uši. Prohlásil:

"Tohle už je lepší. Co bylo to předtím?" Feles mu odpověděl.

"To vzešlo z jednoho z experimentů, které prováděli naši anti-zdravotní experti. Ti doporučují, aby se zvýšily náklady na tento druh zábavy, stejně tak jako na hlasitost hudebních projevů. Jsou přesvědčeni o tom, že bude výhodné dát se tímto směrem, takže vše se bude stávat hlasitějším a hlasitějším, až všichni lidé budou muset nosit naslouchátka. Teď se prý soustřeďují hlavně na výzkum laserových paprsků v souvislosti s epilepsií, podle všeho to také vypadá nadějně!"

Fausta ale zřejmě příliš nezajímaly laserové paprsky ani epilepsie. Houslová hudba ho ale přece jen naladila trochu pozitivněji. Spěchal jsem s tím toho využít a vytáhl jsem z kapsy již připravenou smlouvu na pergamenu. Podal jsem ji beze slova Faustovi. Ten si ji chvíli prohlížel.

"Tohle po mně chcete, abych vám podepsal?" Pergamen mi vrátil. "Nic nepodepisuji!"

Složil jsem opatrně pergamen a vložil jej zpátky do kapsy. Prohlásil jsem jakoby s nezájmem:

"Nevadí. Když nepodepíšete, podepíší jiní. Tucty jiných. Svět se jenom nikdy nic nedozví o doktoru Johannovi Faustovi, zato bude mít jiné modly k uctívání. Takového Michaela Jacksona. Nebo Madonnu. Nebo Edisona Rusty Stephensona."

"Kdo je Edison Rusty Stephenson?" zeptal se se zájmem Feles.

"Nikdo. Zatím. Právě jsem si ho vymyslel. Můžeš ho využít pro svou příští hru, pokud budeš chtít¨. Rusty je Nikdo, který se stane Někým. Protože podepsal, to je vše. Má proto něco, co pan doktor tady nikdy mít nebude."

"A co já nebudu mít, pane Mefisto?"

"Nesmrtelnost, pane doktore. To je vše. Buďto vás bude znát celý svět, nebo vás nebude znát nikdo, skončíte jako tuctový profesor teologie na jedné z německých univerzit. Za sto, dvě stě let, po vás zbude jen pár záznamů v kronice univerzity. Ty jednoho dne zničí požár, jaký dříve či později zasáhne všechny historické budovy ... Pokud ovšem podepíšete..." Vytáhl jsem znovu pergamen.

Faust podepisuje smlouvu!

Faust si vzal pergamen znovu do ruky. Podal jsem mu plnící pero.

"Co je tohle", chtěl vědět.

"To je pero."

"K čemu to ale je?"

"Píše se s tím. Například: vaše jméno."

"To snad nemyslíte vážně! S tímhle, že se dá psát? To ani nemáte pořádná brka?"

Feles se zasmál.

"Tohle je mnohem lepší než nějaké brko. Jen to zkuste. Zkuste sem napsat svoje jméno a uvidíte. Podpisy brkem se snadno rozmáznou."

"Víte co? Nedělejte si ze mne legraci." Spěchal jsem Fausta ujistit.

"Pane doktore, my si z vás žádnou legraci neděláme. Víme přece, že stačí jediný podpis a celý svět vám bude ležet u nohou."

"Vážně? A kdepak máte kalamář?"

"Toho není zapotřebí. Uvnitř je náplň, tu dodává krevní banka."

Na vteřinu či dvě to už vypadalo, že by Faust mohl podepsat. Tak snadné to s ním ale nebylo. Zamyslel se.

"Co když se to někdo nějak dozví. Potom přijdou pomluvy, stejně jako tomu bylo když mě nařkli ze zhýralosti v Kreuznachu..."

"No, jestliže naši asistenci nepotřebujete, potom se nedá nic dělat. Johann von Goethe by sice neměl o kom psát, jak ho ale znám, najde si někoho jiného. Třeba i Edisona Rusty Stephensona. Utrpení mladého Stephensona, to by také znělo docela dobře ... Die Leiden des Jungen Stephenson ... no a potom už by mohl přijít Faust. Co myslíš Felesi, nebyl by tohle krásný titul pro knihu: *Faust. Der Tragödie erster Teil.* "

Faust zpozorněl.

"To jako má být ve dvou dílech?"

"Samozřejmě. *Faust. Der Tragödie zweiter Teil* by měla vyjít o něco později. Avšak, běda! Nebude o kom psát. Ledaže by titul zněl: *Stephenson. Der Tragödie erster und zweiter Teil.*"

"To by byl také náramný titul pro knihu, jen co je pravda", souhlasil Feles. Nemohl jsem si odpustit:

"Pro takový název se budou beznadějně zamilovávat všichni vzdělaní mladí muži po celém světě. Padat budou na kolena, plánovat sebevraždy ..."

"... a páchat je ve velkém ..." Faust Felese zarazil.

"Počkejte ještě! Jste si jisti, že se o tom nikdo nedozví..?"

"Naprosto jisti. Jsme diskrétnost sama."

"Víte, já bych to nedělal pro sebe. Udělal bych to ale pro veškeré lidstvo!"

S Felesem jsme si vyměnili pohledy. Ty říkaly: Je na čase vybalit tu naši nejtěžší artilerii. Chvíli jsem se hrabal v náprsní kapse, tak aby to Faust dobře viděl. Nakonec jsem vytáhl tablet, deseti palcový Samsung Gallaxy. Podal jsem jej Faustovi. Díval se na tento zázrak technologie raného 21 století se značnou dávkou podezíravosti. Obrátil černý tablet párkrát v ruce. Nakonec se zeptal.

"Co je tohle?"

"To by byl váš bonus. Pouze ale za předpokladu, že podepíšete dnešní noci, ještě před úsvitem."

"K čemu to je? Nic moc to nevypadá..." Byla řada na Felesovi.

"Tohle je Tablet Exynos 5420 Octa-Core 1.9GHz, dotykový 10.1. Rozlišení 2560x1600, 3GB RAM interní paměť 32GB, microSD, WiFi ac, Bluetooth 4.0, GPS, 2x kamera 8MPx + 2MPx, funguje jako mobilní telefon, fotoaparát nebo čtečka. Je k dostání jen v těch nejlepších obchodech s elektronickým zbožím..."

"Tohle mi nic neříká. Co to dovede?" Dříve než Feles mohl přijít s další salvou technologických informací, vysvětlil jsem Faustovi raději já tak, aby tomu pokud možno porozuměl.

"Tahle věcička, pane doktore, sice nevypadá nijak zvlášť nápadně, když ji ale spustíte, nahradí vám veškeré zastaralé magické formule."

"Ach tak! Znamená to, co si myslím? Že s pomocí této destičky se člověk může spojit s peklem, povězte mi, rozumím tomu správně?"

"Rozumíte tomu naprosto správně. Můžete se dokonce spojit s kterýmkoliv jiným člověkem na Zemi, pokud ovšem tento vlastní podobnou destičku."

Povedlo se! Doktor Faust už zase obracel plochou černou destičku mezi prsty a zřejmě přemýšlel jak to asi funguje, kudy se lze dostat dovnitř. Feles viděl svou příležitost a vzal mu tablet jemně z ruky, aby mu mohl předvést schopnosti přístroje. Tohle jsem mu rád přenechal. Dotýkal se přitom tu obrazovky, tu jejích okrajů, rukou vycvičenou. Podával k tomu komentář.

"Když si budete přát komunikovat s někým z nás, pane doktore, nejprve tohle zařízení takhle zapnete. Potom prostě v tomto rámečku vyťukáte ďábelské číslo 666. To je to jediné číslo, které si potřebujete zapamatovat, 666, snadné k zapamatování, tady jej máme. Během několika vteřin, jak vidíte, se vám zjeví jedna z našich recepčních, které jsou vždy připraveny odpovídat na jakýkoliv venkovní hovor. Potom zmáčknete tento knoflík a můžete hned začít mluvit. Tak, zkuste si to."

Předal tablet zpátky Faustovi. Ten hleděl na vteřinku na obrazovku, potom se mu oči zúžily, aby se hned nato rozšířily a hrozily tím, že mu vylezou z důlků.

"Óóó. Je tam takový miniaturní portrét mladé ženy... "

"To je právě jedna z těch našich recepčních. Myslím, že tahle se jmenuje Belinda."

"A je živá, hýbe se! Vypadá, jakoby mi chtěla něco říci."

"Když zmáčknete tenhle knoflík, tak ji i uslyšíte."

"Jé, ta je hezká!"

"Jen počkejte, až uvidíte naši Markétu."

"Markétu? To je ještě hezčí jméno."

"To nic není. Děvče, kterému to jméno patří, je úplný výstavní kus! Chtěl byste ji také vidět?"

"Proč ne? S touhle krásnou hračičkou?"

"Jistě. Sečkejte jen malý okamžik, prosím, hned vám to zařídím."

Feles vzal tablet Faustovi z ruky a cosi zmáčkl.

"Nazdar Belindo! Promiň, jestli tě budeme trochu otravovat, ale pan doktor tady, no víš, on je ze šestnáctého století, neumí s tímhle ještě moc dobře zacházet. Mohla bys nám teď pustit to promo ... ne ... to ne ... jaképak porno zase, ty sprosťačko, řekl jsem promo! Propagační klip. Ten co pro nás udělala Meg van Dyke, tu ty znát nebudeš ... No. Díky."

Feles obrátil oči v sloup mým směrem, vrhl další pohled na obrazovku, potom se otočil k Faustovi a podal mu zase do ruky tablet.

"Tady ji máte, pane doktore. Čistě jen pro vás. Tenhle knoflík, prosím."

Faust zmáčkl třesoucím se prstem něco na obrazovce tabletu, objevilo se mu zřejmě video, protože je začal sledovat úplně beze slova, jakoby oněměl. Feles mi po straně pošeptal.

"Teď už to podepíše."

"Žádné strachy. Jen se něj podívej. Brada se mu chystá spadnout na podlahu."

Sledovali jsme potom zpovzdálí, jak se Faustovi začíná objevovat pěna v koutcích úst. Zeptal jsem se potichu Felese, co je na tom videu. Měl jsem podezření na nějaké to soft porno, jak si to myslela i Belinda, Feles byl ale při natáčení a vyvrátil mi to.

"Tohle jsem Brigitě také navrhoval, nesouhlasila s tím. A je to ona, kdo má v těchto věcech zkušenosti! Prostě tam vykládá nějaké pohádky o tom, kdo ona je a tak podobně. Že je Američankou ruského původu, že se jmenuje Margarita Valerievna Dombračevskaja nebo tak nějak, zkráceně ale Meg van Dyke. No a kroutí přitom všelijak očima i čím jiným se ještě dá."

"No, s tím že je Američanka jste se dobře strefili, všiml sis snad, jaký ta Amerika udělala předtím na Fausta dojem. Hollywood, facelifty a silikony, to s ním zamávalo. Ten žertík s Meg van Dyke mu snad nedojde, lesbičkám se přece v jeho době tak neříkalo."

"Pokud by náš pan doktor vůbec měl potuchy o tom, že nějaké existují."

"To všechno časem poznáme."

"Pozor, myslím, že show se chýlí ke konci a rozhodující okamžik se blíží..."

Faust skutečně ukončil svůj jednostranný hovor a blížil se k nám, zatímco tablet si zastrkoval do kapsy kabátu. Bylo jasné, že učinil rozhodnutí.

"Co mám tedy podepsat?"

Podal jsem mu beze slova pergamen a plnící péro, ukázal jsem mu místo k podpisu. Podepsal jedním rozmachem a podal mi pergamen. Péro si chvilku prohlížel, opatrně se rozhlédl jestli se koukáme, předstírali jsme, že se díváme někam jinam, takže si jej také strčil do kapsy. Odkašlal si.

"Dobře. Očekávám, že mi teď budete k službám, pánové. Kdy mi sem přivedete tu vaši Margaretu?"

"Kdykoliv si budete přát, pane doktore. Felesi, co kdybys teď šel a zařídil příchod naší démonické Lilith?"

Feles se usmál, podal ruku Faustovi se slovy 'Adié, pane doktore!' Malinko si poodstoupil a zavolal směrem dolů:
'Beam me down, Scottie!'
S drobným pokynem rukou směrem Faustovým se rozplynul v dým. Ocitl jsem se sám s Faustem, v jehož tváři se zračilo očekávání. Doktor si poodešel ke stěně, na níž viselo dosti staré, ohmatané a poněkud oprýskané zrcadlo, v němž chvíli zkoumal odraz své tváře. Tušil jsem, co nyní přijde.
"Nerad bych vypadal jako přespříliš lačný, pane Mefisto, jak se to ale má s tím mým omládnutím? Zatím totiž žádné známky téhož v zrcadle nevidím. Slíbil jste ale, jak si vzpomínám, že svého ztraceného mládí znovu nabudu poté, kdy splním určité podmínky. Ty jsem přece svým podpisem splnil, či snad ne?"
"Jiste, pane doktore a děkuji vám, že mi to připomínáte. K omlazovacímu procesu přistoupíme okamžitě."
Vyndal jsem z kapsy malou čtverhrannou krabičku s kulatým náhubkem, stlačil a odšrouboval jsem víčko. Vyklepal jsem do dlaně modrou pilulku ve tvaru zaobleného kosočtverce, tu jsem nabídl svému klientovi. Zíral na ni dosti nevěřícně.
"Tohle že má být elixír mládí? Představoval jsem si jej trochu jinak. Spíš jako tekutinu duhových barev. Tohle mi připadá tak nějak..."
Nebyl jsem nepřipraven. Při nedávno proběhnuvším školení personálu našeho oddělení pro styk s veřejností, jehož jsem se chtě nechtě musel zúčastnit, údělem nám bylo vyslechnout nudnou přednášku zabývající se sexem a jeho propagací. Viagra pochopitelně hrála jednu z předních rolí a zmíněny proto byly i reklamní slogany, některé z nichž jsem si zapamatoval. Což se mi nyní hodilo. Započal jsem s jejich přednesem a všiml jsem si, že s každým slovem které mi prošlo mezi rty, Faust se stával vzrušenějším a vzrušenějším...

"Modrá pilulka zajistí to, že skuteční muži nevyhynou!
Vezměte si jedinou modrou pilulku a připravte se na noc plnou dobrodružství!
S Viagrou naplňte mysl své partnerky vzrušením i uspokojením!
Dokonce ani ve zlatnictví nenajdete nic, co by působilo na ženy tak, jako Viagra!
Viagra vám naplní kalhoty neskonalou vervou!"

"Tohle jako mám sníst?" zeptal se Faust. "To co tady recitujete zní náramně pěkně, jak mám ale vědět, že můžu téhle pilulce důvěřovat?"

"Je naprosto spolehlivá, pane doktore. O tom vás ujišťuji."

"Natolik, že si vezmete jednu sám také?"

Vyklepal jsem z krabičky jinou pilulku a vhodil jsem si ji do úst. Nikdy jsem sice žádnou neměl, nebylo k tomu sebemenšího důvodu a i kdyby se k něčemu schylovalo, my ďáblové žádné takovéto pomůcky nepotřebujeme. Proč ale neukázat nedůvěřivému doktorovi, že je to bezpečné. V což jsem alespoň doufal. Žádné pojednání o tom, jak může působit Viagra na organizmus ďábla jsem po ruce neměl. Faust učinil totéž, zda správně, tím si ještě nebyl tak docela jistý.

"A to, co jste prve říkal o tom, jaké to má účinky, to je pravda?"

"Ovšem, že je to pravda. Ty reklamní slogany to nepřehánějí, aspoň nijak zvlášť ne. No nic, pane doktore, vaše Markéta tu bude zanedlouho, mne snad nebudete zatím potřebovat, takže se s vámi prozatím rozloučím. Pokud byste si něco přál, víte co máte dělat. Prostě si vezmete ten tablet a vymačkáte 666, tři šestky. Na shledanou!"

Zopakoval jsem rutinu kterou Jakmile jsem se ocitl ve čtvrté dimenzi, pokusil jsem se vyndat si z úst aspoň zbytky té pilulky. Nebyl jsem si ani trochu jistý tím, jak by mohla na mne působit. Bylo ale už celkem pozdě, podařilo se mi jen vyplivnout zbytečky jakési modré kaše, podstatná část pilulky už se ale nacházela v mých útrobách.

Feles už na mne čekal a viděl, co dělám.

"Myslíš, že je to tak neškodné?" zeptal jsem se ho. "Co jsem měl ale dělat, abych ho přesvědčil? I když já bych tomu moc nevěřil."

"Já taky ne", ujistil mne. "No nic, uvidíme. Dívej se na to tak, že jsi se pro jednou stal ty tou laboratorní krysou!"

Siebel se Meg líbí!

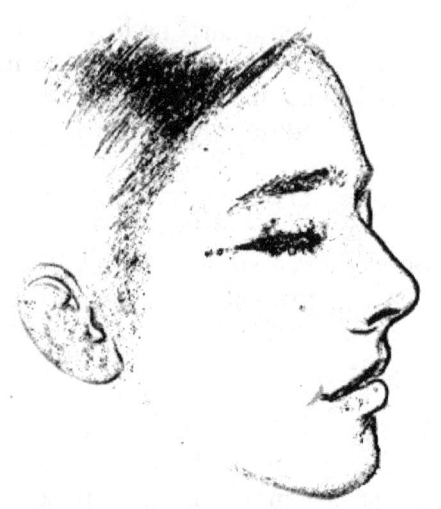

Nikdy bych si nebyla myslela, že dělat služku našemu panu doktorovi se bude nějak zvlášť vymykat všednosti, jakou by osoba mého nízkého postavení mohla v denním životě očekávat. Až doposud jsem se nijak špatně neměla. Můj zaměstnavatel dovede sice být náročný, někdy trochu náladový, tu a tam mi dokáže lézt i značně na nervy s některými svými zvyky. Většinou se s ním ale dá vyjít. Záhy jsem přišla na to, kdy se mám okolo něho točit a kdy je lépe se mu vyhýbat. Celkově ale vedl po tu dobu co u něho sloužím dosti ustálený způsob života. Většinu času strávil čtením svých četných knih, občas si čmáral nějaká astrologické schémata či co, občas sem za ním do domu někdo přišel se v tomto směru poradit. Nevím, kolik si Herr Doktor započítával za takováto poradenství, ale nebylo toho asi málo. Lidé, kteří za ním chodili, patřili totiž rozhodně do těch vyšších vrstev společnosti. Někdy si sbalil několik svých knih a různých pergamenů a šel někoho navštívit, hádala jsem, že asi to musel být někdo opravdu vysokého postavení, který si mého pána mohl prostě k sobě nakomandovat. To se mi potvrdilo, když jednou měl těch knih a jiných věcí tolik, že mě potřeboval k tomu, abych mu to pomohla nést. Vláčela jsem se toho rána s plným vakem knih a šli jsme na druhou stranu řeky, do paláce kde přebýval jakýsi církevní hodnostář. Snad arcibiskup, či dokonce kardinál? To už jsem nezjistila, protože dovnitř umě nepustili. Tiskoviny si ode mne převzal jakýsi sluha a mne poslali domů. Herr Doktor tam potom zůstal dlouho do noci; přišel ale dobře naladěný, asi mu ten sluha boží dobře zaplatil!

Ty páně doktorovy knihy i rukopisy mě od první chvíle fascinovaly. Kdykoliv se mi naskytla příležitost, prohlížela jsem si je. Ne, že bych jim příliš rozuměla, zpočátku skoro vůbec ne, k tomu bych musela umět hebrejsky. V sirotčinci ty z nás, kteří jsme o to stáli, učili číst a psát — ne že by se v tom směru přetrhli, základů němčiny a dokonce i latiny se mi ale takto dostalo a zbytek už byl na mně. Už tehdy jsem se snažila přečíst všechno co mi padlo do rukou a i tady se nacházely nějaké ty německé knihy, které jsem si samozřejmě pročetla ze všeho nejdřív. Těm jsem rozuměla poměrně dost a trochu i těm latinským. O tom, co se asi nacházelo v těch ostatních knihách, jsem získala aspoň jakýs-takýs přehled. Doktor Faust si totiž německy dělal výpisky a to zřejmě ze všeho, co si přečetl v jiných jazycích. Když jsem se nad tím zamýšlela, pochopila jsem brzy proč to dělal. Přednášel přece svým žákům na univerzitě německy, takže si asi dělal jasno o tom, co autor té které knihy zamýšlí a to tak, aby to mohl při svých přednáškách aspoň shrnout. Následkem toho se v několika jeho zápisnících vyskytovaly synapse (tohle slovo jsem si vyhledala ve slovníku, který v knihovně také byl) knih, které můj chlebodárce, nejspíš dosti pracně, přelouskal v originále! Pro mne to ovšem znamenalo náramný zisk. Aniž by dobrý doktor něco tušil, já jsem se za jeho zády už skoro po dva roky vzdělávala v tajných vědách!

Pochopitelně, že jsem si musela dávat pozor, abych se před ním neprozradila. Věděla jsem ale už několik dní předtím než se to stalo, nejspíš ještě dřív než to věděl Herr Doktor sám, že se pokusí o to vyvolat nějakou bytost z té druhé strany. Prostě k tomu směřoval. Když se nám sem potom vnutil ten černý pudl, tušila jsem hned, že za tím stojí něco krajně podezřelého. Přitom mi byl ten pejsek sympatický a když se z něho nakonec vyklubal ten Mefisto, byl mi snad ještě sympatičtější. Nic naplat, není to žádný ošklivec, dokonce bych řekla, že je náramný fešák. Černé vlasy, osmahlá pleť, to by se při jeho původu dalo očekávat, pěkně vzrostlý, to také, že ale nemá nikde žádné kopyto ani žádný ocas, to jsem opravdu ocenila. Také toho, že si mne hned všiml. Co mě ale nejvíc překvapilo bylo, že mě to nijak nevadí. Dokonce naopak! Tady si budu muset dát pozor. Protože něco takového jsem v plánu neměla. No, uvidíme jak se věci vyvinou…

Zatím tu máme jiný problém. Má se dostavit jakási Markéta, kterou mu ti dva čerti slíbili a na niž se Herr Doktor zřejmě těší. Bylo by to poprvé co bych ho viděla v dámské společnosti, kromě pár příležitostí kdy si sem za ním s doprovodem přišly nějaké ty klientky kvůli svým horoskopům. To ale šlo všechno vždycky striktně po obchodních liniích. Tentokrát to vypadá, že by tomu mohlo být jinak. Nijak se tomu do cesty stavět nehodlám, jak bych také mohla, nadšená tím ale nijak nejsem. Přece jenom to je velká neznámá a jak spolu budeme vycházet, to se teprve pozná.

Myslím, že už ji tady máme! Ve vedlejším pokoji slyším ozývat se nějaké štrachání a tam odtud také vyšel Mefisto, poté kdy jsem ho tam, ještě jako pudla, dala spát. Řekla bych, že tam ti čerti mají nějakou převlékárnu, či co. Půjdu se tam raději podívat. Můj pán se k ničemu takovému nemá, nejspíš si ani ještě nevšiml, že se něco děje, nakrucuje pořád ten svůj obličej před zrcadlem. Mefisto mu řekl, že omládne, zatím jsem si nevšimla, že by byl nějak mladší. Možná, že si to tak ale představuje, taková sugesce by mohla udělat divy. Jsem moc zvědavá na to, jak asi bude vypadat tahle čertice, půjdu otevřít ty dveře. Jako bych to nebyla tušila! Stojí tam, v jedné ruce má takového něco malého, podle toho jak se do toho pitvoří bych řekla, že je to nějaké zrcátko a v druhé ruce drží nějakou takovou tyčinku, s níž si, jak se zdá, maluje rty. Tohle je tedy typicky ženské, jinak ale na ženskou nijak zvlášť nevypadá. Má na sobě kalhoty, tak tohle by mě nikdy nenapadlo, že by mohla ženská, i když čertice, nosit, je tomu ale tak! Kalhoty. Tedy takové náramně přilnavé, které zdůrazňují její postavu, barvu mají tmavomodrou. Proto také mohu říci, že je to opravdu ženská, protože všechno je na ní přilnavé; kdyby na sobě neměla vůbec nic, pořád by bylo jasné, že to ženská je a ne jen tak ledajaká. Vzrostlá. Krev a mlíko, jak se říká. Až na to, že když se řekne něco takového, tak se to jen tak nějak lehce tuší. Tahle Markéta má jistě tam někde v žilách (pokud je čertice mají) ukrytou nějakou krev, ale to mlíko je nápadnější. Ono se tam vzdouvá a ty špičaté bradavky těsně pod tenkou látkou toho, co má na sobě na vrchní části těla nad těmi kalhotami, ty se prostě dožadují pozornosti. Kdybych byla mužským, tak by mě to asi dráždilo k nepříčetnosti, i takhle mě to dráždí..!

Povídám: "Ehm."

Otočila se, všimla si mne. Na vteřinu vypadala trošku rozpačitě, asi proto, že jsem ji přistihla při tom jak si upravovala obličej. Tvář se jí ale hned rozjasnila. Šla ke mně, podala mi ruku.

"Já jsem Markéta. Meg.

"Těší mě, Siebel."

Podívala se na mne dlouze a já jsem věděla, že mě má prokouknutou. Že si budeme navzájem vyhovovat, že si nebudeme v ničem konkurovat. Tohle je u dvou ženských, pokud mají spolu vycházet, to nejdůležitější. Napadlo mě totiž už, jestli není náhodou ten černý fešák Mefisto, zadaný. Ne, že bych o něho nějak moc stála, to ne, přece jen ale, když se kolem vyskytuje mužský a když není ani trochu ošklivý, přece jenom to aspoň trošilinku člověka potěší, když ví, že zadaný není. A tohle a spoustu jiných věcí, jsem vyčetla z toho jediného pohledu, který jsme si s Meg vyměnily. Zatím mi jen pošeptala do ucha:

"Teď se budu muset chvíli zabývat tím tvým bossem, potom si ale spolu popovídáme, jasné?"

"Jasné," řekla jsem a už jsem se na ten rozhovor začala těšit. Meg mi prostě učarovala. Nevím čím, chovala se ke mně jako rovný k rovnému, hned mi začala tykat. Věděla jsem, že očekává, že já jí také budu tykat, i když věkově byl mezi námi podstatný rozdíl. Jenom ale věkově. Myslím si ale, že s tím budu mít po nějaký čas problém.

Margarita Valerijevna Dimitrova

Copak byste řekli, že mi ti dva pekelníci doručili? Ženskou v kalhotách, to je co! Zpočátku mě to šokovalo, to musím přiznat. Brzy mi ale začalo docházet, jak ďábelsky to měli ti dva namyšlené! Kdyby mi byli poslali Markétu v nějakém cestovním úboru či něčem takovém, to je co bych byl dostal — ženskou v cestovním úboru. Cestovní úbory nejsou právě sexuálně nejvzrušivější. Všímáte si, jak se začínám vzdělávat, zejména pokud jde o ty výrazy, které mají co dělat s tou oblastí lidských činností týkajících se reprodukce? Zdá se, že v tom jedenadvacátém století o němž se oni tak často zmiňují, musí mít nějaký obzvláštní význam! Ujalo se to ale už trochu i tady. Až donedávna člověk slyšel hlavně jen nějaké ty trubadúry zabývat se tímto námětem, začíná se to chytat ale víc a víc. Vidím to na těch svých studentech, ti se poslední dobou skoro o ničem jiném mezi sebou nebaví, než o ženských. Takže, už bylo na čase, abych dohnal to, co jsem v tomto směru zameškal. No, od toho tu teď mám Markétu, která tedy dokáže vypadat jako ženská. I když nosí kalhoty. Má ale pravdu, to v čem ty ženské dnes chodí po tom našem Heidelbergu, patřičně neukazuje jejich přednosti. Ty lze na Markétě ocenit a to po jednom jediném pohledu!

Ona ale Markétou být nechce a dokonce ani Margaretou. Prý jí mám říkat Meg. Meg van Dyke. Tak se mi představila a trochu se přitom uchichtla. Také jsem se jí představil, i když, jak se ukázalo, nebylo toho zapotřebí. Věděla kdo jsem. Že prý se o mně v 21. století učí děti ve škole! A co se o mně učí, chtěl jsem vědět. Prý hlavně to, že o mně jakýsi Goethe napsal jakousi hru, která se ale v žádných divadlech nehraje, protože byla určena jen ke čtení. To mi připadlo uhozené. Hraje se ale prý jakási opera což, jak Meg tvrdí, je jako divadelní hra, jenže při ní účinkují zpěváci, kteří zpívají a hrají. Nebo také herci, kteří umějí zpívat, to prý je celkem jedno. O čem ale ta opera vlastně je? Že prý o tom, jak podepíši smlouvu s ďáblem a jaké z toho budu mít výhody. Když jsem se z ní pokoušel dostat nějaké detaily, zavedla řeč na jiné věci. Jak prý by se na ni dívalo obyvatelstvo Heidelbergu, kdyby vešlo ve známost, že je tu návštěvou z 21. století? Toho se chytila Siebel.

"Asi by vás upálili jako čarodějnici."

Zhrozil jsem se. Takovéhle věci se přece návštěvníkům neříkají. Meg to ale zřejmě pobavilo, protože chtěla vědět, jak by celý ten proces vypadal. Siebel se zastavit nenechala, i když musela vidět, jak se mračím.

"Nejdřív by vás musel pochopitelně někdo udat. Já bych to neudělala a Herr Doktor určitě také ne, i když za něho mluvit nemohu. Dejme ale tomu, že vás někdo udal, takže si sem pro vás přišli. Nejprve by na vás čekala zkouška vodou. To by vás dali do takové železné klece a asi na pět minut by vás v té kleci spustili do vody. Když by vás potom vytáhli a vy jste byla mrtvá, tak by vás prohlásil soudce za nevinnou a byla byste potom pohřbena jako správná křesťanka. Pokud byste zkoušku vodou přežila, bylo by to důkazem, že tou čarodějnicí jste. Takže by na vás začali vymáhat přiznání. Kvůli tomu by vás možná přivázali na skřipec, trochu vás natáhli a přitom pálili buď žhavým železem nebo pochodní. Také by mohli na vás užít španělskou botu, to podle toho, jaká by byla katova specialita a také jaké nástroje by se právě nacházely v jeho mučírně. Ty by v každém případě na vás užívali, dokud byste se nepřiznala. Teprve potom, když se takhle dopracovali k vašemu plnému přiznání, potom by vás upálili na hranici."

Netušil jsem, že by ta moje děvečka byla takhle výřečná. Meg to zřejmě také ocenila, když předstírala hrůzu při jejím projevu. Chystal jsem se do toho vložit, Siebel se ale nenechala jen tak zastavit.

"Nebojte se, ještě jsem neskončila. Tak zle by to s vámi nedopadlo. Znám se s někým, kdo zná pomocníka našeho zdejšího kata a ten by se za vás určitě přimluvil. Něco by nás to stálo, ale Herr Doktor by jistě rád pár dukátů dal a koupil si tím spokojenost mysli."

Opět se mi nezdařilo se prosadit, protože Meg se ihned zeptala s jistými pochybnostmi v hlase Siebel, jestli by jí to zachránilo život.

— *Vojen Koreis* —

"No, to asi ne", mínila Siebel, "ale kat by vás třeba mohl uškrtit dřív, než byste začala hořet. Oni tohle někdy dělávají, zejména když upalovaná je žena."

"Rovnost pohlaví v tomhle případě neplatí? No aspoň v tom jsou tu pro tuto osobu nějaké výhody!"

"Ale, jak říkám, žádné strachy, ani jeden z nás by vás jako čarodějnici stejně neudal."

Abych se přiznal, začínal jsem o tom už i uvažovat. Že bych udal Siebel, tedy. Tahle Meg se mi náramně líbila. Měla v sobě něco, co v ženách které kolem sebe denně vidím, nenaleznete. Teď uhodila na Siebel.

"Ve dva nejste přece manželé, či snad ano?"

"Jak vás tohle napadlo?"

"Ani de-facto?"

"Co tohle znamená?"

"No, jako žít spolu jako manželé, aniž byste byli oddáni."

"Proboha, kdepak! To by přece byl hřích, či ne? Já jsem tady jenom služkou."

"Platí ti aspoň trochu slušně?"

"Mám tu, co potřebuji..."

"Aha, tak tě určitě vykořisťuje. My dvě si o tomhle budeme muset promluvit, zdá se mi, že potřebuješ nějaké to poučení o svých právech. Pověz, kdepak bychom si my dvě mohly spolu promluvit?"

"Kde, já nevím. Třeba v kuchyni..."

"To je právě kam nejraději chodím, když jsem někde pozvaná na party. V kuchyni se vždycky nacházejí ti nejlepší debatéři. Můžeš nám udělat kafe..."

"Kafe? Co to je?"

"Promiň zapomněla jsem ‚že tahle vaše doba ještě kafe nezná. Že to sem přijde z Ameriky teprve za nějaký čas."

"Z Ameriky? Kdo to je?"

Tohle jsem věděl a konečně se mi tak naskytla příležitost vmísit se do rozhovoru. Cítil jsem se tak trochu ponechaný stranou.

"Amerika, to je místo za mořem, které objevili ti pacholci Španělé a kde se dávají facelifty a silikony."

"K čemu jsou silikony?"

"To docela přesně nevím, mám ale pocit, že ty nic takového nepotřebuješ."

"Já ti to později vysvětlím," dodala rychle Meg. "Až budeme spolu sedět v kuchyni. Hádám, že čaj asi také znát nebudete.

Nevadí, uděláš nám něco, co vy pijete, když potřebujete trošku podpořit tu mozkovou šedou hmotu."

"Šedou hmotu?"

"Nevadí. Jaké nápoje konzumujete, když při malých společenských událostech hodláte vést inteligentní a plodnou debatu? Co přitom pijete?"

"Co pijeme? Aha, vy musíte mít po té cestě žízeň. Pojďme do kuchyně, ohřeju vám trochu kozího mléka."

Odkráčely spolu do kuchyně, držíce se v podpaží jako dvě nejlepší přítelkyně. Mne přitom nechali v knihovně, nehodného jediného pohledu.

Díl Třetí

V němž se Faust pokusí volat do Pekla. Všichni konzultanti jsou ale zaneprázdněni.
O tom, jak působí Viagra na ďábly.
Mefisto se pokouší namluvit si Siebel.
Jakou mocí vládne poezie!
Meg a Siebel mají kávový dýchánek.
Feles představuje anglického butlera.
Mefisto, který je příliš vystresovaný, se rozhodl, že půjde hrát golf.
Faust má už dost laxních služeb jichž se mu dostává, takže si chce stěžovat pekelným zákaznickým službám.
Kam se asi dovolá?

Faust telefonuje do Pekla

Už je tomu týden co se nám sem nastěhovala Meg. Sedím na lavičce v zahradě a přemýšlím. Všechno se to má tak nějak jinak, než jak jsem si to představoval. Svět se mi smrskl do velikosti té boule, která tu bývala předtím než mi Mefisto dal tu Viagru, či jak tomu říkal. Očekával jsem, že podle jeho slov "naplním mysl své partnerky vzrušením i uspokojením!" Nic takového se nestalo. Kalhoty jsem sice měl "naplněné neskonalou vervou", nikam to ale až doposud nevedlo. Mysl Meg se zdála být naplněna jen Siebel, hned od prvního dne. Ten jejich první rozhovor v kuchyni se natáhl až přes půlnoc. Kdoví, kolik kozího mléka přitom vypily...

Kdyby ale zůstalo jen při tomhle rozhovoru. Mysl Meg nadále plní Siebel a natolik, že spolu vedou další a další podobné rozhovory. Nemám potuchy o čem se spolu baví, ani jestli pořád ještě pijí jen kozí mléko. Siebel se sice stará o mé základní potřeby, to je ale všechno. Meg spí v její posteli, pokud vím, kde spí Siebel nevím. Snad na podlaze. Nebo také v posteli. To přece ale nejde, dvě ženské v jedné posteli, či ano?

"Tohle je přece úplné peklo!" říkám si a to mi něco připomnělo. Od čeho mám tenhle ... jak tomu říkal Feles když mi to dával ... tablet? Meg se bavit se mnou bavit nehodlá, nevím, třeba si jí mám nejdřív získávat, že na tohle ona hraje. Ach tyhle ženské! Na druhou stranu, na smlouvě kterou jsem podepsal jasně stojí, že mi po třicet let budou plněna veškerá přání. A já si přeji mít Meg. Takže mohu prostě a jednoduše zavolat Peklo a říci jim, aby jí to nařídili! Být mi po vůli. Vždyť od toho tu Meg přece je a od toho jsou tu oni, aby splnili veškerá má přání. Jenže, když tohle ona udělá jen proto, že se jí to nařídí, bude to ta samá věc? Je to těžké rozhodování!

Vytáhl jsem nakonec přece jen tu věc z kapsy. Pokoušel jsem se vzpomenout si na to, co mi o tom Feles říkal, že musím vyťukat ďáblovo telefonní číslo. To je, jak dobře vím, 666. Na tomhle přece nemohu nic pokazit. Hrál jsem si s tou věcičkou chvíli, až se mi podařilo otevřít kryt pod nímž se nacházela plocha, která se v té chvíli rozsvítila. Našel jsem číslo šest a zmáčkl jej třikrát, následkem čehož se na té osvícené ploše objevilo kýžené číslo 666. Feles říkal, že potom musím zmáčknout hlavní knoflík, což jsem také udělal. Dal jsem si celou věc k uchu, tak jak jsem ho viděl to dělat. Chvilinku se nic nedělo, potom se ozvalo jakési hrknutí. Trochu jsem se lekl, odtáhl jsem ten přístroj od ucha a zadíval se ne něj. Na obrazovce byla opět ženská tvář, překrásná! Její hlas zněl ale poněkud nepřirozeně, když odříkával, tak trochu strojeně:

"Peklo, společnost s ručením omezeným. U nás je vždy náš zákazník středem veškeré pozornosti, jeho spokojenost je pro nás tím nejdůležitějším. Snažíme se také neustále o to, aby čekací doba byla co nejkratší. Žel Lucifer, právě v této chvíli jsou všichni naši konzultanti zaneprázdněni. Jakmile se některý z nich uvolní, ihned vám bude k službám. Můžete proto buď vyčkat nebo položit a zavolat znovu o něco později náš bezplatný zákaznický servis, který je vám k dispozici od pondělku do soboty mezi 8 a 20 hodinou."

Co tohle znamená, říkal jsem si, z míry poněkud vyvedený. Potom mi ale do ucha zazněla hudba. Taková, jakou jsem nikdy předtím neslyšel, nikoliv ale nepříjemná. Jsem zvyklý spíš na loutny, které občas slyšíme hrát při různých příležitostech na univerzitě. Tu a tam i hospodách... Konzultanti, že ti prý jsou zaneprázdněni, co má tohle znamenat? Nebo, copak asi je společnost s ručením omezeným. Tomu tedy opravdu nerozumím ... žel Lucifer.

Hudba se ztlumila, ozval se znovu dívčí hlas. Že prý mi děkují za trpělivost a že už to nebude dlouho trvat. Nebo tak nějak. A zase muzika. A znovu hlas, tentokráte mužský: Náš zákazník, náš pán. Prosíme, vyberte si z následujících možností. Pokud máte zájem o některý z našich termínovaných plánů, zmáčkněte číslo jedna. Pokud si přejete... zmáčkněte číslo dvě... a tak to šlo asi minutu. Nic jsem nemačkal, byl jsem z toho poněkud oněmělý. Potom mě napadlo jméno té krásné dívenky, s níž jsem mluvil předtím.

Belinda. Řekl jsem té věci: Haló, haló, je tam Belinda? Mohl bych mluvit s Belindou? Mezitím se vrátila hudba. Tedy, hudba to nebyla, tohle spíš znělo jakoby někdo tahal kočku za ocas. V přístroji to cvaklo, jakoby se něco dělo, zopakoval jsem jestli mohu mluvit s Belindou. Ozval se dívčí hlas, prohlásil, že hovořím s Amandou. Budiž, zněla aspoň ochotně. Vysvětlil jsem jí kdo jsem a zeptal jsem se, jestli mohu mluvit s panem Mefistem. Ano, s panem Mefistem.

"Ano pane doktore," ozvalo se odkudsi.

"To je pan Mefisto?" Stále jsem hovořil do toho přístroje a chvilku to trvalo než mi došlo, že dotyčný stojí vedle mne. Ukázal mi jak mám vypnout to ďábelské zařízení, které mi už začínalo jít silně na nervy.

"Jak jste se sem dostal tak rychle? Vlastně, tak moc rychlé to zase nebylo, když uvážíme ten čas strávený tím spojit se s tím vaším Peklem..."

"Omlouvám se hluboce, pane doktore. Naši zákazníci z pozdější doby jsou už na tohle zvyklí. Pokrok sebou také přináší občasné nepříjemnosti."

"No, nepříjemné bylo hovořit s tím chlápkem co všechno odříkával takovým tím monotónním hlasem. Pořád jen opakoval, že mám zmáčknout ten a ten knoflík a nedal se nijak odbýt!"

"No, nakonec jste se ke mně dostal a máte nyní veškerou mou pozornost, pane doktore. Jaký máte problém?"

"Je to otázka satisfakce, pane Mefisto. A také tu jde o morální zodpovědnost. Poslali jste mi sem Meg a..."

"A Meg vám působí problémy."

"Ani tak ne Meg, řekl bych. Spíš tu jde o Siebel. Ta je definitivně tím hlavním problémem. Připadá mi to tak, že její přítomnost tak nějak Meg rozptyluje, že Siebel odvádí její pozornost."

"To se přece ale stává, že některé ženy bývají přitahovány k jiným ženám. Toho jste si ještě nevšiml?"

"Po pravdě řečeno, ne. Vždycky jsem si myslel, že ženy přirozeně tíhnou k mužům."

"Ne vždycky. Už ve starém Řecku..."

"... míníte tu legendu o Sapfó? O té jsem něco slyšel, nebral jsem to ale nikdy příliš vážně.

"Asi byste měl. To co se dělo na ostrově Lesbos nějakých šest století předtím než se narodil ten člověk co podle něho určujete letopočet, se děje i nyní a bude se dít v Německu i za pět set let. O tom už bylo napsáni knih!"

"Žádnou takovou jsem nečetl!"

"No, někdy se musí číst tak trochu mezi řádky, to uznávám. Také záleží na tom, kdo to napíše, jestli muž nebo žena..."

Faust mi skočil do řeči.

"Žena, říkáte? Copak ženy také píší knihy?"

"Samozřejmě, dokonce častěji než muži."

Faust nad tím jen kroutil hlavou, nezdálo se mu nějak. Potom se náhle na mne obrátil:

"Vezměte si ji do Pekla, moc vás prosím!"

"Meg?"

"Ne, Siebel! Když nebude Meg pořád Siebel rozptylovaná, bude určitě mít víc času pro mne. O další už se postarám."

"Vždyť tím už jsme se přece zabývali, pane doktore. Dopodrobna. Siebel nemá žádné hříchy, do Pekla jít nemůže. Nejsou tu žádné důkazy."

"Potřebujete důkazy? Tak si je vytvořte! Poraďte se o tom s tím svým společníkem. Jste přece dva schopní ďáblové, podstrčit nějaké ty falešné důkazy by pro vás neměl být žádný problém!"

"Až na to, že by něčím takovým mohla utrpět naše pověst."

"Počkejte. To míníte tak, že by vám ďáblům mohlo nějak záležet na vaší pověsti?

"Ovšem že nám na ní záleží! Spokojenost našich zákazníků závisí na tom, jak si vedeme při plnění našich úkolů."

"Tak vidíte."

O ďáblech a Viagře

Neviděl jsem sice nic, i když naše debata pokračovala v tomto duchu po nějaký čas. Nakonec jsem ujistil našeho zákazníka, že uděláme vše v našich silách, abychom zajistili jeho spokojenost. Myslel jsem si ale svoje. Nejsme tu proto, abychom se zavděčili Faustovi, ať už si tentýž myslí cokoliv. Jde nám hlavně o to, nějak se zbavit toho celého případu. Napadlo mě přitom: o co jde vlastně mně? Po pravdě řečeno, jde mi momentálně hlavně o Siebel. Takže to, že se budeme nyní s Felesem dohadovat o tom, jak přimět tuto dívčinu k tomu, aby zhřešila, mi ani trochu nevadilo. Zejména, kdyby to šlo nějak zařídit, aby zhřešila se mnou!

To, že jsem si vzal tu Viagru, abych byl Faustovi příkladem, bylo asi chybou. Či snad ne? To se ještě ukáže! Učinil jsem tak ale bez rozmýšlení a teď, jak se zdá, to má nějaké následky. Mezitím už jsem si zjistil to, co jsem měl udělat už dávno a sice ověřil jsem si, že Viagra musí na nás ďábly mít podstatně jiné účinky než na obyčejné smrtelníky, jakým je doktor Faust. Žádné vědecké studie sice neexistují, platí tu ale to, co nám říká zdravý selský rozum. Tohle ovšem míním obrazně, protože mezi námi ďábly se žádní sedláci nevyskytují. Zmíněné pilulky byly vynalezeny pro lidi, aby se s jejich pomocí zvýšila schopnost organizmu zastávat určité funkce v dobách, kdy už v něm buď následkem pokročilého věku či z jiných důvodů, dochází k celkového oslabení organizmu a s tím i k určité ochablosti sexuálních orgánů. V podstatě jde jen o to, přimět mužský pohlavní úd k tomu, aby dosáhl erekce. My ďáblové nicméně podobnou asistenci nepotřebujeme. Především: my nestárneme! Pokud se nacházíme ve hmotném těle, potom veškeré naše orgány fungují na sto procent a to ze dne na den, z roku na rok. Ty níže umístěné orgány, jakým je právě ten o něž je zde řeč, potom zejména. Ďábel je kdykoliv připraven k pohlavnímu styku, ať už kdekoliv, kdykoliv a za jakýchkoliv okolností. Takže žádnou

Viagru nepotřebuje. Co se ale stane, když si přesto nějakou tu pilulku vezme? Na jeho pohlavní orgány to vliv mít nemůže, takže se to nutně musí obrazit jinde. Zkrátka a dobře, vrazí se mu to do ocasu!

Známý psycholog Rararbotrusiel Hameltesipion nám to již pověděl při své přednášce, když se zmínil o mystické hadí síle Cundalahini. Ta, podle tohoto starého vědce. se normálně nachází stočená do klubíčka na spodku naší páteře a to ve stavu naprosté netečnosti. Pouze když je z tohoto stavu vyrušena, probuzena, k čemuž většinou dochází následkem stimulace sexuálního druhu, přemístí se do ďáblova ocasu. Jenže, díky Brigitině intervenci já už ocas nemám; stal se z něho Feles. Poté kdy jsem neuváženě požil pilulku Viagry, následnou chemickou reakcí čerstvě probuzená hadí síla se tudíž do ocasu hnát nemohla. Někam ale jít musela, takže se hnala nahoru, podle páteře až do mozku. Co tam vyvedla, to už mi začínalo být jasné. Rararbotrusiel Hameltesipion by jistě před svými kolegy dokázal vysvětlit tento problém vědecky a mnohem přesněji než to umím já, snad vám ale bude stačit vysvětlení laika jakým jsem já. Já mohu jen říci to, čemu by asi nerozuměl on, že mi od té doby jde náramně básnění!

V anglickém jazyce, jehož jsme my ďáblové nuceni užívat stále víc a víc následkem toho, že ze světa se stal jeden veliký počítač, existuje výraz "falling in love", jímž se vyjadřuje to, že někdo se zamiluje. Doslova přeloženo by to znamenalo "spadnutí do lásky", což je asi výmluvnější než jak tomu bývá v jiných jazycích. Když se takováto šťastná (či naopak nešťastná) lidská bytost zamiluje, jedná se ve skutečnosti opravdu o "pád". Jemnohmotná tvořivá energie, která je tím rozhodujícím faktorem a která se nachází v té nejvyšší poloze v lidském mozku, se z vlastního rozhodnutí, či možná z pouhého pohnutí mysli, zřítí dolů, do nižších částí organizmu. Tam, podle okolností, způsobí buď ztopoření pyje či lubrikaci vagíny. V mém případě ale nešlo o pád; naopak, šlo o vzestup, přičemž důraz kladu na to, že místo toho aby mě přepadaly myšlenky obscénní, chlípnické, jak by se dalo zejména u ďábla očekávat, stal jsem se romantičtějším, idealističtějším, zasněnějším, dalo by se nejspíš i říci, naivnějším. Přesně tak, jak se to mívá s lidskými panici či pannami, kteří když "spadnou do lásky" ve skutečnosti povolí svým nejjemnějším myšlenkám a citům sestoupit o stupeň či dva níže a nechat sebou mávat v kolotoči rozbouřených vášní. Což se ovšem stává leckterým lidem, nikoliv ale ďáblům.

Pokud jde o mé ďábelství, jen se mi tímto potvrdilo, o čem jsem už dávno měl podezření, že totiž nejsem ďáblem normálním, že jsem v mnoha směrech úchylným. Což se až doposud projevovalo hlavně oněmi tendencemi, které ze mne činí básníka, mohu-li se takto nazývat. Ďáblové normálně neprojevují žádné sklony k psaní básní, či vůbec k jakékoliv tvořivé činnosti, pokud ovšem té není zapotřebí ke spřádání intrik a podobných věcí, které z nich činí to, čím jsou. Mohou proto projevit zájem o umění; ten ale bude vždy jen povrchní, v nejlepším případě snobský, jak jsme tomu už byli svědky v případech některých členů vyšších vrstev ďábelské společnosti. Můj případ je jiný. Tím, že jsem bizarním způsobem přišel o ocas, se mohlo stát, že semeno které dřímalo v onom hadím stvoření stočeném do klubíčka u spodku mé páteře, se mohlo rozvinout. Ne nadarmo se v oné knize, kterou velká část lidstva považuje za svatou, nachází ta pasáž, v níž se had stává hlavním pokušitelem. A na koho se ale nejprve obrátí s tím svým pokoušením? Na osobu ženského pohlaví. Má tomu snad tak být i v mém případě?

Tyto a podobné myšlenky mi táhly hlavou. Začínalo mi být jasné, že budu muset do těchto záležitostí zasvětit Felese. Za pomoci jeho racionálního způsobu myšlení snad společně nějak vyřešíme, co vlastně mám dělat. Jakmile jsem jen pomyslel na svého společníka, stál tentýž vedle mne!

"Jak to, že ses sem dostal takhle rychle? Myslel jsem, že ti Potulní Ostnatí Snílkové v té tvé hře tě plně zaměstnávají."

"Už ne tak moc. Přišel jsem na to, že zaměstnám Toxické Frajery z planety Alfa Eridani Theta a ti už si s nimi poradí. Zaženou je na planetu Torehio Kappa a..."

"Kde jsi zase sebral ty Toxické Frajery z ...

"... z planety Alfa Eridani Theta. To je takové silně vyspělá rasa filosofů s velice dobře organizovanou armádou."

"Takže říkáš, že by měli mít navrch těch Ostnatých Snílků?"

"Docela určitě. Ti jsou sice náramně početní a mají navíc obrněná těla, jenže biologicky by spíš měli mít tendence k tomu zabývat se obchodováním. Jsou vlastně dost nepovedeným výsledkem pokusů o vyšlechtění rasy Nebojácných Mrchožroutů a Schizoidních Mikrotitanů z Antaresu..."

Feles pokračoval v tomto duchu ještě chvíli a byl by pokračoval i dál, kdybych ho nakonec velice opatrně a s užitím vyspělé diplomacie nezastavil. Mám ale vyzkoušeno, že když takto předstírám zájem o jeho počítačové výtvory — nevytvářel ta jména ani charakteristické rysy oněch ras mimozemšťanů on sám, ale velice sofistikovaný počítačový program — bývá potom natolik na měkko, že je ochoten se bavit i o mých problémech. Vysvětlil jsem mu, že Faust po nás žádá, abychom ho zbavili přítomnosti Siebel. Že by nejraději byl, kdybychom si ji odnesli do Pekla.

"Nemáme k tomu žádné podklady," prohlásil Feles kategoricky.

"Pravda, on ale tvrdí, že prý bychom mohli nějaké ty důkazy vytvořit. Od toho, že prý jsme ďáblové. Má sice tak trochu pravdu, nějak se mi to ale nezdá..."

"To chápu. Jsi do ní zamilovaný."

"Já..."

"No, jen to přiznej. Nemá význam zapírat. Jasné jako facka. A víš co? Celkem tě chápu!"

"Co mám dělat, Felesi?"

Stáli jsme v zahradě Faustova domu, nedaleko altánku, nacházeli jsme se ale v neutrální zóně a byli jsme tudíž neviditelní pro Siebel, která se jako na zavolanou mezitím objevila na zadní verandě, s koštětem v ruce. Dala se do zametání cestičky vedoucí k altánku, která se nacházela pod nepříliš tlustou vrstvou čerstvě napadaného sněhu. Mohl jsem se tak obdivovat její ohebné postavě a viděl jsem, že Feles se také dívá stejným směrem. Podíval se na mne.

"Takže, už je to zase tady, ty potíže s ženskými..."

"Víš, neměl jsem si brát tu Viagru."

"Já bych řekl, že je za tím něco trochu víc. Jistě, mohli bychom ji teď postavit před nějaké to pokušení, kupříkladu nastražit nějaké dukátky na tu cestičku, tak aby je našla a neoprávně si je přivlastnila, jenže to by pořád nebyl žádný veliký hřích, žádný čin, který by si zasluhoval trestu v pekle, co myslíš?"

"No, vidíš, v té opeře o Faustovi se takovéhle věci dějí — ďábel pokouší Margaretu tím, že takhle nastraží skříňku se šperky."

"Vidíš, tohle si musím zapamatovat, mohlo by se to někdy hodit. Pokud jde ale o to jak vyhovět našemu zákazníkovi a ještě tak nějak vyřešit ten tvůj problém, měl bych jen jediný návrh."

"A tím je?"

"Měl by ses prostě pokusit tu dívčinu svést. Smilstvo s ďáblem, to by byl přece hřích postačující k tomu, aby se vařila v kotli nějaká ta tisíciletí, či ne?"

"To přece nemyslíš vážně! Já nechci, aby se vařila v nějakém kotli!"

"Pochopitelně, že nechceš. Ty ji přece miluješ, či snad ne? Přitom ale a to mi přece přiznáš, svést bys ji chtěl!"

"No..."

"No... chtěl, o tom není pochyby. Podívej se na to takhle. Zabili bychom tím hned dvě mouchy jednou ranou. Vyhověli bychom zákazníkově přání a zbavili ho nepohodlné schovanky, no a ty, ty by sis přitom navíc užil..."

"Felesi, mě tady ani trochu nejde o to si užívat. Nejde mi o spojení dvou těl, jde mi tu o spojení dvou duší!"

"Takhle jsi to dopracoval? Takhle s tebou zacloumala jediná pilulka Viagry?"

"Já si myslím, že to s Viagrou už nemá nic co dělat."

"A s čím tedy?"

"Jen se na ni podívej. S jakou pružností, lehkostí, s jakou grácií mete tím koštětem! Už to, jak ho drží, jakoby se s ním mazlila..."

"No vidíš, tohle je ten správný náhled na věc. Teď už jen zapojit trochu té tvé lyriky a trochu šarmu a to by bylo, kdyby tomu nepodlehla!"

"Když já ale nechci, aby se kvůli mně dostala do pekla!"

"Ty bys raději s ní byl v sedmém nebi, že ano? Víš co? Zapojíme do toho Brigitu. Ta určitě přijde s nějakým dobrým nápadem, je to stará profesionálka!"

Jak namlouvat dívky

Feles mi řekl, že o tom vskutku mluvil s Brigitou, ta prý je ale toho mínění, že vše záleží jen na mně. Že prý ani Brigit, ani on sám, nemají žádné námitky proti tomu, abych se pokusil o to si Siebel namluvit. Podle toho jak to dopadne, se potom zachováme. Takhle přesně to řekl, namluvit, jak to také najdete ve starých knihách. Takže jsem si ji šel namlouvat...

Počkal jsem si až když šel Faust na univerzitu, kam čas od času chodíval učit, obvykle na celý den. Siebel jsem našel v knihovně, kde zametala podlahu a utírala prach z hřbetů knih. Již jsem se zmiňoval o tom, že ve svádění dívek a to dokonce oněch ďábelského druhu, které bývají podstatně povolnější než ty lidské, jsem náramným břídilem. Ani teď mě nenapadlo nic lepšího a nedokázal jsem se vyjádřit o nic inteligentněji, než takovým tím suchým zakašláním.

"Ehm ... ehm!"

Prudce se otočila s rukou položenou na hrdlo, tak jak to polekané mladé dívky často dělávají, rychle se ale ovládla.

"Ahh ... Vy jste mě ale polekal!"

"To jsem já, Mefisto."

"Ten pudl? Dobře, já vím, že teď už jste vlastně čertem! A já hlupačka jsem nechala lahvičku se svěcenou vodou vedle v kuchyni! No nic, obyčejná modlitba snad postačí, raději ale latinsky:

Pater Noster, qui es in caelis,
adveniat Regnum Tuum,
fiat volúntas tua, sicut in caelo et in terra.
Panem nostrum..."

Zatímco se modlila, nedokázal jsem z ní spustit oči. Vím, že takhle bych se vyjadřovat neměl, vypadala ale při té modlitbě jako překrásný andílek! Měl jsem také přitom dost času, abych se aspoň trochu vzpamatoval a nabyl své obvyklé zručnosti jazyka. Počkal jsem si proto, až ukončí ten svůj Otčenáš. Teprve potom jsem ji oslovil.

"Obávám se, že tohle na mne působit nemůže. Naši laboratorní technici vyvinuli velice účinný sprej proti modlitbám. Máme jej v naší příruční lékárničce. Preventativně se jím nastříkáme pokaždé když máme sebemenší podezření, že u lidí s nimiž se dostaneme do styku by se mohla projevovat náboženská vášeň."

"Já vám sice nerozumím, povězte mi ale, co mám s vámi dělat? Zavolat na vás policii?"

"To by také nefungovalo. Na úrovni jak ministerské tak i komisařské už dávno došlo k plné amalgamaci, což zahrnuje i Německo šestnáctého století."

"Ne, opravdu nevím o čem to mluvíte, povím vám ale, co docela jistě udělám. Pošlu na vás kněze. S takovým tím velikým zlým křížem!"

A aby svou pevnou odhodlanost náležitě předvedla, začala mi mávat před tváří nástavcem koštěte před nějž vodorovně nastavila paži, čímž vytvořila improvizovaný kříž. Nenechal jsem se tím vyvést z míry. Řekl jsem jí:

"Víte Siebel, už při tom nejzákladnějším tréninku jímž každý ďábel musí projít, jsme takovéto situace probírali, abychom se s nimi byli schopni náležitě vypořádat. To, že na nás někdo míří křížem, že po nás kropáčem stříká svěcenou vodou, že nějací kněží kvůli nám provádějí exorcismus, to nám ani trochu nevadí. Ať už na nás provádí exorcismus místní farář, biskup, arcibiskup nebo třeba i samotný papež, vždycky nás to tak nanejvýš pobaví! V opravdu vážných situacích tu vždycky máme kurs sebeobrany zvaný EASE, což značí Exorcism Avoidance Special Exercises neboli speciální výcvik proti exorcismu, který jsme prodělali a o který se v nouzi můžeme opřít. Obsahuje skutečně velice účinné obranné pohyby a úhybné manévry a to jak fyzické tak i psychologické. Nemyslím si ale, že bych v tomto případě musel něco takového zapojovat."

Dívka mě až doposud poslouchala celkem pozorně, i když nemohla příliš chápat o čem mluvím. Teď mě ale přerušila.

"Proč mi vlastně tohle říkáte?"

"Jen proto, abyste si uvědomila co tu před vámi stojí."

"Ano, ale proč?"

"Třeba jenom proto, že se mi líbíte a že bych byl moc nerad, kdybyste došla nějaké újmy."

Tvář Siebel mi připadala být tak trochu do ruda, dalo se ale těžko říci, jestli to bylo její přirozenou nesmělostí či zda tu hrál roli chlad, který byl v místnosti. Spíš to bylo to druhé, protože řekla:

"Víte co, rozdělám v krbu oheň, budeme si tu moci sednout a trochu víc si popovídat. Herr Doktor a Meg tu nebudou ještě celé hodiny. A vy jste to přece tolik miloval ležet před zapáleným krbem, když jste byl ještě pudlem!"

"Copak Meg šla ven s doktorem Faustem?"

"Ano, že prý jí ukáže univerzitu a ona nato, že ji to zajímá. Já si ale myslím, že to říká jenom tak."

"Proč si to myslíte?"

"Meg přece patří k vám, či ne? A vy jste tady kvůli Herr Doktorovi. Nevím sice proč, z nějakého důvodu jste se ale na něho soustředili. A svedli jste ho k tomu, aby vám prodal svou duši."

"Jak tohle víte?"

"No, dívala jsem se přece klíčovou dírkou a poslouchala jsem za dveřmi, jak ho svádíte."

"Svádět lidi, to je přece naše hlavní poslání."

"Tak proč nesvádíte třeba mne?"

"Vy byste chtěla být sváděná?"

Nemohl jsem uvěřit sluchu. Že by to mělo být takhle snadné, to mě ani nenapadlo. Jenže, tak snadné to nebylo.

"Jestli si myslíte, že bych chtěla skončit v tom vašem pekle, tak to tedy ne! Jen mě zajímá, proč jste si vzali na mušku právě Herr Doktora a ne třeba mne."

"To by bylo složité vysvětlování."

"Zkuste mi to vysvětlit."

"Až někdy jindy."

Mezitím zapálila oheň v krbu a přitáhla si k němu židli. Udělal jsem totéž. Podívala se na mne zkoumavě.

"Co ten váš kolega? Feles. Vy dva jste si hodně podobní, on mi ale připadá být jiný než vy, povahově myslím."

"To bude tím, že on je racionalista."

"A vy nejste?"

"Ne. Já jsem básník."

"Vážně? No tohle! A to vy jako píšete básně?"

"To je, co básníci většinou dělají. Dělám to i já. Někdy."

"A napsal byste mi nějakou báseň? Takovou, která by byla jen a jen pro mne a pro nikoho jiného?

"To už jsem udělal."

"Neříkejte! Mohla bych ji vidět?" Prosím pěkně!"

"Někdy. Teď to ještě nejde, musím na ní ještě trochu pracovat. Tak se to má s většinou básní, člověk nikdy neví kdy je skončená, jestli je vůbec skončená."

"Herr Doktor pořád něco píše, někdy i latinsky a myslím, že občas snad hebrejsky, aspoň to tak vypadá a nedá se to přečíst."

"Copak vy dovedete číst? Dokonce i latinsky?"

"Latinsky dovedu jen trochu číst. V jakém jazyce vy píšete své básně?"

"Věřila byste, že většinou anglicky?"

"Tak to bych číst nezvládla.Proč právě anglicky?"

"Z několika důvodů. Jednak je to jazyk Shakespeareův, ale také jiných anglických básníků, které mám rád, jako třeba John Donne, John Milton nebo William Wordsworth. Kromě toho, v moderním světě, v němž my se nejvíc pohybujeme, je angličtina dominantním jazykem."

"Vážně? A co němčina, francouzština, španělština?"

"Tyto jazyky sice stále existují, angličtině ale nemohou konkurovat."

"Tak to mě tedy podržte! Mohla bych si poslechnout takovou báseň v angličtině? Abych věděla, jak to zní..."

Chvíli jsem se hrabal v kapsách, kterých mám několik a v nichž se vždycky nějaké ty básničky nacházejí. Nakonec jsem jednu vytáhl.

"Tuhle jsem složil včera, je úplně čerstvá. Určitě ještě potřebuje trochu dotáhnout, ale nějakou tu představu si z ní snad uděláte. Mimochodem, je to tak zvaný sonet, takové začne skládat asi necelé století po vaší době právě ten Shakespeare, o němž jsem se už zmínil. Nebyl ale prvním, před ním už přišli se sonety Italové, nejprve jakýsi Jacopo da Lentini, po něm Petrarka, Dante..."

"Tak o těch dvou jsem něco slyšela."

"Překvapujete mě."

"Prožila jsem nějaká ta léta v sirotčinci, kde nás učili kněží. Jeden z nich, moc hodný, si se mnou dal dost práce. Už je ale po smrti. O čem je ten váš sonet?"

"Dívejte se na to jako na toužebné přání ďábla, který se cítí být jakoby uvázlý v soukolí nebo bloudící labyrintem, z něhož není pro něho cesty ven."

S těmito slovy jsem začal číst a dával jsem si přitom co nejvíc záležet na přednesu.

THE SONNET

Give those Immortals who've become swollen
With pride, the benefit of the doubt,
'Twas through their doings that they have fallen,
This is what their sojourn was e'er about.
Yearnings of going back to their own sphere,
Within themselves intensely they've carried,
Ad infinitum bound to interfere,
In human affairs for'er stay buried.
Tho' longing for their abode o'er cloud nine,
Anacamptic sound of harps in their hearts,
They can't evade it, but must lay supine,
Unable to outsmart the Cupid's darts.
Knowing not what picking up this cherry
Entails, they moan: Enjoy life, be merry!

Jakou mocí vládne poezie!

Dívka pozorně naslouchala, řekl bych dokonce, že mi skoro visela na rtech. Když jsem dočetl zůstala chvíli zticha, potom spíš zašeptala než řekla:

"To bylo moc hezké... Škoda, že tomu skoro vůbec nerozumím. Malinko ale ano."

"Co kdybychom to spolu zkusili přeložit?"

"Vy byste si na něco takového troufal?"

"No, kdybyste mi třeba pomohla..."

Netušil jsem, že by se mi u Siebel vedlo takhle dobře s mým básněním. A teď bychom to mohli posunout zase o pěkný kousek dál! Dali jsme se skutečně do překládání. Cítil jsem se jako opravdový rytíř, jako správný trubadúr. Dokonce o něco víc. Měl jsem nejen tu příležitost k tomu, opěvovat svou dámu; ona sama se na tom podílela! Nejprve jsem se soustředil na hrubý překlad, bez rýmů. Dívka hned nato přišla s prvními dvěma verši. Rychle  pochopila, že se tu jedná jak o rýmy tak i o rytmus. Ve svém jazyce na tom pochopitelně byla mnohem lépe než já. I když ovládám všechny hlavní jazyky (a dokáži se skoro ihned naučit i ty ostatní, když je to zapotřebí), přece jenom na básnění by to nebylo. Vytvořili jsme ale tým. Já jsem obvykle přišel s konečným slovem verše a dívka mi potom k němu začala přihrávat slova, která by se rýmovala. Některá jsem přijal, jiná odmítl; v takovémto případě mi vždycky navrhla jiné slovo, jichž zřejmě měla v zásobě spousty. Jindy jsem to byl já, kdo změnil původní slovo, když se ukázalo být těžké nalézt pro ně rým. To ale rád nedělám, takže až po značném váhání. Asi po hodince už se sonet začínal rýsovat. Pochopitelně, že překlad nebyl doslovný, na pár místech byly i původní verše zpřeházené, u překladů to jinak asi ani nejde. Protože jsem ale autorem originálu, mohl jsem si jakožto spoluautor této nové verze dovolit cokoliv. Anglicky by se řeklo, že mám k tomu licenci. Ještě jsme tu a tam něco pozměnili, což si ovšem vyžádalo další dolaďování. Když jsme dospěli ke Kupidovu šípu viděl jsem, že se jí znovu trochu zapálily tváře. Celkový výsledek byl takovýto:

Ty Nesmrtelné kteří svou pýchu
Nikdy neukrývají v srdcích svých
Vinit nelze. Zcela bez ostychu,
Bez váhání, dali se cestou zlých.
Tužby objevit svou vlastní sféru
Zpola zahalené v sobě nosí
Manipulací lidských aktérů
Těch, jež ostrá čepel Smrti kosí,
Bez ustání se jen zabývají.
Tím, co uchovají pro pravnuky,
Jimž andělské sbory pějí v ráji
Jsou nebeských harf kouzelné zvuky.
Však vzdor veškerému svému vtipu
Neuniknou Kupidovu šípu!

Tahle dívka je ta pravá! A Kupidův šíp mě docela určitě zasáhl. Cítil jsem se jako ještě nikdy předtím, zatímco jsem stál ve Faustově pracovně, obklopený ze všech stran impozantně vyhlížejícími knihami o astrologii, prorokování a věštbě, kabale, angelologii, démonologii, magické evokaci, hermetických vědách a všemožnými jinými okultními náměty, které náš doktor za všechna ta léta nasbíral. A přitom všem jsem věděl, že ani jeden z těchto svazků, jejichž tvorbou se po léta a léta zabývaly některé z těch nejvýkonnějších lidských mozků, se zdaleka nevyrovná jedinému dobře vyvedenému verši! Úplně ztracený v těchto myšlenkách jsem ani neslyšel, že mi Siebel něco říká.

"Panebože, jste v pořádku? Vypadáte takový celý bledý. Počkejte, skočím do kuchyně a dám vám napít trochu vody, to je co potřebujete!"

Stál jsem, hlavu v dlaních, takže jsem ani nevěděl, že kamsi odběhla, zatímco jsem se jí vyznával, zatímco jsem vyléval obsah svého srdce!

"Ano, ano, jste to vy a nikdo jiný, má milovaná Siebel! Pojďme a utečme spolu od toho všeho, utečme od těchto knih a od toho pompézního doktora Fausta, který by chtěl mít v životě všechno a který, když to nedostal, byl ochoten upsat svou duši mně, jehož osudem je navěky hrát roli pokušitele! Tu hraji jen neochotně, bez nadšení, jak jsem si už uvědomil. To proto, že v tom nejtajnějším koutku svého srdce jsem básník, a žízním, žízním..."

"Tady máte, napijte se!"

Siebel právě přiběhla z kuchyně, v ruce lahvičku se svěcenou vodou. Vzala ji do ruky náhodou, místo sklenice pitné vody? Nebo to udělala naschvál? To jsem se nikdy nedozvěděl a dozvědět se to ani nechci. Narušilo by se tím něco posvátného, něco čemu se říká "feminine mystique", něco čemu nikdy zcela neporozumí žádný muž a dokonce ani žádný ďábel. O andělech ani nemluvě.

Ulila mi trochu vody na temeno hlavy, potom mi lahvičku podala. Vzal jsem si ji, vypil jsem téměř celý její obsah a vrátil jsem ji do jejích rukou.

"Děkuji, to jsem sice potřeboval, co jsem ale mínil je, že žízním po svobodě. Vy jste mě neslyšela?"

"Ne byla jsem v kuchyni pro tu vodu. Co jste říkal?"

"Ach. Nevadí. Co jsem říkal bylo, že se mi nedostává svobody."

"Svobodu máme přece všichni."

"V tom se mýlíte. Ano, vy ji máte, vy můžete, pokud byste chtěla, odejít odsud, nechat doktora Fausta doktorem Faustem, sebrat se a jít kam se vám zachce a dělat si tam, co se vám bude líbit. Já ale musím neustále pokoušet lidi, svádět je k hříchům, k tomu aby dělali zlé věci. Žel Lucifer, já takovou svobodu, jakou máte vy, nemám!"

"Slyšela jsem správně, že jste řekl, žel Lucifer?"

"Ano, tak to my ďáblové říkáme. Tam to musíme říkat."

"To my, lidé, zase říkáme bohužel. Řekněte to také!"

"Co mám říci?"

"Bohužel."

"Bohužel."

Nějak mi to přes rty přešlo, nikdy bych byl něčemu takovému nevěřil! Tahle dívka má pro mne mocné kouzlo!

"Vidíte, že to jde. Udělal jste právě první krok k té vaší svobodě."

"Máte snad pravdu, z mého hlediska jsem ale právě těžce zhřešil!"

"Všichni občas hřešíme. Všichni občas propadáme pokušení. Když se mi něco takového stane, polévám si hlavu studenou vodou a modlím se. Když ani to nepomůže, jdu a dělám něco, co mě pomůže zapomenout na to, že na mne přišlo pokušení. Jdu třeba umývat nádobí nebo ustlat postele. Pokušení mě přejde a mám navíc umyté nádobí nebo ustlané postele. A zpívám si přitom. Zpíváte si také někdy?"

"Někdy..."

"Co děláte vy, když na vás přijde pokušení?"

"Jak to myslíte? Já jsem přece ten, kdo je pokušitelem. A sebe samotného přece pokoušet nemohu."

"Ale můžete. Právě jste to udělal, když jste řekl 'panebože'."

"Máte pravdu. Vlastně bych se měl propadnout do země. Nebo snad, vznést se do nebe?"

"To je nápad!"

"Což o to, nápad by to byl. Musel bych ovšem nějak překonat veškeré své dispozice ke zlu, zášť, zlobu, nenávist, ohavnost, hrůzu, pomstychtivost. Prostě, postavit to všechno na hlavu! Povězte mi ale, vy přece musíte jistě mít ještě nějaké jiné jméno než Siebel?"

"Tak na tohle se mě ještě nikdy nikdo nezeptal. Nikdy jsem své jméno neslyšela vyslovené někým jiným nahlas."

"Ani doktorem Faustem?"

"Kdepak! Ten mi vždycky jen říká Siebel. Nemyslím si, že by mé křestní jméno vůbec kdy znal. Nikdo je nezná!"

"Já bych to jméno znát chtěl!"

"K čemu?"

"Chci o vás vědět všechno! Když mi to jméno nepovíte, stejně si to zjistím. Felesovi stačí podívat se do počítače. Takže mi jej můžete říci rovnou."

"Kateřina."

"Kateřina. Krásné jméno. Kateřina. Káča. Čert a Káča. Pokud se dokáži zbavit všeho toho špatného co ve mně je, byl bych pro vás přijatelný, Kačenko?"

"To nevím... Možná..?"

"Chtěla byste například žít se mnou jednoduchým nekomplikovaným životem, třeba v takové opuštěné staré zájezdní hospodě?"

"To byste toho po mně žádal příliš mnoho najednou. Vždyť vás skoro vůbec neznám!"

"Ano máte pravdu, Kateřino. Buďte opatrná. Je to příliš riskantní, povolit ďáblovi, aby vám pěl serenády!"

Nevím, kde se to ve mně vzalo, dal jsem se ale náhle do zpěvu arie z Gounodova Fausta:

Vous qui faites l'endormie,
N'entendez-vous pas,
N'entendez-vous pas,
Ô Catherine, ma mie!

Bylo to úplně jako karaoke, až na to, že o půl tisíciletí před svou dobou. Nasadil jsem přitom svůj nejlepší bas, dokonce jsem k tomu dirigoval neviditelný orchestr, který jsem nechal hrát v pozadí. Prostě, úplně tak jak jsem to viděl hrané a zpívané v pařížské opeře a jak jsem si to přesně zapamatoval. Dívka na tu absurditu hleděla nejprve s překvapením a potom s rostoucím obdivem. Když jsem skončil arii tak, jak to má být, s ďábelským zachechtáním, po němž jsem se zhroutil na zem, přistoupila ke mně a položila mi jemně ruku na rameno.

"Co tohle bylo, nevím. Bylo to divné, ale krásné. Až na ten chechtot. Hlavní věcí je ale, jestli vám to pomohlo?"

"To nevím," zašeptal jsem, stále ještě zcela opanovaný jevištní horečkou.

"Když jste tak nějak přetížený, přepracovaný, vystresovaný, co potom děláte, abyste se uklidnil?"

Vzchopil jsem se, vstal jsem ze země.

"Jdu hrát golf."

"Vážně? Co je to — golf?"

"Jednou vám třeba i ukážu..."

"A co jste to vlastně zpíval?"

"To byla arie ďábla z opery Faust od Gounoda."

"Faust, říkáte? A povězte mi ještě, co je to opera?"

"To je jakoby divadlo, bývá ale velikánské, pro moc a moc diváků. Třeba dva tisíce nebo i víc. Bývá přitom orchestr s dirigentem, takže je tam spousta hudby, tance a zpěvu na jevišti. To co herci, jaké vidíte v divadle, proklamují, operní zpěváci zpívají. Tak, jak jste to právě slyšela."

"Řekl jste opera Faust. Proč to nese Doktorovo jméno? Je to celé o něm?"

"Tak nějak. Musíte si ale představit, že ta opera bude složena teprve za nějakých tři sta let."

"Škoda. To ji nikdy neuvidím."

"No a vidíte, tohle by se snad dalo i zařídit."

"Vážně? Jak, prosím vás..?"

Zarazila se, naslouchala něčemu co se dělo venku. Podívala se na mne, usmála se.

"Budeme muset v tomhle našem rozhovoru pokračovat jindy, Herr Doktor se vrací. A Meg jde myslím s ním."

Nedalo se nic dělat, raději jsem se rychle přemístil do čtvrté dimenze. S Faustem se mi právě moc bavit nechtělo. A potřeboval jsem se trochu odstresovat.

Meg a Siebel mají kávový dýchánek

Značnou část dne jsem strávila ve společnosti Faustově. Že by byl nějakým oslňujícím společníkem, to bych neřekla; nevím odkud se vzala ta reputace, kterou má později vládnout. Nebo nebude? Jsme tady přece proto, abychom mu to nějak překazili! Jenže, začínám mít obavy, že veškeré naše snažení bude marné. Něco mi říká, že Faust je zde, že zde vždycky byl a vždycky bude. V nějaké formě. Podobně jako je ďábel oponentem Stvořitelovým, je tu Faust od toho, aby byl výzvou pekelným mocnostem.

Musela jsem se pochopitelně obléknout tak, abych v Heidelbergu nezpůsobila pozdvižení. Na štěstí moje garderobiérka na to pamatovala a připravila mi k tomu vhodné šaty. Faust mi ukázal univerzitní budovy, dovnitř jsme se ale nedostali, tam by se přítomnost ženy netolerovala. Když musel jít na nějaký čas přednášet, pověřil pár svých žáků tím, aby mi dělali doprovod; v jejich společnosti mi čas uběhl docela příjemně. Potom už byl doktor zase zpět a snažil se být neodolatelným. Ve svém bývalém povolání jsem byla zvyklá na leccos, takže jsem to jeho věčné obtěžování nějak zvládla, říkala jsem si ale, že tahle role ďábelské pokušitelky mi nějak nesedí. Že proti svádění v zásadě nic nemám, záleželo by ovšem na objektu případného mého snažení. Opravdu mám stále větší a větší pochybnosti o tom, zda tahle naše mise někam povede!

Když jsme konečně dorazili domů a Faust se, dosti neochotně, uchýlil do své pracovny, ihned jsem ucítila změnu atmosféry. Něco se tu stalo a to něco mělo co dělat se Siebel. Že by Mefisto už na ní zapracoval? Vypadalo to tak. Dívka chodila jakoby tak trochu ve snách, přesně jak by se dalo očekávat v případě počínající zamilovanosti. Jakmile se k tomu naskytla příležitost a mohly jsme si spolu sednout v kuchyni u stolu, udělaly jsme to. Siebel nebylo potřeba nijak přemlouvat. Jednak celá plála tím, že se mi chtěla svěřit a v neposlední řadě měla chuť na kávu. Tu jsem k naším dýchánkům začala importovat poté, kdy původní experiment s kozím mlékem mě ponechal jaksi chladnou. I když to, co jsem mohla narychlo sehnat, většinou byla jenom instantní káva z automatu, takového jaké se nacházejí na všech frekventovanějších pekelných chodbách, kozí mléko porážela na všech frontách a i samotná Siebel se po ní mohla utlouct. Dnes ji ale zajímaly také jiné věci než káva, kterou sice srkala s viditelnou potěchou; myslí se jí ale zcela jasně honily jiné myšlenky. A jak jsem předpokládala, figuroval v nich Mefisto!

Přišla na to, že je Mefisto básníkem a to na ni udělalo náramný dojem. Chtěla především vědět, jak je možné, že ďábel může být zároveň básníkem. Nějak jí to nezapadalo do celkové koncepce ďábelství. Nezbývalo, než doznat, že mně také ne. Mohla jsem jí pouze naznačit, že Mefisto je prostě jiný, že jako ďábel mi od samého počátku neseděl. Do výkladu toho, jaký ten počátek byl, jsem se nepouštěla, třeba jí to jednou vyjevím, čas k tomu ale zatím nenastal. Vysvětlila jsem jí ale to, že Mefisto a Feles jsou jako dvojčata, téměř, ne ale úplně, že se jaksi vzájemně doplňují. Feles ji ale nijak zvlášť nezajímal, což mi vyhovovalo. Přiznám se celkem bez mučení, že chovám k němu sama určité pocity...

Mefisto, jak se zdá, učinil na tuto dívku docela slušný dojem. Ne, to bych se vyjadřovala příliš slabě; měla jsem říci kromobyčejně dobrý dojem! Nevím, kde se to v něm vzalo – vždyť byl přece vždycky takový plachý, v těchto věcech rozhodně. Musel se před ní docela předvádět. Dokonce jí i zazpíval něco z té opery o Faustovi a Siebel se chtěla něco víc o ní dozvědět. Žel Lucifer, musela jsem ji zklamat, o opeře vím toho asi tolik, že se tam zpívá. Prý jí naznačil, že by mohl třeba nějak zařídit to, aby nějakou tu operu uviděla, opravdu nevím, jak tohle chce udělat. Co z toho ale usuzuji je, že má s Kateřinou velice vážné úmysly. I to jméno z ní prý vytáhl, mne samotnou tohle nenapadlo, jméno to je ale hezké a navíc navazuje na tu jeho tajnou lásku co choval až donedávna, ano i o té vím, i když Kateřině jsem o tom raději nic neřekla...

Protože to její jméno mi ale připadalo trochu moc upjaté a protože pro ni už nějaký čas jsem prostě Meg, navrhla jsem, že jí budu říkat Kate. Kate po mně nyní chtěla, abych jí pověděla co nejvíc o tom, jak bude vypadat svět za pět set let, v době o níž věděla, že je v ní zakotvena naše společnost. O tom, k jakým silám patřím, věděla něco hned od počátku intuitivně, chtěla ale znát víc podrobností. Naznačil jí snad Mefisto něco v tom smyslu, že by ji chtěl vzít sebou do moderní doby? Raději jsem se jí moc nevyptávala, abych mezi nimi to něco, o čemž jsem tušila, že musí být ještě značně křehké, nenarušila. Jedna věc mi byla jasná; Kate není typem ženy jakým jsem já, která jsem nikdy (nebo snad až donedávna...) nerozlišovala a ani se příliš nestarala o to, co je fundamentálně dobré či zlé. Kate prostě je ztělesněné dobro. Už tím, že se s ní vůbec takto stýkám určitě porušuji nějaké směrnice, to ale ať vezme anděl!

Přišel za mnou nedávno Feles. Má prý starosti a potřeboval si o tom se mnou popovídat. Mefisto podle něho zapadl do lásky až po uši a jen tak se z toho nevyhrabe. To se mi dnes potvrdilo a s tím i to, že v tomto směru budeme muset něco udělat, jinak že je výsledek celé naší mise ohrožený. Řekla jsem mu, co si stejně myslím, že totiž je ohrožený tak či onak. Že svést Fausta by pro mne nebyl vůbec žádný problém, co ale s tím? Jak já to vidím, nikam by nás to totiž nezavedlo. Jistě, Faustův podpis už máme, kde je ale psáno, že neudělá znovu to, co už udělal jednou? Tedy, že neudělá to, co udělal ten Faust v oné dimenzi v níž k tomu původně došlo? Klidně to udělat může, protože něco v něm už bude vědět jak na to. Ať už si ti naši šéfové skáčou jak chtějí. Feles mě sice obvinil z falešné loajality, nemyslel to ale příliš vážně a nakonec se mnou musel souhlasit.

Pokud jde o ten tak zvaný Mefistův problém, ten vidím trochu jinak než jak to vidí Feles. Mám pro něho slabost ještě z dob, kdy jsme žili společně v tom bývalém zájezdním hostinci, mám ji ale také pro Felese a řekla bych, že ještě větší. Asi to bude tím, že jsem byla přímým svědkem jeho narození, ba co pravím, byla jsem vlastně hlavní příčinou téhož!

Odbornicí v oboru citových vztahů sice nejsem — ve své bývalé profesi jsem se s milostnými city příliš nezabývala, většinou to bývalo tak, jak tomu říkají Angličané 'Wham bam thank you ma'am!' Nějaké ty zkušenosti jsem ale za ta léta posbírala. Věděla jsem proto, že musím na Siebel opatrně. Zatímco jsme spolu seděly v té kuchyni, pomalu jsem ji vyzpovídala. Z toho co mi pověděla jsem si dala celkem snadno dohromady, že dívka je ještě pannou, což bych byla konečně očekávala. S Mefistem jsem se o tom předtím bavit nechtěla, jak ho znám, přivedlo by ho to jen do rozpaků. Jeho romantická, básnická duše, se podle mého názoru k ďábelské činnosti nikterak nehodí, i když až doposud to nějak zvládal. S ďáblicemi nikdy velké štěstí neměl a asi nikdy mít nebude. Nejspíš proto, že nikdy nic jiného nepoznal. Vůbec si občas říkám, že oba tito pánové, kteří mě na této misi doprovázejí, se nacházejí v nesprávné profesi a možná, že se v ní nacházím i já. Tohle si ale asi čas od času říká každý obchodní cestující, když obchody zamrznou. A co jsme my jiného, než obchodní cestující?

S Felesem jsme se sice už předtím dohodli na tom, že zůstaneme pouhými neutrálními pozorovateli a to i v tom případě, že by se mezi těmito dvěma měl vyvinout nějaký vážný vztah. Jenže to, že se nám takto zamiloval do někoho, kdo je úplným, ale opravdu úplným protějškem toho, čím bychom měli být my, naši celkovou situaci hodně zkomplikovalo. Přesto všechno, když jsem se dívala na tu hezkou tvářičku naproti mně, bylo mi čím dál tím jasnější, že budeme Mefistovi držet palce!

Pověděla jsem Kate toho hodně o moderním světě, o technologickém rozvoji jakého byl svědkem, o tom jak to podle mne ovlivnilo lidi, jak je rozdělují náboženská a společenská dogmata. Jak jedni ze sebe dělají živé výbušné bomby, zatímco jiní se předhánějí v tom, jak získat u druhé strany azyl. Samozřejmě, že já vše vidím přes filtr, který je dán mým povoláním, ano, v mém případě se jedná vskutku o povolání, které jsem si sama vybrala. Když se ale na svůj výběr dnes dívám z hlediska toho, co jsem se mezitím naučila, dokonce i nyní od téhle holky z 16. století, už si nejsem zdaleka tak jista jestli jsem vybrala správně. Jenže, jiná alternativa se mi tehdy nenabízela, aspoň jsem si žádné nebyla vědoma a jednou už jsem se rozhodla tak, jak jsem se rozhodla. I o tom jsme se spolu bavily. Dívka byla toho názoru, že nikdy nic není definitivní, že nikdo z nás nejsme nadobro zatraceni, tak jak si to snad představují různí velebníčkové, když dští oheň a síru na náš podnik. Doufám jenom, že má pravdu.

Šly jsme spát pozdě, až někdy k půlnoci, i když nic podstatného jsme nevyřešily. Ona se takováto věc stejně jen tak lehce řešit nedá. Musím se přiznat, že mám z toho dost velké obavy. Ráda bych viděla, kdyby se tito dva mohli nějak dát dohromady. Řešení se třeba časem nějak samo nabídne, spíš se ale obávám, že z toho bude další zklamání pro našeho básníka a trubadúra.

Feles anglickým butlerem

Mefisto, jak jste si už možná dali dohromady, šel hrát golf! On tohle dělá, když má toho v hlavě příliš mnoho, nemůže se rozhodnout co dál, potřebuje se zbavit stresu. Měli jsme kdysi jednoho klienta, který byl profesionálním hráčem golfu. Dostal se hodně daleko, až skoro do úplné světové špičky, něco mu ale pořád chybělo k tomu, aby mohl úplně dominovat. Zkoušel co se dalo, golfové hole či míčky od různých výrobců, zaměstnával a propouštěl nové a nové kouče i nosiče holí. Posiloval v tělocvičně, aby měl větší svaly a dokázal ten míček odpálit 360 metrů místo jen asi 330, bral k tomu všelijaké steroidy, ty ale musel kvůli kontrolním orgánům, které už roztáhly své sítě i v tomto sportovním odvětví, zase nějak zamaskovávat, což znamenalo polykat či píchat si jiné chemikálie a tak podobně. Prostě, začarovaný kruh. Nakonec zkusil černou magii a to nás k němu přivedlo. Na golfovém hřišti se prý uzavírá nejvíc obchodů, takže kde jinde by se jednání týkající se golfového hráče měla vést, než na golfovém hřišti?

Na naší straně hlavní vyjednávání vedl Mefisto a udělal si proto rychlokurs, aby našemu potencionálnímu zákazníkovi stačil. Jeho učitelem se stal jistý bývalý golfový přeborník, kterého jsme si vyžádali a pro kterého náš šéf zařídil dočasné propuštění z kotle. Na první obchodní schůzku šel proto Mefisto dobře připravený a na našeho profíka, který byl jinak zvyklý kromě velikých turnajů hrát také při tzv. pro-am, kde se potkávají nejlepší hráči s mohovitými amatéry a kde musel proto občas narazit na pořádná dřeva, udělal náramný dojem! Smlouvu jsme nakonec podepsali, náš klient se dostal tam kam chtěl, to jest vyhrál několik turnajů kategorie Major, jenže náš Mefisto přitom všem chytil golfovou nákazu. Od té doby, když se potřebuje odreagovat, vyřešit nějaké problémy, odklidí se na golfové hřiště, kde stráví dlouhé hodiny odpalováním míčků a tichým rozjímáním. To poslední pochopitelně ve čtvrté dimenzi, aby ho jinými hráči špatně odpálené míčky nerušily.

Takže, když se ozval Faust na svém mobilu, bylo tentokrát na mně, abych mu posloužil. Fausta to trochu překvapilo.

"Vy jste ten druhý, kde je pan Mefisto?"

"Mefisto je beznadějně zaneprázdněn."

"A čímpak asi?"

"Mefisto hraje golf," odpověděl jsem po pravdě. Ta mu sice nic neříkala, znělo to ale impozantně.

"Hmm, golf, co je to? To se asi také dělá v té vaší Americe, hádám?"

"Hádáte dobře."

"Také jsou k tomu zapotřebí silikony? A facelifty?"

"To zatím ne, jenom golfové hole."

"Oh, to se s nimi navzájem bijí, či co?"

"Ne, jenom s nimi tlučou do míčku, aby ten letěl co nejdál. Potom za tím míčkem jdou, aby jej odpálili ještě dál."

"Tohle mi připadá dost uhozené."

"Však také jeden moc chytrý člověk, spisovatel Mark Twain, prohlásil, že golf je pěkná procházka, kterou si takto pokazíte."

"Tak proč to lidé tedy hrají?"

"No, víte pane doktore, někdo jiný zase řekl něco v tom smyslu, že ví jen o dvou věcech, které si může člověk užívat, aniž by byl v nich dobrý: Golf a sex."

"Ten golf bych asi vynechal, ale toho posledního bych si užil rád, to uznávám. Tohle zůstane jen mezi námi, rozumíte?"

"Pochopitelně."

"Potřeboval bych poradit."

"Jsem vám k službám, pane doktore."

"Říkal jsem si, že se s Meg tak nějak nedostávám tam, kam bych chtěl. Říkám si také, že s tím by se mělo něco dělat!"

"Vy máte nějaký plán, pane doktore!"

"Od toho jste tu přece vy, abyste spřádali plány!"

"Já bych jeden měl, pane."

Najednou se mi vybavilo v mysli možné řešení našeho problému. Nedávno jsem si zahrál jednu strategickou hru od konkurence, což občas činívám, abych byl dobře obeznámený s vývojem. Hra se odehrávala v kruzích mezinárodních výzvědných služeb, přičemž hrdinou byl tzv. dvojitý agent, který to ovšem hrál na obě strany. Byl k tomu víceméně donucen okolnostmi, když se ukázalo, že strana pro kterou pracoval nehrála férově. Což sice je na této úrovni zcela běžné, dělá se to ale tak, aby se na to nepřišlo. Můj plán si vyžadoval, abych se o něm poradil s Brigitou, Mefista jsem do toho zatahovat nechtěl. Takže jsem zastavil čas, abych Brigitu mohl přivolat. Faust ustrnul uprostřed věty, zatímco my dva jsme se spolu dohadovali. Můj plán je poněkud riskantní a hlavně, značně originální, Brigita s ním ale souhlasila. Rychleji, než bych byl očekával, což mě povzbudilo. Když nakonec Brigita odešla, mohl jsem nechat Fausta dokončit následující otázku; věděl jsem totiž už přesně, co mu navrhnu.

„Povězte mi, jaký tedy máte plán?"

„V podobné situaci se vždycky hodí nějaké ty šperky, pane doktore. Ale musí jich být hodně. Něco vskutku mimořádného, tomu přece žádná dáma neodolá!"

Tohle ovšem bylo inspirováno Gounodovým Faustem, o němž mi vyprávěl Mefisto. Měl jsem ale také kdysi v práci anglického lorda, opravdového, který se silně zadlužil a teď hledal cestu ven s pomocí našeho podniku. Neměl, chudák, už ani na to, aby mohl zaměstnat butlera, onoho správného onoho správného majordoma a často i důvěrníka, bez něhož se žádný britský aristokrat neobejde. Poté, kdy podepsal, sehnal jsem mu toho nejlepšího, kterého mu všichni ostatní členové Sněmovny lordů záviděli. Sledoval jsem ho tehdy při práci a teď by se mi to hodilo. Počítal jsem s tím, že když bych teď jako takový butler vystupoval, zavděčil bych se Faustovi náramně. Nepřepočítal jsem se. Ihned se toho chytil!

"To je skvělý nápad, Felesi! Jak bychom měli přitom postupovat, máte nějaký návrh?"

"Jistěže, pane doktore. Co byste si přál mít, pane, safíry, rubíny, diamanty?"

Věděl jsem, že mohu nabízet našemu doktorovi cokoliv, protože stejně se mu dostane nějakých napodobenin. Dobře provedených, jistě, nicméně to ale budou falzifikáty. Jak ho znám, náš šéf by nikdy přes srdce nepřenesl to, aby se někomu za podobných okolností dostalo šperků pravých, nefalšovaných. Odůvodní si to tím, že finanční rozpočet by to neunesl. Faustovy oči se rozzářily.

"No diamanty docela určitě, i když safíry a rubíny by se také neztratily, co myslíte Felesi?"

"Jistěže ne, pane. Jak byste si přál mít tyto vzácné drahokamy usazené, pane? Ve formě prstenů, náramků, tiár, či snad náhrdelníků?"

"Copak byste navrhoval vy, Felesi? Zdá se mi, že máte v tomto směru nějaké zkušenosti."

"Jisté zkušenosti mám, pane, vskutku. Především bych vám doporučil náhrdelníky, pane. Náhrdelník tvoří smyslům mimořádně lahodící dar, zejména dovolí-li vám dáma vašeho srdce pověsit jej kolem jejího hrdla, čímž se vám nabídne možnost toho sledovat zblízka zářný drahokam i to, jak tentýž si nalezne své osudem mu určené místo v záňadří dotyčné osoby, laskaný z obou stran..."

"Dobře, dobře, Felesi, to postačí. Opravdu není nutné se zabývat příliš detaily. Co takhle půl tuctu náhrdelníků, zvládl byste to?"

"Jistěže, pane."

"A k tomu nějaké ty prsteny?"

"Náramně vhodné, pane, zejména prsteny diamantové, kterákoliv dáma by si..."

"Dobře, dobře, také půl tuctu, ne, proč ne rovnou celý tucet, he, he? Také nějaké ty náramky, pár tiár s diamanty a třeba s nějakými těmi smaragdy, no a nesmíme zapomenout na náušnice, aspoň tucet párů nebo ještě lépe, dva tucty. To všechno ve zlatě, v tom nejčistším!"

"Jistě pane. Dovolte mi pane, abych vyjádřil svůj obdiv nad vaším vkusem, který se mi jeví jako zcela bezchybný!"

Takhle nějak by se vyjádřil ten anglický butler. Faustovi se to náramně líbilo!

"Ano, ovšem, děkuji vám, Felesi. Jsem-li takto privilegovaný, tak proč to patřičně neukázat, že ano? Co takhle nějaká vhodná skříňka na šperky?"

"Stříbrná, zlatá, či snad platinová, pane?"

"Platinová by asi byla nejlepší. Posázená smaragdy, rubíny a pochopitelně i diamanty. Jakpak dlouho vám to asi potrvá, dát tohle všechno dohromady? Budete muset..."

Zastavil jsem opět čas, takže ve chvíli kdy jsem zařídil vše potřebné, což nebylo ani trochu snadné a kdy jsem Fausta mohl opět oživit, skříňku se šperky jsem měl už v ruce. Byla docela těžká, dámě útlejší postavy bych ji zvedat nedoporučoval, to by se spíš hodilo pro ty moderní vzpěračky, ty svalnaté Amazonky s nimiž se v 21. století protrhl pytel. Případně pro mne, který dokáže zrušit gravitaci. Faust, u něhož atletická postava nepřevládala, si skříňku ode mne vzal a dost se přitom prohnul. Doufal jsem, že si nepohnul plotýnkou – to by mu mohlo pokazit ten vytoužený sex. Pokud se k němu někdy dostane, o čemž jsem pochyboval. Faust ale vyhlížel celkem nadšeně.

"To je skvělé, tomuhle říkám služba! Teď mi ještě poraďte, prosím. Jak byste takovéto šperky nabídl dámě?"

Opravdové dámě bych tu bižuterii nenabízel, v hloubi mysli jsem ale cítil rodící se plán. Ten si vyžadoval, abychom Faustovi ještě po nějaký čas hráli do noty.

"Učinil bych to tak, aby to vypadalo náhodné, pane. Jemným ponoukáním, v čemž my pekelníci vynikáme, bych zajistil to, aby se dáma vašeho srdce v pravou chvíli nacházela na místě, které bychom předem určili. Navrhoval bych altánek ve vaší zahradě. Učinivše se neviditelným, poházel bych některé vybrané kousky šperků na cestičku tak, aby je nemohla nenalézt. Potom, když ty šperky už nalezla a obdivovala se jim, vy se náhle vynoříte ze stínu šeříkového keře, nabídnete jí celou šperkovnici a takto nenuceně se představíte jako jejich dárce."

"Skvělé. Tak jdeme na to!"

Meg dohazovačkou

Feles mi dal vědět, že se ode mne očekává, že najdu šperky, které pro mne objednal u něho Faust. Že prý mám dát najevo bezuzdnou radost. Na tom jsem si dala obzvlášť záležet, i když vím to, co v této chvíli ještě neví Faust, že totiž většina z nich pochází z Jablonce na Nisou. Faust se ovšem hned nato přihnal se skříňkou plnou jiného haraburdí, takže jsem se musela radovat a jásat až do aleluja! Čekal určitě, že mu padnu kolem krku, to se ale zmýlil. Začíná mi ten náš doktor jít hodně na nervy. Když jsem ještě bývala helmbrechtnicí, tak mi tu a tam na nějakém tom páprdovi, kterého mi osud přihrál do postele, moc nezáleželo. Stejně se skoro žádný z nich na moc nezmohl. Teď, když jsem jí jen na poloviční úvazek, mi to vadit začíná a byla bych ráda, kdybych si mohla vybírat koho do té postele pustím. A ten Někdo, kterého bych tam měla nejraději a permanentně? To vám zatím nepovím, třeba to ale uhodnete.

Měla jsem delší a vážný rozhovor s Felesem. Přišel právě z jednání s Faustem, při němž zastupoval svého parťáka. S Mefistem v té chvíli nebylo možné nijak komunikovat, protože hrál golf. Ano, golf! Podle Felese je celý vystresovaný a tohle prý je jediné, co ho dokáže uklidnit. Asi si budeme muset počkat až se nám, doufejme už odstresovaný, vrátí do náručí! Mohla jsem Felesovi už předtím podat zprávu o tom, jak se to má mezi naším poetou a jeho Múzou která, jak se zdá, by nebyla tak docela neochotná k tomu si něco s ním začít. Felese to potěšilo, protože by byl opravdu rád, kdyby se jeho dvojník konečně dočkal nějakých úspěchů v lásce. Feles Fausta 'zmrazil' v čase, aby se mohl dohodnout se mnou na plánu, který právě zosnoval. Věděl, že plán je dosti hazardní a nijak to přede mnou nezastíral. Riskantní pro nás dva určitě, pro Mefista asi také. Když se ale rozhodl hrát golf, místo toho aby se s námi také radil, nemůže se přece divit, když se tu jedná o něm bez něho! Záleží na tom, jak se ten plán celkově vyvede, především na tom kdy a pochopitelně jestli se vůbec k jeho provedení naskytne příležitost. Protože ale mám v zásadě duši dobrodružnou, souhlasila jsem. Náš plán si vyžaduje, by se nějak přišlo na to, že šperky, které mi Faust daroval, jsou falešné. Právě o tom se chtěl Feles se mnou poradit. Navrhla jsem Felesovi, že bychom měli do plánu zasvětit také Kate.

Šla jsem za ní. Doktor byl opět někde na univerzitě, takže jsme měly většinu dne pro sebe. Tentokráte se mi podařilo sehnat opravdu dobrou kávu, když jsem si odskočila do kanceláře na našem oddělení kde, jak se ukázalo, boss právě pořádal jakousi menší konferenci, přičemž měl zajištěné občerstvení přes speciální firmu. Uzmula jsem celou konvici nejlepšího espressa, podařilo se mi nepozorovaně vyklouznout s ní ven a nechala jsem se hned Scottiem dopravit do 16. století.

Kate si už na kávě vypěstovala docela slušnou závislost. Když jsem jí řekla, že tohle je káva jakou pijí naši představení, zeptala se žertem jaká se asi pije káva v nebi? Chtěla mě tím ovšem trochu popíchnout, já jsem se ale nenechala vyprovokovat. Až později vyjde najevo o čem jsme se spolu toho dne bavily, důvody k tomu se vyjasní.

Po tomto dýchánku už bylo také mezi námi dvěma jasno. Jak si Kate věci vyjasní s Mefistem, to jsem ovšem nechala na ní. Padne mu do náručí a on jí? Co ale by Mefisto v takovémto případě udělal? Rozhodl by se k tomu stát se pekelným psancem a najít si společně s ní útulek na zemi? Tím by nás definitivně postavil před dilema. Zeptala jsem se při nejbližší příležitosti Felese:

"Co nakládá Peklo s případnými disidenty? Musí přece existovat nějaký systém, nějaký postup. Protože jsou nesmrtelní, zbavit se jich tak, jak by to udělaly kdekteré pozemské tajné služby, by asi nešlo. Zavlečou je násilím zpátky do Pekla? Noří je tam do studené vody, či tak nějak?"

"Abych se po pravdě přiznal, nevím. Nikdy jsem takovou otázku řešit nemusel, takže mi ani nepřipadla na mysl. Nepřekvapilo by mě ale, kdyby tomu tak bylo."

„Byl bys připraven riskovat, že to na vlastní kůži poznáme?"

"No, tak daleko zatím ještě nejsme, máš ale pravdu. Bylo by dobré si trochu ujasnit, že to co děláme, by se mohlo obrazit negativně na našich kariérách."

„Míníš tím přeřazení na nižší pozice?"

„Ano, tak to míním."

„Já bych řekla, že kdyby jen to, vyvázli bychom z toho poměrně lehce. Spíš bych očekávala přeřazení do železných klecí a následným nořením do ledové vody!"

Nemaluj hned anděla na zeď! Mefisto a já bychom nejspíš byli posláni někam do kotelny, jako topiči. Co ale s tebou, zejména když se ještě nacházíš ve zkušebním období."

"Nezní to ani trochu dobře. Ty bys mě nechal padnout?"

"Záleží na tom, kam bys padla. Pokud by to mělo být mně do náručí..."

"Pacholku!"

Ale myslím, že jsem se začervenala. To by se zkušené helmbrehtnici stávat nemělo.

Věděla jsem, že bude nutné si znovu promluvit s Kate. A že tentokráte bychom za ní měli jít oba dva.

Mefistův návrat po úniku ke golfu

Miluji golf! Nehraji jej závodně, to ne. Ani by to nešlo, nikam by to totiž nevedlo. Nadpřirozené schopnosti, které mám jako ďábel, by vedly jen k tomu, že bych vyhrával nad obyčejnými smrtelníky kteří, ať už jsou jakkoliv dobří, by mi prostě stačit nedokázali, ledaže bych je nechal vyhrát. Když chci, dokáži totiž dobře odpálit míček z jakékoliv pozice, klidně i z traverzy rozestavěného mrakodrapu, jak to kdosi kdysi usělal. Jediným důstojným protihráčem by mi mohl být jiný ďábel, jenže přesvědčujte si třeba někoho jako Feles, aby si se mnou šel zahrát 18 jamek! Kdyby to mělo být na počítači, to bych ho jistě dlouho přemlouvat nemusel — jenže to by zase nebavilo mne. Takže hraji nejraději sám se sebou a proti sobě. V golfu se tohle dá tak dělat, dík Lucifer!

Golf hraji když se potřebuji uvolnit. Lidé, kteří jej hrají, si sice také myslí, že takto zahánějí stres, já ale vím, že tak jednoduché to není, že na vynálezu této hry se Peklo muselo aspoň podílet. Představte si člověka, zavilého hráče golfu, který nikdy nijak zvlášť nehřešil a proto se dostane do Nebe. Svatého Petra, který ho tam uvítá, se hned ptá:

'Kdepak tu máte nejbližší golfové hřiště?' Svatý Petr mu odpoví: ‚To mě moc mrzí, takovou věc tu ale nemáme.‘

Člověk se otočí na podpatku a vydá se opačným směrem, protože věří, že konkurence určitě golfová hřiště mít bude. Ďábel, který slyšel co se stalo, ho už očekává.

‚Tudy, pane. Osmnácti jamkové hřiště nejlepší kvality, jakou si můžete přát!‘

Golfista jde s ním a vskutku, přenádherné hřiště s čerstvě střiženými trávníky ho očekává hned za rohem. Okamžitě se podepíše na nabízený pergamen.

‚Tak, a teď mi prosím přineste nějaké dobré golfové hole, pěkně střižené pro moji postavu a pár míčků, ať mohu začít hrát!‚

‚Obávám se, pane, že žádné hole ani míčky nemáme. ‘

‚Vy žádné nemáte? Žádné hole ani míčky a přitom tu máte takovéhle překrásné hřiště?' Ďáblova odpověď zní:

‚Ne, pane. To je právě to peklo!'

Vidíte a už se uklidňuji, takže vám povím ještě jednu anekdotu, tentokrát o té druhé straně, aby se to vyvážilo.

Pětaosmdesátiletý párek zemře při autonehodě a ocitnou se v nebi. Oba byli perfektně zdraví, hlavně díky ženině až neurotické zálibě ve správné výživě. Muž byl nadto i nadšeným hráčem golfu, takže měl spoustu pohybu. V nebi je očekává všechno co si mohou přát — nádherný domov pro jeho paní, hned vedle golfového hřiště, které je perfektní replikou Royal St Andrews, ráje všech golfových fanoušků. To, jak svatý Petr, který našeho golfistu s manželkou doprovází, upozorní, se navíc vždycky po čase proměňuje a stává se z něho replika některého jiného z proslavených pozemských hřišť, Augusta National, Sandhurst, Pebble Beach, Troon, Muirfield či Royal Melbourne. Aby žádné z nich hráčovi příliš nezevšednělo.

'Kolikpak se tady asi platí za členství?', ptá se trochu znepokojeně náš golfista.

'Nic. Jste přece v Nebi.'

Dojdou až do klubové místnosti. Tam je očekává švédský stůl plný těch nejlepších dobrot. Muž se opět ptá:

'Co tohle stojí?'

'Nic. Pamatujte si už pro jednou, že jste tu v Nebi! Úplně všechno tu je zdarma.'

'No jo, kdepak ale máte jídla s nízkým obsahem cholesterolu?', zeptá se po chvíli, tak trochu nesměle, když si prohlédl co všechno se mu nabízí. Odpověď zní:

'Tak tohle je na tom všem to vůbec nejlepší! Tady můžete jíst a pít cokoliv si přejete a přitom nikdy neztloustnete a nikdy vám nebude špatně.'

Muž se obrátí k ženě:

'Tak vidíš. Ty a ty tvoje věčné ovesné placky. Klidně jsme tu mohli být o dvacet let dřív!'

A do třetice, jednu která se moc dobře hodí i na mne.

Hrál už přes dvacet let a ještě nikdy se mu to nepovedlo. 'Hole in one', míč v jamce na jednu ránu, sen každého golfisty.

'Dal bych za to cokoliv', a náhle slyší:

'Cokoliv?' Vidí, že před ním stojí šklebící se postava s rohy a s ocasem. Ptá se:

'Dal bys půlku svého sexuálního života?'

'Klidně.'
'Tak platí!'
A hned na příští jamce odpálí, míček letí a spadne rovnou do jamky. Na další jamce totéž, i na té příští. Tak až do konce. Objeví se znovu ďábel. Povídá:
'Tak, teď ta naše smlouva. Kterou půlku sexuálního života chceš obětovat?'
Golfista se zamračí.
'Pověz mi, kterou půlku chceš ode mne mít? To moje přemýšlení o sexu nebo to snění?'
V té poslední větě je zhuštěně vyjádřen celý můj problém.

Dnes jsem hrál a ... přemýšlel. Co mám v takto nastalé situaci dělat? Jak to zařídit, abych mohl být s Kateřinou a aby přitom nijak neutrpěli moji společníci, k nimž mě váže víc než jen pouhá loajalita! Nejdřív ovšem musím zjistit, jak vlastně na tom jsem s Kateřinou. Jestli mě má ráda nebo aspoň jestli by mě ráda mít mohla, i když to poslední už mi naznačila.

Na nic konkrétního jsem tentokráte nepřišel. Jednou se mi ale podařilo trefit míčkem praporek z asi 150 metrů tak, že spadl rovnou dolů do jamky. To se v této hře občas stane i obyčejným smrtelníkům. Mně se to ale stalo právě když jsem byl v tom největším přemýšlení. Už dříve jsem přišel na to, že když se vám něco nenadálého stane, je dobré si to zapamatovat, protože to může něco znamenat, může z toho vzejít něco

pozitivního. Když se zdálky trefíte do tyčky která stojí v jamce a nese nahoře praporek, spíš to neznamená nic dobrého. Nejčastěji se totiž stane to, že se míček od pružného kovového materiálu odrazí a skončí někde poměrně daleko od jamky, klidně i mimo jamkoviště, kde bývá nakrátko střižená tráva. Na té si přejete míček mít, abyste jej odtud mohli co nejsnadněji dostat s pomocí speciální hole zvané putter do jamky. Jenže, v tomto případě se míček odrazil přímo dolů a prošel mezerou mezi ve středu ukotvenou tyčkou a okrajem jamky, která je jen o několik milimetrů větší než míček, dovnitř jamky. Hole in one! Dovnitř na jednu ránu! A přišlo to právě, když jsem něco takového nejméně čekal. Tohle je dobré znamení, řekl jsem si. Něco se stane, co moji situaci vyřeší! Nějak.

S tím jsem opustil golfové hřiště i čtvrtou dimenzi a přesunul se do Faustovy pracovny, kde jsem doufal, že najdu Kateřinu. Nacházeli se tam ale jen Faust s Felesem, oba v dosti vzrušeném rozhovoru. Když mě Faust spatřil, hned se pokusil mě do té debaty také zatáhnout:

"Tady váš kolega mi tvrdí, že není nikde psáno, že Meg mi bude po vůli když jsem jí daroval šperky! A co naše smlouva?"

Odpověděl mu ale Feles. Věděl, že bych stejně neměl potuchy o co se jedná. Zřejmě jsem musel přijít o dost; zatímco jsem si užíval své golfové dovolené, v naší 'soap opeře' se muselo odehrát několik nových epizod.

"Ve smlouvě jasně stojí, že naše strana se zavazuje k tomu splnit každé vaše přání, Herr Doktor. A vy jste si přál šperky, které jsme bez prodlení dodali. Jak na to reagovala Meg, to už je jiná věc."

"Víte co? Mám podezření, že ty šperky nejsou zdaleka tak cenné, jak vypadají. A že Meg to ví nebo aspoň tuší. Myslím, že bych si je měl nechat přezkoumat někým, kdo o těchto věcech něco ví."

Feles se jenom usmíval. Bylo mi hned jasné, že za mé nepřítomnosti nejen, že se tu děly věci, ale že to byly věci pochybného charakteru. Faust měl nespíš na co si stěžovat, Felese to ale nerozházelo:

„Chtěl byste si nechat jejich pravost ověřit? Klidně. Pokud vám to Meg dovolí, jsou přece její."

V té chvíli se objevily obě dámy, které se nejspíš až doposud zdržovaly v kuchyni. Faust si jich stěží povšiml, jak byl zabrán do své hádky s Felesem. Mrkl jsem na svého partnera a on hned věděl, co mám na mysli. Zmrazil situaci. Faust ustrnul v náramně komické pozici, když právě otevíral ústa s jazykem vystrčeným dopředu, s jednou nohou nakročenou, zatímco ukazováčkem pravé ruky se chystal bodnout do vzduchu směrem k Felesovi. Zato Kateřině to slušelo! Stála, lehce opřená o veřej dveří, ruce složené na prsou, s mírným úsměvem na tváři, jakoby se jí to všechno netýkalo, přitom ale jsem věděl, že je rozhodnuta k tomu nenechat si nic ujít.

Zůstali jsme v pracovně, i když ve čtvrté dimenzi. Usadil jsem se pohodlně na stole mezi Faustovými knihami, pergameny a papíry, Brigita si sedla na židli, Feles visel pod stropem. Nejprve jsem se potřeboval něco dozvědět právě od něho. Musel jsem k němu vyvracet hlavu.

"Jak to bylo s těmi šperky? Hádám, že má Faust dobré důvody k tomu si stěžovat..."

"A co bys jiného čekal? Na pravé diamanty, safíry, rubíny a kdoví co si to všechno přál, nám rozpočet nevydal. Stejně to všechno potom dal Meg, tedy Brigitě."

"Teď ale bude po mně chtít, abych mu aspoň nějaké ty šperky, tu bižuterii, vrátila, aby si ji mohl dát přezkoumat."

"Tohle přece správný džentlmen nedělá," namítl jsem.

"Džentlmen? Do toho má daleko. To bys měl vidět, jak se mě snažil osahávat!"

"To přece každý mužský..." Feles pípl.

"Pokud jde o to mužské osahávání, jsou prasáci a jsou džentlmeni. A Faust..."

"Přece se tu nebudete hádat o takovýchto hloupostech!" zasáhl jsem rozhodně. Oba zmlkli. Pokračoval jsem.

"Může nám nějak ublížit?"

"Mohl by si stěžovat, pokud mu Meg nějaké ty šperky dá a on si je nechá ohodnotit. S tím už počítáme. Přijde se ovšem na to, že šperky jsou nepravé. Potom by Faust měl pádný důvod k tomu podat si stížnost oficiálním postupem, takže by se nakonec dostala až k našemu šéfovi."

"Ano Felesi, šéf ale přece nemůže vinit nás z toho, že jsme se snažili udržovat výdaje v rámci rozpočtu, který sám schválil."

"To sice ne, mohl by nás ale vinit z toho, že jsme vzniklou situaci náležitě nezvládli. Může jednoduše nechat potopit nás, aby si tím kryl záda před svým bossem."

"To by nebylo nic nového. Co teď uděláme?"

Brigita prohlásila rozhodně.

"Pokud se Faust skutečně pokusí ode mne získat některé ty tak zvané šperky, tak bych mu je prostě dala!"

Bylo na Felesovi, aby mě zpravil o tom, na čem se dohodli předtím s Brigitou. Byl jsem z toho hodně překvapený; nemyslel jsem si, že by kterýkoliv z nich byl schopen učinit tak radikální kroky. A že by v tom byla zapojena i Kateřina, tedy Kate, jak jí teď říká Brigita a jak se mi to líbí a jí zřejmě také, to už mě vůbec nenapadlo!

Dohodli jsme se nakonec na tom, že momentálně necháme věcem více méně volný průběh. Kam to povede, se ovšem dalo předpokládat Vrátili jsme se do třídimenzního světa, kde Feles obrátil kouzlo jehož předtím užil. Faust málem upadl, když dokončoval gesto namířené na Felese. Protože jsme se ale nerozestavěli přesně tak, jak jsme stáli předtím, málem svým prstem vypíchl oko Meg, která nyní stála na Felesově místě. Místo toho aby se omluvil, spustil ale na ni zhurta:

"Vy, vy, kde jste se tu vzala? Nevadí. Když už tu jste, co kdybyste mi vrátila některé z těch šperků, které jsem vám dal?"

"A proč bych vám je měla vracet? Daroval jste mi je přece!"

Hrála to ovšem naoko, byli jsme přece dohodnuti na tom, že Faustovi šperky k přezkoumání dá.

"Mám podezření — nevadí, prostě bych chtěl nějaké zpátky. Aspoň jednu z těch tiár, nějaký ten náhrdelník, pár prstenů..."

"A já vám zase říkám, že jste mi ty věci daroval. Džentlmen takovéto věci..."

"Džentlmen možná ne, tím já ale nejsem. Jsem německý profesor theologie a... víte co? Já už toho mám dost! Budu si na vás na všechny stěžovat!"

"Jak?" zeptal se Feles.

"Takhle."

Silně rozrušený, Faust vytáhl z kapsy tablet a třesoucími se prsty začal vyťukávat číslo. Muselo to být 666, jiné číslo neznal. Nejspíš přitom nějak zavadil o knoflík s hlasitostí, protože když mu na druhé straně odpověděl sonorní, nevzrušený mužský hlas, bylo jej i pro nás ostatní dobře slyšet.

Deus ex machina!

Z éteru se ozvalo:

"999, Nebeská tísňová linka, prosím uveďte vaše jméno, místo v němž se nacházíte a naléhavost případu."

Faust zíral do obrazovky tabletu; zaskočen, nevěděl co má říci. Nám ostatním, kteří jsme se rychle vyměnili pohledy, došlo, že doktor musel asi držet tablet obráceně, když vymačkával číslo 666. Bylo to úplně nová situace a nevěděli jsme, jak se zachovat. Hlas se po chvíli ozval znovu.

"999, Nebeská tísňová linka, slyšíte nás?"

"A-a-ano—" dostal nějak ze sebe falsetem popletený doktor.

"Kdo jste a v jaké situaci se nacházíte?"

Brigita byla první, kdo se vzpamatoval. Přikročila k Faustovi a rázně mu vzala tablet z ruky. Nijak se tomu nebránil. Klesl jen do židle, opřel se lokty o stůl a dal si hlavu do dlaní. Brigita na nás pohlédla jakoby omluvným způsobem a potom řekla rozhodně do tabletu:

"Jmenuji se Marguerite van Dyke. Pocházím z 21. století, ale ocitla jsem se nějakým způsobem v 16. století, v Hiedelbergu, v domě doktora Fausta."

"Říkáte, v domě doktora Fausta?"

"Ano."

"A je vám známo datum?"

"20. únor 1525."

"Hrozí vám nějaké nebezpečí?"

"Je nás tu několik a hrozí nám nebezpečí od temných sil!"

"Od temných sil, říkáte. Za takovéto situace se musím držet protokolu a předat vás dál. Držte prosím tuto linku otevřenou."

Hleděli jsme jeden na druhého. Tohle by mohl být pro nás rozhodující okamžik. Na mysl mi připadl ten golfový míček, který se trefí rovnou do jamky. Ozval se jiný hlas, tentokráte ženský, tón který nasadil, zněl oficiálně.

"Popište prosím podrobně vaši situaci."

Brigita se po nás podívala a volnou rukou učinila gesto, které mohlo znamenat jen jedno: Držte mi palce!

"Promiňte, ale na podrobnosti není čas. Chceme požádat o politický azyl."

"Kolik vás je?"

"Jsme tu tři."

Na to reagovala okamžitě Kate. Přistoupila rychle k Brigitě a prohlásila rozhodně do tabletu:

"Jsme tu čtyři! Moje okolnosti jsou ale trochu jiné."

"Tím se budeme zabývat později," řekl hlas. "Pro nás je směrodatné, že hodláte podat žádost o politický azyl. Je tomu skutečně tak? Potvrďte prosím jednotlivě."

"Ano," řekla Brigita a po ní totéž opakovala Kate. Feles a já jsme přistoupili, abychom také řekli svá 'Ano!' do mikrofonu.

Předali nás opět někam jinam. Jiný hlas se nás zeptal, jestli adresa, kterou mají na svém počítači jako rezidenci doktora Fausta, je správná. Opakoval potom adresu a my jsme ji potvrdili. Faust jim byl znám. Hlas ještě po nás chtěl přesný čas, zřejmě aby se mohli zaměřit. Potom nám už bylo řečeno, že speciální Nebeské jednotky jsou na cestě k nám.

Tohle jsem nečekal. Měl jsem ale plné ruce Kate, která se ke mně přitulila, abych o tom nějak zvlášť přemýšlel. Brigita, poté kdy se hovor skončil, odnesla tablet, aby jej předala jeho majiteli. Faust ale na to nijak nereagoval, když mu položila tuto modlu všech mladých lidí v 21. století vedla lokte na stůl. Hádám, že po tom všem se asi cítil být trochu příliš starý. Také na to i vypadal.

Zeptal jsem se Felese:

„Tak na tohle jste s Brigitou hráli?"

„Domlouvali jsme to i s Kate."

„A se mnou ne!"

„Tys hrál golf. Navíc jsme věděli, že ty půjdeš tam, kam půjde ona. A Kate nám naznačila, jak se asi rozhodne."

„No, měli jste pravdu. Co teď?"

„Teď si počkáme na ty zvláštní jednotky. To, že je za námi určitě pošlou, jsem si zjistil už před časem, když jsem si prohlížel jejich webové stránky. Oni to totiž mají ve směrnicích. Magické slovo je 'azyl'. Jakmile Brigita to slovo vyslovila, museli je sem za námi poslat. Potom už se uvidí..."

Odkudsi zdáli ke mně dolehl hlas polnice. Zatímco jsem v náručí držel Kateřinu, která se do něho pevně uchýlila, táhly mi hlavou představy o tom, jak nám všem do toho zpívá smíšený sbor *'Gloire immortelle de nos aieux'* z opery Faust. Nebeské jednotky byly na cestě a já jsem zpíval s nimi!

EPILOG

*V němž se dozvíme o tom, jak se případ pekelníka,
který je zasnoubený s osmnáctiletou služtičkou
z německého Hedelbergu, dostal až před Komisi pro
rovnoprávnost bez ohledu na pohlaví a rasu
(KPRBONPAR), které předsedal samotný svatý Petr
(SVP).
Seznámíme se také s výsledkem jejího dlouhého
jednání táhnoucího se po celý galaktický měsíc, tak
jak byl uveřejněn v oběžníku Heavens Litigators
League (HELL).
Může ďábel být pokřtěn?
Mefisto s Kate pobývají v uprchlickém táboře
v horní části Očistce.
Co se mohlo stát s Felesem a s Brigitou?*

V utečeneckém táboře

Stali se z nás utečenci. Jak se už předtím Feles ujistil, nebeské autority mají povinnost vzít do ochranné péče každého, kdo o to požádá. Později se řeší, zda je jejich případ opravdový a zda jim má či nemá být prozatímně povolen pobyt. Pokud uprchlík dostane povolení k pobytu, ocitne se v utečeneckém táboře. Odtud může podat žádost o udělení politického azylu, přičemž musí být prokazatelné, že při jeho případném navrácení by byl vystaven nebezpečí toho, že bude uvězněn. O tom komu má být udělen azyl potom rozhodují příslušní činitelé, kteří s každým kandidátem vedou sérii pohovorů. Hned po prvním takovémto pohovoru nás rozdělili; Brigitu a Felese odvedli kamsi jinam a už jsme je od té chvíle neviděli. Kateřinu a mne naštěstí nechali pohromadě — nebeské autority se vůbec chovaly k nám velice korektně a jakmile zjistily, že my dva jsme v nějakém vztahu, jednaly s námi v tomto duchu. Napadlo mne, jaké by to asi bylo, kdybychom se jako dva cizinci ocitli v Pekle? Celkem bez pochyby bychom skončili ve dvou kotlích na úplně jiných podlažích a na míle od sebe vzdálených, bez jakýchkoli možností komunikace!

Bylo ovšem jen otázkou času, kdy se můj případ dostane do rukou nebeské tajné policie. To, že Kate, jejíž rejstřík byl čistý jak slovo toho, jehož jméno si budu teprve muset zvyknout vyslovovat, tolik trvala na tom, že my dva patříme k sobě, autority zpočátku dost mátlo; nakonec si ale přece jen daly dohromady kdo vlastně jsem a jak se stalo, že jsem se ocitl v jejich péči. Bylo mi celkem jasné, že moje šance na to dosáhnout vytouženého statutu politického uprchlíka se zhruba rovnají asi tak nule, nicméně jsem o tomhle nic neříkal Kate, která oplývala zdravým optimismem. Bylo s podivem, jak rychle se ze služebné děvečky stala zkušená, jakoby světem protřelá osoba, která dokázala v tu pravou chvíli sypat z obou rukávů politicky korektní výrazy, o jakých se jí před krátkým časem ani nesnilo. Ty také padaly na úrodnou půdu v přítomnosti nebeských byrokratů kteří, jak jsem rychle odhadl, si s těmi pekelnými téměř v ničem nezadali. V jednou směru se ale od těch posledních lišili – dominantní tón který u nich vládl byl smysl pro dobro, zkrátka a dobře se nacházeli na opačném pólu než ti, na něž jsem byl až doposud zvyklý. V tom jsem také začínal větřit aspoň drobounký závan naděje, že vše nakonec by přece jen mohlo pro nás dobře dopadnout.

Případ osmnáctileté služtičky ze šestnáctého století zasnoubené starému, i když ve věcech vzájemných vztahů krajně nezkušenému ďáblovi, se začínal stále více komplikovat. Úřední osoby neustále vyšší a vyšší kapacity se v něm angažovaly. Totéž lze říci o jejich oponentech z řad právníků, kteří ve svém oboru nutně museli patřit mezi ty nejkompetentnější jaké si lze představit a to už proto, že dostat se do nebe je pro právníka podobně obtížné jako zkorumpovaní anděla.

Takto se případ dostal až před Komisi pro rovnoprávnost bez ohledu na pohlaví a rasu (KPRBONPAR), které předsedal samotný svatý Petr (SVP). Podobalo se to soudnímu řízení, v síni plné právníků a soudců v parukách, za pozornosti zástupců tisku i veřejnosti na galerii. Jednání se táhla asi po galaktický týden, někdy veřejná, jindy za zavřenými dveřmi, a nakonec jejich výsledek byl publikován v oběžníku Heavens Litigators League (HELL) a vysílal se také živě na čtvrtém kanálu organizace Eternity Broadcasters (4EB). Svatý Petr si přitom téměř zopakoval svůj mučednický akt, protože přečtení celých 122 stránek mu trvalo déle než čtyři hodiny – naštěstí mohl přitom zůstat v pozici hlavou vzhůru. S ohledem na své čtenáře, nehodlám zde publikovat celý dokument, který si ale ti kdo mají zájem mohou objednat a přečíst sami. Suma sumárum se v něm praví, že komukoliv, včetně ďábla, by se mělo dostat šance vstoupit na nebesa.

V mém konkrétním případě zde byly další okolnosti, které mi napomáhaly a z nichž moji právníci dokázali vytěžit, co se dalo. Trvali totiž na rekonstrukci celé události. Při ní vyšlo najevo, že se Kate v kritické chvíli pomodlila a že potom mi polila hlavu svěcenou vodou, přičemž já jsem se nacházel v klečící poloze. Tedy vše bylo tak, jak by tomu mělo být při ceremoniálu pokřtění. Jediné co chybělo, byl kněz. Protože zde ale byly výjimečné okolnosti, SVP rozhodl, že Kateřina Siebel v tomto případě jednala správně a že akt mého pokřtění může být prohlášen za platný. Jak dalece jednala Kateřina vědomě a promyšleně, či zda šlo v tomto případě o spontánní reakci na danou situaci, o tom si raději ani netroufám spekulovat. Pro nás dva je důležitý výsledek a na ničem jiném už nezáleží.

Následkem rozhodnutí KPRBONPAR jsme se ocitli, aspoň pro tu chvíli, v uprchlickém táboře v horní části Očistce, kde nás čekaly ještě další procedury. Já jsem se kupříkladu musel oficiálně zřeknout svého občanství Pekla, což se muselo provést podle speciálně navrženého rituálu. Poté už nás přemístili do domu na půl cesty do Nebes, zatímco se ještě vyřizovaly detaily. Nejdůležitejším z těchto byla ovšem naše svatba, kterou jsme ale plánovali jako čistě soukromou záležitost. Jak také jinak, když ten, který by jinak nutně musel být mým svědkem, nebyl na obzoru? Co se s nimi stalo?

Konec vše napraví

Můj budoucí manžel a já jsme seděli u stolku v zahradě — ano v Očistci se nacházejí zahrady, i když zdaleka ne tak pěkné na jaké jsme se mohli těšit o stupeň výše — když po cestičce podél bungalovu, který byl pro tuto chvíli naším domovem, jsme spatřili přicházet dvě postavy. Jedna vyšší, druhá menší, obě zahalené v tmavých pláštích — v Očistci nebývá vždycky právě horko, jenom občas, snad aby se hříšníkům připomnělo jaká je alternativa. Mef, který okamžitě rozpoznal styl jejich chůze, už stál a s otevřenou náručí čekal, až k nám dojdou. Objali jsme se S Felesem a Brigitou.

"Tak jak jste dopadli? Hádám, že asi dobře, jinak by vás sem nepustili!"

"Hádáš správně. Dopadlo to dokonce lépe, než v co jsme mohli doufat."

"Jak se vám to povedlo? Povídejte!"

Jak to bylo jsme se dozvěděli celé zanedlouho, když už jsme seděli všichni čtyři v našem obývacím pokoji a popíjeli jsme kávu, kterou jsem mezitím uvařila. Tadu v Očistci se dá sehnat docela dobrá, to prý ale niní nic proti tomu, jakou mají v Nebi! Feles a Brigita se mohli rozpovídat. Myslím, že do větších detailů zde zacházet nebudu, jedna veliká romance kterou zažíváme my dva s Mefem přece pro tyhle stránky stačí. Že tito dva jsou také ve vztahu romantickém bylo jasné a musím říci, že jsem něco takového tušila už dávno, když jsme ještě byli v Heidelbergu. Což mi přimělo k tomu, abych se optala na osud svého bývalého zaměstnavatele. Cítila jsem se tak trochu provinilá tím, že jsem ho takovýmto způsobem nechala na holičkách a zeptala jsem se proto Felese, jestli o něm aspoň něco ví. Dal se do smíchu.

"Doktor Faust? Samozřejmě, že se to k nám doneslo. Co ten se toho navyváděl! Ti co nás vyšetřovali, já jím říkám FBI, se tím náramně bavili a leccos nám pověděli. Zkrátka a dobře, náš doktor se cítil podvedený, takže si začal stěžovat ve velkém. Netrvalo dlouho a stal se z něho takový nějaký profesionální stěžovatel. Telefonoval kam a komu se dalo, nejprve na tu linku, kterou jsme mu původně dali, jenže tam už ho měli za čas plné zuby, takže ty jeho věčné hovory převáděli někam jinam. Postupně si Fausta předávali stále vyšší a vyšší členové hierarchie, včetně našeho bývalého šéfa, který si ho, jak se zdá, užil až do aleluja. Byl by se nejspíš protelefonoval až k samotnému Luciferovi, kdyby nebylo došlo k tomu neodvratitelnému. Ha-ha-ha! Mobilu se vybily baterie. V šestnáctém století to ovšem znamenalo definitivní konec komunikací s Peklem. To by sice jistě dokázalo něco v tomto směru udělat, nějak mu je dát dobít, proč by to ale dělalo?"

"Asi bych si položil stejnou otázku", řekl Mef, "a odpověď by byla stejná. Proč to dělat? Takže od něho už bude teď pokoj."

"Já bych ho nepodceňovala", ozvala se Brigita. "Prý už zase pracuje na nějaké magické formuli, která by měla ten jeho mobil oživit. Hádám, že má tentokráte na mušce Nebe, když se s Peklem takhle spálil..."

Tohle bych si dovedla docela dobře představit. Sledovala jsem přece jeho rituální magické pokusy několikrát klíčovou dírkou. Na podlaze bude mít křídou nakreslený magický pentagram, s mrtvým mobilem na prominentním místě v jeho středu. Doktor Faust přitom stojí v magickém hábitu pomalovaném hebrejskými písmeny a mumlá nějaká zaklínadla... Mef se zeptal Felese:

"A co náš dobrodinec Daramsufael? Slyšeli jste něco o něm?"

"To je taková malinká záhada. Nevím, co si o tom mám myslet. Vlastně si něco myslím. Zvláštní totiž bylo, že nikdy nikdo z našich vyšetřovatelů nahlas nevyslovil jeho jméno. Přitom ho znali, museli! Když jsem to jméno vyslovil já, párkrát se mi přitom dostalo tak trochu podivných pohledů. A řeč se obvykle zavedla někam jinam. Co si o tom myslíš ty, Mefisto?"

"Že by dvojitý agent?"

"Přesně to mě také napadlo. Takže, raději o něm nebudeme dál mluvit, nemyslíš?"

Teď nám ale pověz to nejhlavnější. Co to bylo co vám zajistilo status politických uprchlíků? Z toho, že jste tady předpokládám, že tentýž vám byl udělen."

"Předpokládáš správně. Rozhodlo ovšem to, že jsem pro nebeské autority měl dar."

"Dar? Jaký dar?"

"Přesně takový, v jaký jejich tajné služby doufaly."

"Teď jsi mne už úplně zmátl."

Já jsem ale zmatená nebyla, protože jsem tušila, co má Feles na mysli. Hned, jakmile sem k nám dorazil, mi totiž něco na něm chybělo. Po chvíli mi to došlo. Neměl u sebe až doposud všudypřítomný laptop! Povídám proto:

"Laptop."

Mef zajásal:

"Ano, laptop! Nemáš sebou laptop."

"Máš všímavou snoubenku. A to ani nevyrostla v generacích, které si z laptopů a tabletů udělaly modly!"

"Tak pozor, pozor, Felesi", povídám mu, "už měsíc chodím denně do lekcí, kde neděláme nic jiného."

"A my jsme se ve své namyšlenosti domnívali, že veškerá elektronika vyvěrala z našeho kouta."

Mef se zasmál, s ním i Brigita.

"I kdyby to byla pravda, teď už to zpoždění tady náramně rychle dohánějí a na všech frontách. Měl bys vidět svatého Petra, jak dokáže ovládat ten svůj tablet. Má přitom tu nejnovější značku a navíc mu to pořád drnčí — to víte, tenhle svatý je úplně k roztrhání!"

"Ty se s ním znáš?"

"Měl jsem tu čest, že mi dokonce pogratuloval, když se skončilo moje řízení. Takže, ty jsi jim předal svůj laptop?"

"Naprosto dobrovolně. Tedy, bylo mi hned jasné, že tohle je naše jedna veliká šance. A měl jsem pravdu. Vždycky mi bylo jasné, že mezi Nebem a Peklem existuje něco jako studená válka. Nikdy bych ale nebyl věřil, kolik industriální špionáže se k tomu váže. To, co jsem jim dal, je zaměstná na dlouhý čas. Jsou tam detailní popisy našich akcí, spousty informací o pracovních postupech, o různých komisích i o individuálních zaměstnancích, zkrátka, no, vždyť přece víš sám!"

"No jo, bude tam ale také toho hodně o nás třech, nemyslíš? To by se nám v budoucnu nemuselo vyplatit!"

"A co si prosím tě myslíš? Že jsem nějaký hlupák? To první co jsem udělal bylo, že jsem vymazal všechno to, co by se nás mohlo nějak týkat, co by nám mohlo nějak uškodit."

"A jsi si jistý tím, že se ty soubory nedají znovu obnovit?"

"Teoreticky by to možné bylo, nikoliv ale v tom případě, kdy původcem jejich propadnutí se do virtuální prázdnoty bylo individuum na které právě hledíš."

Začalo mi to škubat v koutcích úst, až jsem se dala do hlasitého smíchu. Teď už se dívali na mne; nevěděli čemu se směji. Pověděla jsem jim to.

"Náš instruktor nám často opakuje, že jediné tajemství jaké se skrývá za světem počítačů, je zdravý selský rozum. Ten jsem snad podědila, i když nevím po kom. Třeba se to i jednou dozvím. No a když se z takových počítačů něco vymaže..."

"Tak už to tam není", řekl Feles.

"Jistě. Ale nejen to. Je tomu, jakoby to tam nikdy nebylo."

"Jenom v takovém případě, kdy to smazal skutečný expert", řekl Mef.

"Jakým je Feles", dodala Brigita.

"Jsem ráda, že se mnou souhlasíte. Co to ale znamená je, že když Feles nadobro vymazal všechny ty soubory, zrušil tím nadobro i všechny hříchy, které jste napáchali, není-liž pravda?"

Všichni tři přikývli.

"No a já žádné větší hříchy nemám, neměla jsem ani čas k tomu je napáchat. Takže, cesta do nebes je otevřená pro nás pro všechny!"

KONEC

www.ingramcontent.com/pod-product-compliance
Lightning Source LLC
Chambersburg PA
CBHW051137020726
47501CB00005B/1544